U0686548

玉笛春风

河南古都文化研究中心资助项目

李焕有 著

百花洲文艺出版社
BAIHUAZHOU LITERATURE AND ART PRESS

图书在版编目（CIP）数据

玉笛春风 / 李焕有著. —南昌：百花洲文艺出版
社，2023.11
ISBN 978-7-5500-5334-2

Ⅰ.①玉… Ⅱ.①李… Ⅲ.①散文集—中国—当代
Ⅳ.①I267

中国国家版本馆 CIP 数据核字（2023）第 195534 号

玉笛春风
YUDI CHUNFENG

李焕有 / 著

出 版 人　　陈　波
责任编辑　　蔡央扬　郝玮刚
封面设计　　肖景然
出版发行　　百花洲文艺出版社
社　　址　　南昌市红谷滩区世贸路 898 号博能中心一期 A 座 20 楼
邮　　编　　330038
经　　销　　全国新华书店
印　　刷　　四川科德彩色数码科技有限公司
开　　本　　880mm×1230mm　1/32　　印张　8.75
版　　次　　2023 年 11 月第 1 版
印　　次　　2023 年 11 月第 1 次印刷
字　　数　　272 千字
书　　号　　ISBN 978-7-5500-5334-2
定　　价　　55.00 元

赣版权登字　　05-2023-361

版权所有，侵权必究

网址　http://www.bhzwy.com
图书若有印装错误，影响阅读，可向承印厂联系调换。

以赤子之情书河洛之心（代序）

百定安

　　我平生最骄傲的，就是我的出生地：洛阳。这骄傲不仅来自她悠久的历史，也来自如今身边众多客家人家谱与口中所说的祖庭。我的一个同事说，他家的族谱上清楚记载着其祖先来自偃师西南。偃师西南，不就是我们那儿吗？每逢此时，他都要历数潮汕一带的语言习俗与古老中原的渊源。

　　如今在广大南方尤其东南沿海寻根热日炽，由于洛阳这一共同的籍贯，我们就仿佛失散千百年的兄弟，没有隔阂地走到一起了，正如西周初年那尊名为"何尊"的青铜器所书，彼此的心早已在"宅兹中国"了。

　　无论从哪个角度，洛阳都值得大书特书并且一直写下去。然而，洛阳的历史过于宏大久远，她不单是有辉煌的历史，更有巨变的现在与簇新的未来，如何写出洛阳的文化之魂，如何从古老的河洛文化中汲取新的文化发展动能，如何在古老的农耕文明与崭新的现代文明的互为映照中写出新的荣光，这样的重要使命，远非我们这些离开家乡许久而又才情不达的人所能完成的。

　　幸赖洛阳尚有许多像李焕有教授这样生于斯，长于斯，又钟情于河图洛书的文化学者，以赤子之心，数十年来，始终饱含深情秉笔书写，使得这种古老的文化历久弥新，新的历史被一次次刷新，不断焕发出新的光彩。

李焕有教授新近完成的文化散文集《玉笛春风》，是其近年来在繁忙的教学与研究之余所写文章的合集。我猜想，这书名即取自李白著名的那首《春夜洛城闻笛》："谁家玉笛暗飞声，散入春风满洛城。此夜曲中闻折柳，何人不起故园情？"作为一个洛阳游子，由书名做此联想，笛声飞动，曲中折柳，相思无限，直教人把万千心思寄托于春风之中了。事实正是如此，当我一页一页地展读李教授的文字，一如春风拂面，诗意盎然，引起不尽的共鸣。朴素的文风，优美的旋律，正合乎一笔笔漫叙对故乡的深情厚爱。

《玉笛春风》全书共分为三个部分：《生活乐享》《乡野之美》与《幻游时空》。看各个标题，似乎有点《浮生六记》的意味，这意味固然是有的，但他又超越了古代文人士大夫的闲情逸致，也非一般人之间的饭后谈资，而是以其学者型作家的独特视角，将寻常生活置于浩瀚深远的大文化背景之上，旨在见微知著，揭示其中深层的文化底蕴，找到东方文化的内在根脉。

在此，我宁愿将文化的"文"，恢复到"六书"中最原始的动词意义，理解为"条分缕析"的。因而完全可以认定，大化之文，应是一种通过对诸类现象的描述、析解、考释、分辨并化而用之。而作为学者，作者更有能力超越一般意义，在繁复的具体事实中去粗取精，去伪存真，由此及彼，由表及里地挖掘、整理、发现、总结，以辩证的历史唯物主义精神之态加以精微的文化处理。

美国政治学家塞缪尔·亨廷顿在二十世纪九十年代出版的《文明的冲突与世界秩序的重建》一书中指出，冷战之后，世界冲突的焦点将不再是意识形态，而是文化方面的差异，主宰全球的将是"文明的冲突"。将近三十年后，当前的世界现实，不但证明了各种文明之间存在的种种冲突无一不被深深打上了文化差异的烙印，而且亦有互为融合的现实存在与可能。这些冲突，不仅在过去，即连在我们可以展望的未来仍将长期存在。只不过，当我们审视本民族历史时，文化冲突并不会体现出绝对、根本的冲突，而更多表现为如何看待传统、如何处理好继承与发展的关系，以及如何丰富、完善新的价值观，使之适应我们新的时代文化的要求。这些问题与思考，都在本书的不同场合得到了体现。

在洛阳这样具有重要意义的世界文明源头，历史虚无主义注定是没有市场的。回望，通常成为由历史进入文化的必然方式，鉴往知来，毫无疑问是处理文化遗存的重要方式，但是，如果我们单纯地沉浸在已有的辉煌中，过于迷恋传统，过于痴情于农耕文明的生产生活方式，便很难向现代文明提供新的文化造血功能，从而陷入一种博物馆式的写作。一种纵深与辽阔的写作方式，需要更多如李焕有这样的文化学者来努力加以完成。这是一件充满使命感的工作。

《幻游时空》一章，是李教授运用知识解读洛阳的一次如梦似幻的文化与精神穿越。迄今为止，有关洛阳的大历史叙写已经汗牛充栋，但学者们仍然可以大有作为，在历史的镂隙与细节中，不断找到那些鲜为人知或被人忽略的历史碎片，把它们串联起来，向世人提供新的鲜活的历史证据，并由此衍生出丰厚的文化内涵。一山一水，一草一木，一人一事，一民谣，一传说，都可以拿来经过独立的文化阐释生发出新的现实意义，从而为我们更加具象地体认和理解本土文化增加更多的可读性、趣味性文化记忆。

南朝刘义庆所撰《世说新语》是一部记载魏晋名士言谈逸事的笔记体小说，主要记叙了东汉末年至南北朝时期诗人的生活和思想，写出了魏晋清谈的状貌，许多故事都与洛阳有关。由于是故事集，生动真实，宛然目前，颇受历代文人待见。我本人也常常将其置于案头，偶尔翻阅几则。但我和大多数文化人一样，不过是将其首先作为闲适之一种，掩卷一笑，又或有某些启迪，但都未曾锥心而读。而李教授在本书中也同样以故事体形式，一则一弹，将《世说新语》36篇中的多个故事化而出之，体现出作者对于中国传统文化尤其是儒家文化的深刻领悟，以及推陈出新，施以教化的良苦用心。作为专事魏晋南北朝研究的学者，他的这种打通历史隧道，融汇贯通、古为今用的方法是可以信任的。

本书三章中我最心仪的，当数《乡野之美》，它与《生活乐享》共同满足了一个洛阳读者对于故乡的种种向往。它以物质性方式写出了这片古老土地的精神大美。那是我们反复的乡愁与梦回，她的每一个地名，她的光荣与屈辱，她饱满的气息，她的如吃食一般的方言与语音语调，她古老的血液，至今流淌在我们的血管里，供养着我们，她是皇家的，也是平民的，是红色的、绿色的，也曾经是黑色的，她属于山上，也属于坡下与河滩，她是伊河之阴也是伊河之阳，她是钩沉也是复活，更是新生。在此之前，我对于家乡的知识不过是一些概念，甚或是道听途说，一句话，不过就是一些家乡的影子。读了李教授在场的生动叙述，家乡就如此栩栩如生地呈现于我的面前，跟着他做了一次家乡的畅游。——所谓世上最畅意的阅读，亦不过如此啊。

李焕有教授的文化散文兼具文化与文学之双重品格，兼具历史理解与精神发现，将事实、史实、形态、思想，有机地结合在一起，将学者理性与精神气象有机地结合在一起，为我们提供了一幅较为生动的伊洛历史与现实图像。文化散文之大小，未必在乎体例，更在格局与境界，在其是否共同构成了超越题材、语言与现象本身的历史与思想壮阔，在其是否从历史与文化的回望中更多地发展出对于未来的充分的预示性。

是为序。

壬寅夏至日于岭南东莞

（百定安，河南洛阳人，1991 年至今居广东东莞。中国作家协会会员，中国散文学会理事，中国诗歌学会会员，广东省书法家协会会员，东莞市作家协会副主席。出版诗歌、散文随笔和诗歌翻译批评集七部。）

目录 Contents

第一辑　生活乐享

第二辑　乡野之美

第三辑　幻游时空

生活乐享

第一辑

玉笛春风

山为城阙，民之福气

　　生活在洛阳，是幸福。夏天没有火炉般的奇热，冬日没有冰窟般的寒冷，春季暖风和煦，秋天清爽舒适……这么宜人的气候环境，我们感谢上苍的恩赐：几条温驯清澈的河水，几座高度刚刚好的山峰，居于"天下之中"的位置。

　　我常常坐在万安山上凝望：市区内平坦的土地，道路阡陌井然；高楼、湖泊依偎；行人、绿植互融；伊洛河似银色的飘带，缠绵着大厦，牵挂着草坪，增添着城市的浪漫。

　　脚步在山顶公园移动，城市之景随行而变。登上望嵩亭，坐在木凳上，由近而远望去，委粟山山形虽失，山顶平台仍在。平台之上，兀立的石柱，似福佑苍生的老者，沉默而不乏坚韧。越过委粟山，一条笔直宽阔的汉魏大道向北延伸。这条大道，带着我的思绪通向历史的记忆，穿越时空，进入两千年前的汉魏帝国。

　　身穿汉服，手捧卷帙，跨进宣阳门，走在铜驼大街上，与曹植探讨《洛神赋》的甄妃故事，欣赏蔡邕大儒的石经艺术，反思司马家族的阴谋和弄权之术，体味刘氏皇权的富民心理……蓦然回首，抬头南望，委粟山稳重庄严，山顶上皇帝祭天的乐声耳畔萦绕。祭天为封，祭地为禅。敬畏天地，祈福百姓。

　　眼神越过"天坛"，万安山祖师庙与闻道峰耸立左右。史书记载，此峰为皇城之阙。阙，皇宫门前两边供瞭望的单体楼台。

嵩山之中：中岳庙前，有太室阙；少室山庙前，有少室阙；万岁峰下，启母庙前，有启母阙。史称"汉三阙"，现为世界文化遗产。人为之阙，岁月侵蚀，残缺斑驳，不见踪影者多矣。汉魏皇城，以万安山主峰为阙，乃万世长存。

阙，礼制的标志。建筑消失，预示着国家的消亡。山阙长存，文化绵延，人丁兴旺，中华民族生生不息，是山阙的保护，是山阙的福佑。

洛阳城，敬佩设计者的智慧。汉魏建城，是万安山最高双峰做阙；隋唐建城，以龙门峡谷之两崖为阙。风雨两千年，城阙还在，洛阳城故事可赞可叹。岁月十三朝，城阙犹存，洛阳人民的风采能书能写……

我生在汉魏皇宫的山阙之下。几十年间，无数次地仰望阙峰，那是我生命中的感情之峰，犹如我躯体中的臂膀，坚石为骨骼，柔水是血脉。骨骼，我深感他的坚强；血脉，我体味他的温情。人生有收获的时候，笑望阙峰，感恩他赋予我力量和智慧：福兮，祸之所伏；人生陷入低谷的时候，默视阙峰，感恩他给予的启迪和动力：以其善下之，故能为百谷王。

万安山，我的福山！

近日，我又登上万安山。山岚，流淌峰谷，藏在村中，凝在枝头，飘在天空，和着鸟鸣……美景使我驻足，留宿山顶。

山顶的夜空诱人，北极星纯净明亮，勺子七星错落有型，狮子座妙趣怡然。月亮温润安静，不遮繁星之光，不争苍穹之高。星月各就其位，繁星不因其微而戚戚哀哀，月亮不因其大而唯我独尊。

寒夜的山风有点割脸，但没有影响我目光定格端详最有烟火味的勺子七星。勺柄向北，是期待掌柄之人的相遇。勺柄之下，洛阳城街道灯光纵横，如麦地里的田埂，流动的汽车似灌溉庄稼的耕耘者。

"引洛水贯都，以象天汉（银河）；横桥南渡（天津桥），以法牵牛。"隋朝宇文恺大师建造洛阳城的思路，真可谓天人合一！天上有一条银河，地上有一条洛水。天帝居住"紫微宫"，居住洛阳的皇帝，也应该办公于"紫微宫"；天上有勺子七星，洛阳城也有"七天"建筑；天上有"天街"星座，洛阳城也有天街供人行走……

　　当代智慧的洛阳人，在城市规划中，秉承祖宗的智慧和大气，厘清了城市的轴线。历史轴，以隋唐洛阳城的"七天"建筑为轴线，北依邙山，南望龙门阙。我认为，汉魏故城的轴线比隋唐轴线更"历史"：汉魏故城南门为起点，万安山双峰为城阙；现代轴，北起邙山翠云峰，经电视塔，过开元湖，龙门伊阙为城阙；未来轴，以伊滨区一场三馆为中心，北延黄河，南抵万安山，以万安双峰为东阙，以龙门伊阙为西阙，双阙对峙，雄伟而坚固，气魄浑厚。

　　城阙，是城市的守护者。洛阳城，以山峰为阙，是洛阳人的福气，也是洛阳人干事业的底气。副中心，都市圈，"就中最好是今朝"，白居易千年前的诗句，写出了当下洛阳的风采和骨子里的气魄……

（发表于《洛阳日报》2021 年 3 月 19 日）

大 禹 魂

　　魁梧、伟岸的身躯，立于平台之上。头发灰白淡黄，如长在荒野的蒿草；衣衫褴褛泥斑，似刚离战火的将军。双手捧着供品，目视南方，口中虔诚地念念有词……

　　这是伊滨区万安山下一个石岗上的天然"雕塑"。我每次经过这里，都要停车驻足，端详良久。这形象，是上苍的赐予，还是百姓的心愿？

　　我的老家，就在石岗附近。石岗，原来是一座馒头山。一百来米高，山体上长满洋槐树，成年堆积的落叶如海绵一样，脚踩上去似走在地毯上。山顶有个石窟，里边住着几尊佛像。雕的是什么，没有注意。这些是儿时的记忆。当时上学的学校就在山下，放学之后的撒野，上这座小山是最好的选择。

　　这座小山充满神秘感，老人讲过它的故事。洪荒时代，万安山挡住了伊川江的洪水。成群的鸭子，从万安山两峰之间的豁口顺水漂过来，惨叫声嘎嘎，伤口血瘆瘆。大禹站在小山这个地方，水舐着他脚下踩的石头。很奇怪，洪水升高，脚下的石头也跟着升高、增大……他心急如焚，口中大喊："我的黎民百姓奈若何？"于是，他勇猛地左劈水泉口，右凿龙门山，力竭而昏昏睡去……当第二天醒来，周围的洪水退去，脚下的石头却成了一座石谷堆。

　　后来，人们把这个石谷堆叫禹宿谷堆。父亲说，大禹心里装着百姓，又卖力苦干，老百姓才用这样的方式纪念他。

改革开放，时代发展。陆浑东一干渠经过禹宿谷堆。就地取材，它的肌体混着水泥铺地护坡；洛阳大建设，修高速、建楼房，它的肌体混着水泥筑路基、强楼体……恍惚之间，二十世纪末的二十年时光，禹宿谷堆完美的躯体成了现在的样子：圆馒头被啃下一块儿又一块儿，只剩下宽大的基座和耸立的柱子。端详柱子，恰似气宇轩昂的人物雕塑：伟岸的身躯，灰白淡黄的须发……

冬至节气，头上的阳光暖意尚存，面前的冬风还算温柔。我和几位朋友登上山岗，探秘有关大禹的密码。

一位放羊老人和我们攀谈起来。当我说出山体破坏到如此程度，令人心疼的话语时，老人嘿嘿笑笑，"人，要有收获，哪有不流汗、流血，甚至伤筋动骨的。"说着，顺手撸起裤腿，"我放个羊，腿上还留伤疤呢。何况国家搞建设。这样也好，虽然'馒头'不见了，但大禹神爷的模样显形了。"

啊，大禹显形！智慧在民间，我以前怎么没有看出来？"剔去肉，骨成钢，就成神。"我的心中豁然开朗——中华民族的一座精神灯塔！

我心绪难平，好久好久伫立在大禹面前，泪水溢满面颊。透过大禹雕像，洛阳城的轮廓跃入眼帘：近处的伊滨区，高楼如绽放的朵朵鲜花，芳香可嗅；道路似错落的花茎，诗情盎然。远处的城区，在蓝天映衬下，似一幅墨线勾勒的水岸安居图，河水如带，绿树为伞。绸带滤燥，滋润我们的肌肤；绿伞遮尘，护卫我们的心肺……

这"花香"，这"安居"，包含着多少人的汗水，隐藏着多少人的伤筋动骨。大禹的默默苦干的子民啊！

冬至日，民间称为拜冬节，这一天有祭祀祖先和祭孔尊师活动。一位文化学者邀请我到禹宿谷堆参加尊师祭孔活动。我很纳闷："为何把活动选址在那里？""大禹是我们中华民族的祖先之一，再者那上面的石窟里住着至圣先师孔子。"我欣然参与。路上，学者说，那石窟里雕刻有老子、孔子和释迦牟尼三尊圣像，孔子位列正中。我想，这个石窟位于大禹雕像的大脑部位，可谓儒释道三教思想融于一人之心，自强不息、厚德载物、普度众生三种处世哲学自然也会落实到行动上……

窗外的阳光暖暖，伊滨区内的绿树、红楼、宽敞的大道、有序且忙碌的车辆，我把思绪拉回现实，然后是释然而笑。大禹在前，儒释道思想形成于后，应该是大禹的处世哲学影响了老子、孔子等后世先贤，才形成了中华民族文化的精髓。中华优秀传统文化该是大禹之魂呀！

夕阳西坠，伊滨区"一馆三中心"工地上的塔吊衬着建筑的轮廓，构成美丽的剪影。欣赏着美景，心中流淌出一首歌谣——

山铸魂，河成川
地壳撕裂无怨言
只为黎民有家园

住高楼，路平坦
老茧双手汗未干
只为你我日子甜

大禹魂，大禹魂
中华文化根之源
自强不息问苍天
厚德载物立地间
祖国富强众合力
大禹精神代代传……

（发表于 2022 年 1 月 6 日《河南日报（农村版）》）

家风·村风·中国风

伊河过龙门伊阙，斯文地向东北流淌；洛河穿城区，平和地向东前行。两河在偃师岳滩镇拥抱。"情人"在相遇之前，你伸伸臂，我蹬蹬腿，彼此表达着相思。天长日久，两者之间形成的狭长相思地，俗称"夹河滩"。西谷村侯家庄，就坐落于这有故事的相思地上。

一

绿树村边合，青山郭外斜。路阔农舍新，老屋藏文化。走进侯家庄，现代的混凝土房舍气派敞亮，少量斑驳的老屋，如老者默默坚守，见证着家乡的变化。当一名老人打开锈迹斑斑的铁锁，走进老屋时，我心生肃穆和敬重。落满尘埃的塑料布一层层地打开，一块匾额，"壸德堪仰"四个金色行楷大字，遒劲有力。此匾为侯门十四世孙侯玉蕴先生的功德匾。落款已经模糊不清，据后人说是其学生们敬送的。

《诗经·大雅·既醉》云："其类维何？室家之壸。"整个匾额大意为"德高望重，值得人们敬仰"。一个"堪"字，显现着送匾人的心情是那么虔诚和敬仰。

没有查到先生更多的资料，收集散乱零碎的文字，其粗略形象脑海浮现：清末民初的大儒和乡绅。熟读四书五经，精研《周易》典籍，教书育人，门下求学者众多。同时，热心公益事业，为村民打井修路；担任本族族长，筹建侯氏祠堂，弘扬侯氏家风⋯⋯

同行的侯氏家人说，玉蕴公的从堂弟玉镜公也留下了良好的口碑。侯玉镜，清末民初大国手名医。一生悬壶济世，仁心仁术，多有恩德施与乡邻。随行者娓娓道来。

旁边的村人说："前面机井房附近还留有玉镜公一方义行石碑。"这引起了我们的兴趣。剥去石碑上的浮土、杂草，碑文意思逐渐明了：同族兄弟侯玉成去世，选玉镜先生家的耕地做归葬之地。玉镜先生家的耕地成了玉成家的坟地。在那靠地吃饭的年代，土地无疑是人赖以生存的命根子。而玉镜先生慷慨应允，且"备价不受，取粮仍不允"，而是赠送。被乡亲称颂为"笃亲睦族，物我无间"。沿着斑驳的文字阅读，在石碑下方还刻有玉镜先生治疗小病小疾的药方，供路人方便使用。

玉镜先生既给逝者以葬身之地，又恩泽乡亲们医病祛疾，可谓义德高尚也！

西谷侯氏，立门人为侯同心，为侯氏十一世。由洛河北的首阳山镇前纸庄村迁来，跨河开土，倚堤而居，生儿育女，教化成人。在好家风的熏染之下，侯氏家族代代都有才人出，福泽社会无停息。十三世，多人为清朝官员。十五世侯臣周，清末举人，毕业于师范传习所，后投笔从戎参加孙中山领导的"护法运动"；侯兴周，继承父亲医术之真传，美誉有加。十六世侯廷和，民国三十一年（1942）考取河南大学法学院。十七世侯遂江和侯恒太先后考入武汉大学、河南中医学院，侯运通考入河南政法大学，长期在洛阳市及县法律部门任领导干部。十八世侯柯楠和侯志晓先后考入复旦大学、武汉大学。十九世侯可欣和侯晓丽先后考入重庆大学、西南大学⋯⋯

二

西谷村党群服务中心院内，有家风馆。门头不大，一副对联揭示了家风馆创建的意义：立家规重家教德泽后世，传家风讲家训功在当今。家风馆内，墙边有展柜，墙上有展板，内容丰富模范多。我打开《侯氏家谱》，侯氏宗派字歌彰显了本族的家风：周廷多士世泽长，宗德文明诗书良。存仁好善维道化，运际庆云乐景扬。生活在以农耕文明为主的土壤里，如果安享于"老婆孩子热炕头，桑麻水田一头牛"的牧歌田园，用现代的美学去评价，那就只有"苟活"，少了"诗和远方"。侯氏的家风里，显然还有"诗书"和理想。

在少年时期，乡村的文化生活贫瘠，偶尔在夜晚有说书人，手拿月牙板，敲着小皮鼓，讲述古老的传说故事。其中谈到两人相遇，患难与共，然后是换帖交友。当时不懂其意，误解为两个人分别拿一铁块，诸如废弃的菜刀、用坏的农具之类，互相交换即可。读书之后，才知道此"帖"非彼"铁"。兰花被称为君子之花，其香被喻为王者之香。兰花这古已有之的香祖地位，使得长久以来人们习惯于把比较神圣的事情与"兰"联系起来，比如说"金兰之交"。金兰之交最早出自《周易·系辞上》："二人同心，其利断金；同心之言，其臭如兰"。很有幸，在家谱中还发现一份几位朋友结交的"金兰谱"——

盖闻桃园义，不过稗官扬厉之谈；兰臭盟心，斯为易象同心之笘。兄弟敦于一本，朋友列于五伦。果其心志，交孚爱好，何殊骨肉！……今也国体共和，人人群会。……集四海为同胞，司马曾聆圣训；联两宗而合族，执牛共戴齐盟。……

这份金兰谱，是侯氏人牵头，和本乡本土六位不同姓氏之朋友歃血为盟的凭证。它是家风的融合。多个良好家风的凝聚，形成了敦厚朴实的村风。家风馆里，表扬当代好媳妇的展板多多：好媳妇李艳峰，用实际行动打破"久病床前无孝子"的说法，用心照料瘫痪在床的婆婆十几年；好媳妇杨巧红，十几年如一日，用心侍奉瘫痪在床的奶奶和婆婆，老人卧床多年，未曾有过褥疮；好媳妇郭改红，品行端正，和睦邻里，视公爹如亲爹，照顾无微不至……

三

古人云：国无史不立，族无谱不传。编纂家谱可以溯渊源，序长幼；阅读家谱可以知兴衰，明事理。

《侯氏家谱》的总编撰侯运通先生，在序言中写道："本人为编撰家谱呕心沥血，搜集资料费尽周折，每篇稿子修改都有十余次之多，并自付打印、设计、排版、印刷和修改等费用数万元……无怨无悔。"我阅读到此时，仿佛看到了先生额头流淌的汗水，看到了先生疲倦的眼神。脑海里跳出四个字——担当、尽责。

夏日的空调书房里，我一边小口品茶，一边翻阅《侯氏家谱》。不算大的侯姓聚居地，有成就、有作为的人写满十几个页码。所述事迹都充满着正能量。这种现象的背后是否藏着一种隐而有效的力量呢？

家谱显示，周朝姬姓后裔成为晋侯，世事纷争，晋国灭亡，其后人就以祖上原来的爵位"侯"为氏。位卑未敢忘忧国，侯氏复周志不移。侯氏六世祖给三个儿子分别起名邦起、邦安和邦庆。古代诸侯国称为"邦"。八世祖分别以参宸、辅宸、襄宸为名，古汉语中，"宸"指帝王居住的地方，引申为王位，是帝王的代称。十二世祖的名字分别为法禹、法尧、法舜、法汤和法武，把古代贤帝明君作为后人效法学习的榜样……

随风潜入心，润物细无声。这些名字作为祖人，对后代是一种昭示，昭示后人不忘初心；这些名字作为祖人，对后人是一种鞭策，鞭策后人不辱使命；这些名字作为祖人，对后人是一种希冀，希冀后人自强不息；这种名字作为祖人，对后人是一种福报，福报后人厚德载物……这种无声的教育所形成的侯氏家风，代代相传。

夏末的傍晚，散步于洛浦公园。顺堤的河风吹去了身上沉积的疲劳，心情惬意许多。蹲下身子观察身边的小草。一片蒲公英快乐地生长于草丛之中。这片蒲公英，是从哪里飘来的？是哪阵风的助力？同行的高教授说，是从夹河滩吹来的吧。突然我想，中国的社会风气不正是一家家、一村村的风气凝聚而成的吗?！似蒲公英的种子……"爸爸妈妈给我一把小伞，让我在广阔的天地间飘荡、飘荡，小伞儿带着我飞翔、飞翔、飞翔……"

（发表于 2021 年 8 月 26 日《洛阳日报》）

归雁洛阳边

　　辛丑春节假期的阳光，比往年暖了许多；空气的清澈也增添了几分，山谷人家鸡唱歌狗舞蹈的笑语姿态也少了遮挡；枝丫的绿意渐显，鸟巢安稳地卧在白杨树上，衬着苍山，映着古道，触动着我诗意的遐想。

　　这场景，是在大谷关遇到的。今日的大谷关祥和如春，但稍微有点历史知识的人，身临其境，内心都会五味杂陈。曹植站在这里，吟出了"太谷何寥廓，山树郁苍苍"慨叹，慨叹的是大谷的静谧和树林的葱郁；今天的洛阳人站在这里，写出了"客家根何在，洛阳大谷关"的文化召唤，召唤客家人回归祖根地寻乡愁，抚平游子之心。"扑噜……扑噜"鸟儿出巢的展翅声，惊扰我的思绪，吸引我的眼球；湛蓝的天空，鸟儿扇动着翅膀，在苍穹中划出一条弧线，隐没在客家之源博物馆的上空；"嘀零……嘀零"微信的铃声，又把我的视线转移到手机屏幕上……

　　屏幕上欢快地跳跃着"河洛逸夫"名字。逸夫者，游民也。河洛逸夫，很显然，是从河洛地区走出去的"游民"。此"游民"，不是浪荡江湖之人，是从河洛迁出的客家人。

　　河洛逸夫，张姓人士。现居洛宁张营村。以"营"为村名的，大多是古代屯兵之地。张营，则是张姓做统帅的大军营。当我听说他是张营村的时，我随口说出了我对村名的理解。张先生哈哈大笑，带着浓重的洛宁口音说："你说对了！"

原来，他的祖先张虎，是北宋末年从河洛地区南迁的。那年景，中原大地，极目千里，无复烟火。战乱出将才，张虎成为客家知名人物陈元光父亲陈政的部将。驰骋疆场，屡立战功。时光荏苒，到了明末清初。清政府为了巩固政权，实行了毫无道理且丧失人性的"迁海政策"。已是郑成功部下的张虎后裔张梅，身为骠骑将军，何去何从，内心翻江倒海。只身站立福建海边，眺望苍茫大海，湛蓝的海水翻着浪花，没有给出答案；俯视整齐兵营，士兵众目对视，脸上写着茫然。"回洛阳老家去，我的根在河洛！"于是，率部于康熙八年（1669）驻洛宁赵村塬上杏树坪屯田……

将帅旗迎风招展，子弟兵如影随形。民国《洛宁县志》记载，张梅大将军迁驻洛宁之后的二十年间，被皇帝调征罗刹，调戍古北口，扈从征噶尔丹……张营这个名字响亮几百年。

人间四月天。洛阳空气中的花香，伸手抓一把，连蜜蜂也会绕着手指品味那香而温情的花味儿。我体验过刚开通的地铁，散步于涧西区的街巷。粉刷一新的红墙，笨重的老式窗户，红瓦缮就的房顶，诉说着中华人民共和国诞生之时，多个国家重点建设项目落户洛阳的记忆。长春路、江西路，见证着一段历史，见证着天南海北的技术人员和产业工人支援洛阳建设、把洛阳作故乡的历史；上海市场、广州市场，见证着商贸业发达地区技术人员和商务人员服务洛阳建设、把洛阳作故乡的奉献。

和我随行的聂姓朋友说："我爷爷家，当年就住这栋楼。"还没有等我说话，他就讲了一个爷爷传下来的故事。

洛阳大建设，需要人才。穷家难离，谁愿意离开老家呀！当时有顾虑的人不在少数。爷爷是南昌一个机械厂的工程师。听说可以到洛阳工作，却兴高采烈地报了名，到第一拖拉机厂工作。他说："我是客家人，回洛阳老家去，我的根在河洛！"当时，聂朋友的爸爸已经在武汉的一所大学工作，也有"回家"的愿望。

于是，大雁北归，把巢筑在了当时的洛阳农机学院。

我和朋友坐在街心花园的石凳上。朋友说起自己是客家人，双眼放光，眼神里带着些许自豪。他说："我们是聂崇义的后人，宋代迁徙杭州钱塘，明代定居南昌城南。"

百度百科显示，聂崇义，五代学官。洛阳人。少学《三礼》，精通经旨。后汉乾祐中，官至国子礼记博士，曾校定《公羊春秋》，刊板于国学。

"你感觉洛阳这座城市如何？"我想听听朋友对洛阳的印象。"有些事情，只有失去了才能发现它的珍贵。"朋友先冒出了一句美学名言，然后讲述了他的故事。

朋友在洛阳长大，大学毕业时，正值"有一位老人在中国的南海边画了一个圈"的年代。于是，深圳成了他的新家。他的专业是建筑艺术设计，在一座陌生的新城，经常苦闷地望着电脑发呆，总是找不到设计灵感。春节回洛阳看望父母，一下飞机，古韵盈双眼，古味满胸腔，熟悉的河洛方言让身、心充盈着舒坦……他情不自禁地伏地长跪，从心底发出呼喊："上苍呀，原来我的文化之根是洛阳呀！"从此，他又回归洛阳。

暖阳的周末，茶香伴着话语在肖先生的工作室里氤氲。谈到兴浓时，肖先生邀请我们一起参观他创建的洛阳烧伤医院中的文化元素。院内的纪念群雕让我伫立良久：肖焜吾，肖先生的曾祖父。其悬壶济世，被光绪皇帝赐为"大圣手"，在洛阳建立了种植各种名贵药材的石芝园；肖智奄，肖先生的祖父，继承祖业，开拓石芝园，创办制药厂……岁月无情，石芝园在战乱中消失，肖家人又回到了老家湖南。

"文革"时期，肖先生已大学毕业。在一个风雨交加的夜晚，其父把迷迷糊糊躺在床上的肖先生喊醒："咱们是客家人，回洛阳老家去，我们的根在河洛，那是一方包容的土地。"当肖先生说到这里的时候，眼眶里的液体泛着晶莹的亮光……

牡丹花香满洛城的季节，我又来到了大谷关。客家之源博物馆已经建成。安卧着鸟巢的白杨树已经吐绿，绿色的小手借助春风，热情地和南来北往的参观者打着招呼。一位南方人打扮的老者，手机里传出了歌曲《中原的后代铁打的汉》——

　　从那滔滔的黄河边哟

　　来到莽莽群山中哟

　　一路泪洒一路歌哟

　　客家儿女哟傲苍穹

　　傲苍穹哟

　　中原的后代铁打的汉

　　哪怕前路哟有险峰

　　安家落户洪荒处

　　开创伟业哟度春风

　　从那秀丽的闽粤赣

　　奔向四海哟乐园中

　　…………

（发表于 2021 年 7 月 27 日《洛阳日报》）

那悠远的钟声……

"嗡、嗡、嗡……"祖庭释源白马寺的钟声从二十公里远的郊外飘来，洛阳东大街钟鼓楼的大钟热情地呼应。"嗡、嗡、嗡……"这钟声，穿过街巷，飘过府邸，如水中的波纹一般，蔓延到城市的每个角落。

城市苏醒了。街道上店铺门口的各种招幌以独特的样式和泼辣的色彩，在微风中摇动着；马拉的轿车交错而过；包着铁皮的车轱辘在石板路上轧出刺耳的响声；卖茶汤、豆腐脑、烤白薯的挑贩，早已出动自不必说，就是修理匠们，也开始沿着街巷吆喝……

这是古代洛阳城某个早晨的剪影。"马寺钟声"因两钟彼此共鸣而成为洛阳八大景之一。好长好长的岁月里，钟声依然引导着人们的生活。

洛阳，十三朝帝王都，承担计时功能的钟鼓楼，每个朝代都不可或缺。北魏时，建阳里有钟鼓楼，土台三丈，二层小楼卧其上，开市、罢市以击鼓鸣钟为号。隋唐至北宋，洛阳城里有钟鼓重楼，鼓声隆隆，街道归于安静。眼前矗立于东大街的这座叫作"鼓楼"的建筑，始建于400多年前的明代万历年间。乾隆《洛阳县志》载："谯楼，重楼三间，前在县大街十字口，万历间建福府，移至东门内大街。顺治十三年（1656），知府宁之凤、知县叶琪修。乾隆十年（1745），知府曹元仁、知县龚崧林重修。"

中华人民共和国成立，1972 年，被拆除，仅剩券台。2002 年，重建。

脚踏斑驳的青石台阶，手扶长着青苔的砖墙，登上拱门之上的平台。一面大鼓悬挂在深深的房檐之下，被击打过的记忆写在鼓面上。再沿着窄窄的木楼梯拾级而上，在三楼的正中间，一口大钟静静地悬挂于钟架之上。大钟如一位饱经沧桑的老者，虽满身斑驳，但当年的威风依稀还在。总想在这老者身上读出一些信息来，但铭文剥蚀，经过仔细辨认，依稀看到"隆庆六年（1572）闰二月二十二日成"的文字。这是大钟铸成之日?! 名叫"鼓楼"，怎么放着大钟? 同行的学者解释说："据史料记载，明代万历年间鼓楼迁移，这口大钟也随之而来了。这座楼，虽然习惯上叫鼓楼，其实也承担了钟楼的功能。"既然鼓楼有钟楼的功能，为了叙述的方便，我就把它称为钟鼓楼吧。

阅读史料，知钟鼓楼移址重建、修、重修，庆幸昔日父母官心存时间观念方便百姓生活；望钟鼓楼，券台上斑驳凹凸的砖石，记录着岁月的沧桑和日出日落的钟鸣鼓音。感谢明神宗爱子朱常洵，在那家天下的时代，是他有了些许的文化良知，才把有可能成为尘埃的钟鼓楼搬迁到了这里。有了如此的文化自觉，我们目睹钟鼓楼才能回味那明末的钟声。

泱泱洛阳城，钟鼓楼为何偏于一隅，建在昔日的东内大街上，没有史料记载。但文庙、儒学，玉虚书院、望嵩书院、奎光书院、敬业书院等著名文化场所，都聚其周围，也许文化情结使然。事实亦是这样，在很长的时间里，东大街是考取功名的读书人置产安居的首选之地。

读书人，十年寒窗苦，青灯伴左右。有一个故事，夫妻闹矛盾，到衙门告状。女的说：贫女本姓殷，家住后河村。结婚七八年，没挨丈夫身。说罢，呜呜大哭。丈夫也很委屈，申辩说：秀才本姓王，家住文庙旁，前夜读诗书，后夜写文章，没有时间入洞房。衙门如何断案无须深究，但秀才说的前夜、后夜如何确定呢？应该是门外楼上的鼓声提醒吧。鼓楼击鼓定更，钟楼撞钟报时。静谧的夜晚，沉闷浑厚的鼓声咚咚作响，也许读书人听得格外亲切。

古老的钟鼓楼，静静地矗立在街道上，游客仰望，总想找到与之交流的密码。还好，这座楼上，"就日""瞻云"分列东、西墙面。金朝首任中京洛阳留守徒单兀典的亲笔留墨，见证了洛阳城几百年的风风雨雨。"日""云"，除了具体实指自然界两种物象之外，还有其文化寓意。《史记·五帝本纪》记载："帝尧者，放勋。其仁如天，其知如神，就之如日，望之如云。"尧帝，名字叫放勋，高大上呀！接近他，就会感到太阳般的温暖光明；远远望去，就会感到他神采如云高盛。普通百姓，东大街上——往西去，抬头"就日"；向东回，仰头"瞻云"。望斯楼，思贤官，彰显着那时的老百姓对父母官的崇仰和爱戴。

夕阳西下，钟鼓楼在落日余晖照耀下，披上了一层金纱。假如在古代的此时，报时的钟声将飘荡天空，账房先生开始伴着噼里啪啦的算盘珠子声，结束一天的工作了。可现在，街道两旁的店面丝毫没有打烊的动静。手表取代了钟鼓楼上的钟声，人们忙碌得好像没有了时间观念。财富增多了，但无法保障人们心中的幸福感增多。

华灯初放，街道是诗行，灯是标点。在这宏大的诗篇里，踏着青石板路，仰望钟鼓楼，渴望钟声慢悠悠地响起，提醒人们放慢自己的脚步。一爿酒馆，一份牡丹燕菜，一杯杜康老酒，就着街道上"焦花生"的吆喝声，三五好友，享受舒心的慢生活。忘掉现实中的紧张，关闭微信圈的喧嚣，"嗡、嗡、嗡……"

（发表于 2017 年 11 月 10 日《洛阳晚报》）

扭劲柏，洛宁人的美……

洛宁，在我的印象里，是个神秘的地方。地理环境犹如一个气球，群山是球体，朴实的黎民生活在球体之中；文化呼吸延展出弯弯的、通向都市洛阳的道路，似气球下面的连线。

洛宁盛产苹果和西瓜。朴实的果农顺着"气球下面的连线"，把甜美的果实送到市内的大街小巷。市民搞价，有的把价格压得太低，果农会很直爽地说出一句话："那——根——本——不——行!"五个字，发音节奏不同，调高音低各异。

"那根本不行!"成了洛宁人的"县标"。在洛阳的朋友圈里，聊天聊到兴奋处，就会用这句话增加幽默、提高融洽度。那不是笑话洛宁话的不入流。恰恰相反，是在享受话语中的美感。那种美表现在曲曲弯弯的铿锵里。

那几天，太阳特别热情，人待在空调下也微汗不断。我也怀着这样的热情，走进了洛宁的罗岭乡。

乡里人带路，我们一车人随行。路，平坦的水泥路，随山势盘旋而上；汽车喘着粗气爬行。弯急处，车前行、打方向、后退、再前行，如此这般才能拐过一个弯。没有人怀疑师傅的车技，没有人担心自身的安全，因为窗外的景致已经让我们的眼球定格。翠竹，民居，如水墨画。渴望成为画中人，渴望体验"宁可食无肉，不可居无竹"的雅兴。发动机的轰鸣，提醒山势越来越陡，苏大词人的雅兴还没有回味过来，苹果的香味已经弥漫车厢。苹果树，一棵一棵又一棵，一片一片又一片。看着苹果，脑海中跳出"难捧林檎瑶台向，风雨几经到枝魁"的诗句。"林檎"，苹果的别称。今年雨水有限，遗憾果实不够硕大，果农的心情应该和诗人一样，"难捧"好果子供奉仙人啊！

车在继续蛇行，我的眼睛在张望，脑子在神游……

狂长的核桃枝，挑逗似的抚摸车窗的脸，发出呼呼啦啦的声音，我们下意识地缩回头来。待明白是树枝在调情时，我们又把脖子伸直，眼睛睁得更大，品评起核桃树的风韵。"树龄年轻，肢体繁茂，树皮那样光滑。""哈哈，皮肤光滑。你又想妹子了吧！""一群文人……"你一言我一语，车厢里的笑声惊飞了树上的小鸟。

在笑声中，车停了。我们走上了开阔的观景平台。往上望，柏树密密，石佛寺遗址隐没其中，佛教的神秘给信众无限的遐想；往前看，公路蜿蜒，麻花似的扭来扭去；往左看，农舍参差，伞盖似的杨树星罗棋布，树叶哗哗鼓掌，欢迎着客人的光临；往右看，梯田层层，玉米、豆子亮着自己的光彩；抬头看，蓝天白云，深呼吸一下，满腔肺腑都感觉到了纯净空气的香甜……

这就是石佛山省级摄影基地，不，还应该是天然的氧吧。

返程的车上，随行的乡干部讲，这里地势很有诗情画意，原来道路不行，乡里竭尽全力筹措资金，把路修好了。梯田里，春天想引导乡亲们种油菜。可惜，两年都因为气候问题，油菜苗没有保住。但是，他们没有放弃。我在想，修建麻花似的山路，努力保住油菜苗的行为，不正是他们工作的心路吗？自然条件不优越，经济欠发达，他们凭着坚强，靠着韧劲，透着不达目的不罢休的犟劲度过一天，又一天。

七月流火，车外温度接近 40 摄氏度，我们说话间，又走进了佛教圣地——香山寺。据说，该寺初建于东汉时期，仅仅比洛阳的白马寺晚建一年。走进山门，一棵柏树让我肃然起敬。

树旁的石碑上写道：扭劲柏，树龄 1900 年，树高 18 米，树围 3.4 米。植于东汉永平十二年（69），据传元代被卖，伐时锯口涌血，买者惊逃。翌日，伤口自愈，树身扭曲，遂成奇观……

柏树是有灵性的，过去穷人的孩子认干爹，大都认给了柏树。让柏树保佑小孩健康无疾病，能长大成人。这棵柏树，俨然就是一个有骨气的男人，淫威面前不屈服，恶劣环境下，即使"疼"得扭曲身体，也要生长。

树中的伟丈夫！

离开罗岭多日，扭劲柏的形象在眼前挥之不去，去石佛山的麻花路时时涌现，乡里人带领乡亲改变山区面貌的行动和决心常在脑海跳跃。忽然间，脑海中飘过一个感觉，扭劲柏的形象，不就是罗岭人的形象吗？困难面前不低头，千方百计谋发展，用一股儿韧劲、犟劲、扭劲，让山区的面貌美丽、发达……

哈哈，洛宁人的"县标"话语中，彰显的洛宁人的美。那是一种什么样的美？答案也跃然纸上了。

（发表于《牡丹》2014 年 9 月）

暖家的那股风

手掌把防水布展了又展，担心不平展；四指把折角捏了又捏，唯恐割皮肤；棉线绳选了又选，粗了硌屁股，细了不耐用……这场景，不是做什么工艺品，而是方便老人洗澡，给凳子加个软面儿。

这老人，耄耋年，是我的母亲；做凳子面儿的，不是我，是我的妻子。

母亲腿脚不好，洗澡时即使有人帮忙，长时间站立，也受不了。于是，就有了妻子的行动。

"人必有家，家必有训。"我出身农家，在求学时期又是传统文化教育缺失的年代。说真的，没有什么文字上的家训传承。但家风还是有的。"黎明即起，洒扫庭除"，长辈的勤勉，童年时已经耳濡目染；"一粥一饭，当思来处不易，半丝半缕，恒念物力维艰"，长辈的节俭，如血液一般流淌在我们的行为里……

"润物细无声，随风潜入夜。"那是春雨，我们的家风，如屋檐下青石条上或深或浅的印痕，那印痕是"滴答、滴答"的雨水留下的。父辈的教诲是春雨，滴水穿石般，刻在我们岁月里的记忆里。

我们的小家赶上了好时代。阅读经典，成了一家人共同的爱好。古人的智慧，使我们朴素的家风插上了理论的翅膀。知其然又知其所以然，做起事来，没有了迷茫，少了功利，收获的多是快乐和幸福。

母亲常说："儿子孝，不如媳妇孝。在你家，给我端饭最多是媳妇。"我因为工作，下班不及时。妻子总是把第一碗饭端到母亲的桌边……

岳父常说："闺女亲，不如女婿贤。让我最开心的是和女婿拉家常。"岳父已近期颐之年，前些年能说能动，我们在一起谈古论今，其乐融融。不幸，老人摔伤了大脑，几乎成了植物人，无奈住进了康养中心。除了医护人员照顾之外，我们做子女的赡养义务没有缺失：喂果汁、擦身子、理头发、剪指甲。一晃六年过去，老人面色依然红润；褥疮，一块也没有。管理人员说："你们子女的孝，让老人虽然躺在床上也不受罪。"

我和女儿同一个单位。她虽然已经成家，但居住也就一碗饭的距离。节日，是节日的礼物，女儿女婿不会忘记；生日，是生日的礼物，女儿女婿也不会含糊。不仅是对我们，连对他们的奶奶、外公也都常献孝心。

小家如此，我们的大家亦然。我们姊妹五人，三兄弟，上有大姐，下有小妹，我排行最中间。父亲去世早，我们弟兄三人轮流赡养老母亲。姐妹不乐意了，"也是俺的妈，尽孝也有我们的份。我们负责给老人洗澡吧。"于是，母亲在乡村的大哥家住，在乡村的妹妹担起了洗衣、洗澡的任务；母亲在市内住，在市内的姐姐周周到我和弟弟家照顾老人……一大家和暖融洽，少有红脸拌嘴。

瓜瓞绵绵，一大家四十几口人。最快乐的是大聚会，春节团圆，喜气洋洋，一年的幸福伴着家常吃进了胃肠；压岁钱，是有的，但小孩儿必然要送上祝福语，鞠个尊老躬。给老人祝寿，孝顺连连，孙辈们的依偎随着酒香溢满老人的脸庞；吃蛋糕，是必须的，但按辈分、长幼逐家献上生日礼物、给老人敬茶也是惯有程序……我们吃的不是饭，而是富有营养的浓浓亲情；我们喝的不是酒，而是助力成长的好家风。

　　侄子在广州工作，会把南方的时令水果快递到每一家；侄女在老家务农，会把刚收获的土特产送到市内亲人的餐桌上……每次聚会，年轻人得到的是事业上的动力，小孩子得到的是学习上的韧劲，老人们化解的是心中的郁结和不快……

　　家是最小国，一家仁，一国兴仁；一家让，一国兴让。暖家的那股风，我们还在用心传承。

（发表于《洛阳日报》2021 年 1 月 26 日）

暖暖草丛山居图

秋日的阳光下，半人高的黄背草，金黄金黄。一簇簇、一簇簇，连成片，铺满整个山坡。我用力地把割草的镰刀抛向远处，然后无望地重重倒下，草丛淹没了我的身躯……

那是 1975 年的这个时节，我十三岁。一家人都在山上割草，为了修缮家里赖以生活的草房子。慵懒地躺着，阳光晒热的草皮暖暖的，背部因割草弯腰造成的酸痛，一丝丝地散去。天空湛蓝，棉絮似的云朵，似马，如狗，或静卧，或在慢慢游走。我无心思欣赏，脑海里总是飘荡着两个问题：何时才能摆脱这面朝草丛背朝天的割草生活？我家何时才能不住那草房子啊？

当时，我在读初中，作为几代农民的家庭，将来靠读书寻出路，如水中月、镜中饼。草房子，杜甫《茅屋为秋风所破歌》里写得传神。遇到连阴雨，院子里大雨飘飘，屋子里雨滴滴答。对于姊妹多，家庭没有收入来源的农村家庭来说，就地取材，土坯做墙，杂木做椽，黄背草覆面的草房子是无奈中的生存智慧。农村孩子，节假日、每天放学后，上山割草是必选功课，腰酸背痛、手上经常磨出血泡。曾几何时，天天盼望着，盼望着浓云能笼罩山顶的祖师爷庙。南山戴帽，长工睡觉。下雨了，干农活的人才可以休息。下雨了，躺在床上，听着窗外房檐上的雨滴声，滴答，滴答……那雨滴声，犹如滴在全身关节上的按摩油，渗入肌理，驱走疲劳，滋润全身。

我出生在万安山下。南边，山脚伸进村里；东边，山岭挡住去路；北边，如馒头的禹宿谷堆遮住了我们眺望洛阳城的视线。只有西北的地势稍微平坦，成了我们和外边世界进行"呼吸"的唯一通道。

村子，距李村镇十公里，上坡，下岭，翻沟，过河，才能到镇上去。逃离，是我最大的愿望。

南山戴帽，下的是自然之雨；国家的改革开放，我们迎来的则是让青春茁壮拔节的"命运之雨"。我考上了高中。住校，三天回家取一次干粮。来往学校与家庭，靠的就是步行。每个周四，启明星做灯，干粮包做伴，急行军似的赶到学校，不能影响上午第一节上课。我想，现在不算矮的个头，也许就是那时候的"急行军"练腿、上山担草练肩打下的基础吧。

有一个周末，村里的拖拉机到镇上办事。我们下午放学刚好遇到。心想，这次可不用步行回家了，蹭蹭车，那种惬意你一定体验过。拖拉机手，在忙其他的事情，我们在车旁等。从下午5点多，一直等到7点左右。嗵嗵嗵……拖拉机终于启动了。谁知，天有不测风云，走到半路，一场大雨飘来。没有雨伞，没有雨鞋，个个狼狈得无以言表。泥泞的路，陡峭的坡，拖拉机喘着粗气，还是趴窝了。

弃车，步行。眼睛，雨水不停地模糊视线；鞋子，泥浆不停地粘掉……深一脚浅一脚，到家已是午夜时分。

政策的"春雨"不断地眷顾，我的命运之花也随之挂蕾、结苞、绽放，普通教师成长为有一定知名度的大学教授。家乡的路也不断变化，沙石路，水泥路，乡间公路，市级公路。我的交通工具也跟着升级换代，自行车，摩托车，小型轿车，SUV四驱城市越野。家里的草房子早已不复存在；上山割草，镰刀也找不到了。

万安山成了洛阳的后花园。回归，成了新的期盼。

最近的一天，我又登上了万安山。故地重游，直挺挺地躺在四十多年前躺过的那片草丛里。秋阳高悬，蓝蓝的天空中云朵飘飘，似奔马，如刍狗。半人高的黄背草发着金黄色的亮光，暖暖的草丛，舒服着幸福的躯体。多美的"休闲山居图"啊！脑海里回味着一句话，是从美国归来的亲戚说的："这次回来，发现国内人的眼睛，有光了！"

眼睛是心灵的窗户。眼睛有光，是内心对生活的满足；眼睛有光，是内心对未来充满着信心。眼睛有光，才能发现美。万安山暖暖的草丛之美一直存在，生活中的诸多美好始终伴人左右，只有在"眼睛有光"的时代，才能被发现、被感受……

（发表于2019年9月27日《洛阳日报》，获"你好，我的中国——庆祝新中国成立70周年"洛阳文联征文一等奖）

捡一缕月光……

燥热慢慢散去，本来就不算喧闹的村庄，愈发寂静。月亮已经爬上树梢，月光静静地洒在地面上。我们几位文友坐在叶楠白桦文学馆里，捧一本小说，品一杯毛尖，享受着美丽的夜晚时光。

这是在信阳的郝堂。映入眼帘的是青山，是小溪，是开满荷花的池塘。民居稀疏散卧，傍在溪水边，依在山脚下，卧在荷塘里。极好的一首抒情诗：山水、鸭鹅是诗行，广场、街肆是标点，荷塘是主旋律，房屋是过渡语。

月亮挣脱了树梢的纠缠，落落大方地露出了整个面容。月光从窗户里照进来，增添了屋子里的光亮。文学馆管理员詹丽老师端起茶壶续水。悄悄地来，轻轻地去，茶香随着缥缈的水雾与书香汇合、交融，然后弥漫了整个房间。我翻阅着介绍白桦先生的文章，为他的勤奋折服，在他81岁那年，17篇文章发表在各大报章杂志上。他在文章中说："中国知识分子一定能给世界提供崭新的思想。"我们在城市书斋里待久了，才走进了郝堂，才有了在白桦的家乡与之对话的机缘。我们的思想也想如窗外的月光一般，自由地洒向与之共鸣的地方。

大家在屋里待累了，纷纷走出文学馆，徜徉在洒满月光的乡间小径上。詹丽老师领路，蟋蟀、蝈蝈奏乐，池塘里的荷花跳舞，我们则在发着感慨，感慨着乡间月光之下的诗情画意。我此时没有想其他，而是在回味着和詹丽老师的交流内容。她本是一位乡村教师，因为文学情结和浪漫情怀，爱上了郝堂，爱上了白桦叶楠，自愿做起了文学馆的义工。她有着文学家骨子里特有的自由，我钦佩她自由背后的执着与追求。

青蛙的歌唱，把我唤回了荷塘边。月明星稀，天空呈现着城市里少有的纯净。月光之下，荷叶簇拥，荷花亭亭，蛙声不时地从远方飘来。此时我们的心情，是朱自清无法比拟的。他受当时大环境的压抑，才"白天里一定要做的事，一定要说的话，现在都可不理"。我们的心里是轻松的，满满的幸福，满满的感恩。生在和平年代，又遇到志同道合的文友，虽不是在桃花源里却有着远离尘世的宁静和洒脱。

月亮西悬，夜已过三更，大家还没有散去的意思。不经意间，《月夜荷塘》的唱词从美女的喉咙里流出："捡一缕月光，拾一份想，看霓虹在荷塘里轻轻荡漾。水中的影子你可希望，有一只鱼儿游在你身旁……荷花含笑温柔绽放，今生和你相偎爱天堂。"虽然乡间的荷塘没有霓虹，但大家依然因情而动，唱和的、击掌打节奏的、轻轻跳起舞蹈的……那么投入，那样忘情，连青蛙、蝈蝈也闭上嘴巴，做起了观众。

月光如流水一般，静静地泻在这一片片叶子和花上，薄薄的青雾浮起在荷塘里。蝈蝈的乐声又在身边响起。这乐声勾起了诗人赵希斌的乡愁，诗句从老弟的口中悠扬而出：

大别山下郝堂村/入夜，蝈蝈叫声更加响亮/……/还叫着，在路边儿的草窠里/还叫着，在月色渗透的梦里/还叫着，一直把我送回儿时的故乡。

我枕着窗外的月光入眠，蝈蝈的乐声成了我的催眠曲。梦中我与蝈蝈对话，蝈蝈嗔怪我来得太迟，她已把最真的情话送给了他人；我与荷塘对话，荷叶友好地招招手，荷花也只是娇羞地微笑。没有车马喧，唯有草虫鸣，觉好香，梦好甜！

捡一缕月光，拾一份想。我想什么？也许你知道。

宾阳洞前思善恶

冬日的洛阳，旭日的光辉抚过香山寺的黛色飞檐，温柔地洒在龙门西山的万千佛龛上，一尊尊神佛在暖阳中慈祥地俯视着芸芸众生……

宾阳，靠近太阳的地方。在此处许下心愿，心的每次跳动，幻化成凿石的錾子声，铿铿，锵锵，叮叮，当当，崖壁涅槃，佛像诞生，80万个工人，20多年的时光，宾阳南洞竣工，五尊佛像灵光浮现。

宾阳南洞，是唐太宗第四子李泰为生母长孙皇后仙逝后冥福而造。李泰是何等地孝！

说到李泰的孝，史书上记载一个故事。一天，李泰问老师王珪，什么是忠和孝呢？曾做过礼部尚书的王珪回答说："当今圣上是你的君主，不论办什么事，都要想到去竭尽忠心；当今圣上是你的父亲，不论办什么事，都要想到去竭尽孝道。尽忠尽孝，可以使你安身立命，可以使你成就名望。"李泰聪明绝伦，感觉老师的回答过于理论，就又说："忠和孝的道理，我接受先生的训导，还想听听平常该怎么学习和注意。"王珪答道："东汉时的东平王刘苍曾说，'做善事，行善道，是最快乐的。'但愿魏王牢记。"下课以后，唐太宗听了大臣王珪的汇报，非常高兴地说："我儿以后可以不犯过错了。"

我坐在洞前的石阶上，望着静静流淌的伊河水，感受着孔子

"逝者如斯夫，不舍昼夜"的感叹，内心发出了自己的感叹："逝者"何止是眼前的河水呀！人的行为也在这不舍昼夜之中无法恒定不变。唐太宗对儿子李泰的"以后可以不犯错误"的断言十几年后就成了谎言，因为李泰犯了一个大错误。

太子只能有一位，李泰不是长子，按理无缘太子之位。但是，聪明绝伦，又得父皇"特所宠异"，觊觎太子地位之心如火苗般突突上涌，于是，开始了自己的行动：利用计谋，逼迫太子李承乾为自保而犯下谋反之罪；利用恐吓，诱发弟弟李治因胆怯而闷闷不乐；利用受宠，撒娇哄骗父皇口头授予太子之位……

香山寺香客祈福的钟声，越过森森的山门，飘过宽宽的河面，撞在宾阳洞的石壁上，回荡于耳畔。身边的游客大都虔诚地面对佛像发着愿心。"做善事，行善道"需要年年、天天，而不能兴之所至。人生在世，做一套，说一套，言行不一，总是要交有关"善"的学费的。李泰在父皇怀里撒娇，逗得父皇高兴时，太宗许诺立他为太子。李泰激动地流着眼泪说："臣今日始得与陛下为子，是更生之日。臣有一孽子，臣百年之后，当为陛下杀之，然后传国晋王。"

聪明不是坏事，但聪明得把话说得太完美，完美得超出了常理，那就有点假。一旦让人感觉到"假"，人品，德行将如龙门山顶的一块石头，因风吹动，而滚落涧底，没入水中，失去露头之日。晋王，就是李泰的弟弟李治。把皇位传给弟弟也就罢了，还要亲自杀死亲生儿子。此话听来很美，这种"掩耳盗铃"的漂亮话，首先被老臣魏徵戳穿，进而惊醒了唐太宗：立李泰为太子，李承乾，李治两位皇子都将没有活命；立李治为太子，另外两位皇子还可以安然地生活。

李治成了太子，李泰贬出京城，远离了政治中心。32 岁那年，其生命走进终结，与常人生活阴阳两界。

太阳钻进了云层，顺河的凉风吹在身上，不由自主地打了一个寒战。李泰怎么死的，史书没有记载，是郁结而死，是死于非命？

　　我伫立宾阳南洞之前，虔诚地端详着佛像的面容，慈眉善眼，似笑非笑。在如此的对视中，我心中的杂念一缕一缕地退去，而明初文学家刘基的诗句一句一句在脑海里浮现："善似青松恶似花，看看眼前不如它。有朝一日遭霜打，只见青松不见花。"

窗台上，那棵芦荟

　　暑假，我走进了北川地震遗址。憎恨大自然的无端发怒：山体覆盖一片城区，让你找不到人们生活的一丝痕迹；多栋楼房扭曲垮塌，犹如拆迁爆破之后没有清运的建筑垃圾；整排的楼房深陷地下，昔日的三楼变成了一楼；地壳断裂，过去平坦的马路落差超过半米……

　　讲解员语速缓慢，语调低沉。随着她手指的方向看去，高高的旗杆上五星红旗迎风舞动，斑驳生锈的篮球架静静地坚守着岗位，还没有完全倒塌的楼房里躺着凌乱的书桌和凳子，还没有来得及拿出的课本、作业本不时地被风翻动着。这是昔日的曲山小学。

　　曲山小学也许你没有印象，但是，有一幕情景你不会在记忆里抹去。2008年北京残奥会开幕式上，一位小姑娘醒目的红舞鞋在"鸟巢"的舞台上跃动。那红舞鞋不全是穿在脚上，有一只却是高高地用双手举起。这位舞者，就是在曲山小学教学楼废墟下顽强度过七十多个小时，无奈截去一条腿的舞蹈爱好者——李月。人们很难忘记那一幕：在废墟里，满面尘土的李月睁开大大的眼睛，问救援人员："我是不是很勇敢？我还能跳舞吗？"小姑娘的梦想是成为一名舞蹈家，虽然造化愚弄了她，但她没有停歇追逐梦想的脚步，用一只"永不停跳的舞鞋"诠释了坚韧的人生。李月的举动，感动了国人，感动了世界。正如英国残奥会运动员阿德皮坦所说:"对她来说开幕式不只是一项活动,它还关乎梦想、生命和希望,象征着永不放弃的决心。"

"永不放弃"!在那场不堪回首的劫难中,有无数的人都用行动丰富着这四个字的含义!在这场地震中,曲山小学十六名老师遇难,十四人重伤。这些老师大多都可以保全性命,但他们把生的希望留给了心爱的学生。一位老师,已经跑到了安全地带,又返回楼中想多拉出一名学生,结果再也没有出来;一位老师,和几名学生同压在楼板之下,身上血涌如注,但还是拼命把学生往墙缝外推,留下的最后声音是:快把所有孩子救出去;一位老师,在倒塌的教学楼里,一连救出了六名学生,就在推出最后一名学生时,断裂预制板上的钢筋无情地刺穿了他的胸部……

师者如父!在那生与死的时刻,老师以父亲的职责不顾安危地抢救自己的学生,但是,又是在这个时刻,老师又"失职"地忘了去抢救自己的亲生孩子……

讲解员呜咽、断续的语言,净化着游客原本来此看稀奇的心绪。游客们脚步放轻,唯恐惊扰了长眠于此的老师、学生;手中的相机装进了包里,不忍把师生的悲伤记忆化作永恒。眼在望,心在想,内心沉重不愿多回味那无情的瞬间。

沿着小径前行,迎面是曲山小学已经扭曲的教师家属楼。一位同行的朋友声音很轻地喊道:"快看,阳台上还活着一棵芦荟!"一棵芦荟,四根枝条互相依附地伸展着。花盆斜倚,是防盗窗帮了忙,才使这盆芦荟在那一瞬间,保全了性命。四年间,没有人浇灌,没有人施肥,没有人遮风御寒,甚至也没有人把倾斜的花盆扶正。但是,这棵芦荟,四个枝条,每个枝条都精神地透着生命力!

花是有灵性的。芦荟,象征着合作,代表着坚韧。目睹芦荟,眼前浮现的是老师奋力救护学生的喊声,脑海想到李月独脚练习舞蹈的汗水。他们，他们不正是一棵棵芦荟吗?！也许，窗台上那棵芦荟，正是他们的化身！

那棵芦荟，敬佩您！

（发表于《牡丹》2012 年第 10 期）

家 的 滋 味

　　山城，歌乐山白公馆、渣滓洞，嘉陵江与长江交汇处……这是我从阅读中得到的印象重庆。

　　走进重庆，乘车沿江前行。出租车师傅很健谈，指着滚滚的江水说，今天长江洪峰通过重庆，是重庆 31 年来遇到的最大洪流。顺着他手指的方向，看到路边成排的卡车装满了桌椅、炊具等物品。师傅告诉我，这是洪峰到来之前，在江边经商的客户撤离后的情形。平时的江边，纳凉、悠闲，游人如织，由此催生了江边商业带。超大的洪水，政府有了预警，商户在洪峰到来之前都安全撤离，没有造成人员伤亡和过大的财产损失。车在行，耳在听，眼睛在不停地搜索着水中的景致：黄水滔滔，波浪汹涌，商户经商的房屋或没顶或露出门楣上的诸如"老重庆火锅"之类的商家字号；经商的店家老板、伙计或坐在路边趁机卸去连日劳作的疲劳，或站在江边看着自家商铺揣度着水退之后重新开张的计划。

　　每到一个城市，我更喜欢感受城市的滋味，沿小巷欣赏市民的人情世故，进民居寻找城市的历史记忆。但重庆这个城市，逛起来很累人。真是一座"山"城，从"山脚"到"山顶"，海拔落差有 220 米之多。这个高度，假如是一座楼，每层按 3 米计算，将是 73 层的高度。爬楼的感觉你是懂的。到了江边的洪崖洞，瀑布纤纤而下，崖石沿壁而挂。凭想象，崖石的上端应该是山丘，是长满植被的森林、小溪。当你举目上望，你就会发现你的想象错位了。崖的上端，是街道，是一层层错落有致的"天街"，商铺林立，行人挤挤。逛街最累人，从 A 马路到 B 马路，即使是平坦的路面也已经很影响逛街人的情绪了，更不要说像这样悬挂在半空中的街道。其实，你不必担忧，电梯，消解了你从这条街到那条街双脚的劳顿之苦。11 层的电梯，可以让你轻松地实现街道的腾挪，可以满足你货比三家、买得放心的购物心理。重庆市，像这样方便行人的电梯到底有多少，我无法统计，但从我行走的街道中看到的的确不少。

　　中午时分，我们走进了路边饭店。店面不大但也干净。食客一拨又一拨，伙计们忙里忙外，翻台，上餐具，给客人倒水、点菜。我们两位落座：两瓶啤酒，山城的；四菜，两荤两素；一汤，蹄花海带。盛菜的碟子不算大，中碗的碗口大小。菜量适中，菜色诱人。最后结账，你猜多少？36 元！不敢相信自己的耳朵，老板看到我的惊讶，还以为多算了，于是又仔细算一遍。"没错，就是这个数喽！"翘舌、拖音的重庆话里透着老板的自信。说到吃，重庆在全国是出了名的。花色多，味道浓，通宵的火锅店随处可以遇到。好奇心促使我有意识地多选一家饭店，以便更多地体验重庆的餐饮文化。晚餐，炒菜、米饭，菜品换了，价格和中午没有太大的差别。如此的消费价格，那么重庆的工资水平怎么样呢？网络搜索到的信息：2010 年非私营企业年平均为 35326 元，私营企业年为 20790 元。

　　一方水土养一方人，北方人早上都喜欢喝粥来滋养自己的胃。于是，第二天早上，我们走了几条街才坐到了稀饭摊前。老板娘四十来岁，忙碌而利索地招待着食客。一会儿，稀饭上桌，眼见桌子上摆着四盆腌制小菜，但找不到供我们盛菜的小碟子。我们抬眼四处寻找，老板娘看出了我们的心思，就像家里人那样亲切地说道："把菜直接夹到碗里喽。""把菜夹到碗里"，这种吃法在我的记忆里，只有两个时刻经历过。一个是儿时的农村，不安分待在家里吃饭，夹一筷子或多或少的萝卜丝放在碗边，跑到门外的大街上吃"热闹"；一个是成年后为了看精彩的电视节目，加点菜放在碗里，站在电视机前吃"文化"。这两个情景，透出的是随意、轻松、不拘束。如此的氛围里，清香的米粥里掺和咸咸的萝卜，味蕾感觉丰富，再加上脆生生的小菜与牙齿发出的响声，似一首餐饮进行曲。是一种享受，是一种带有美好回忆的享受！

遇到洪水这样的偶然事情有人提醒，是家人的呵护；出行不便有人设法改变，是家人的爱心；吃饭质量不差且价格不高，是家人的贤惠和能干；吃饭方式随意、不讲排场，是家人的节俭和务实……我在重庆找到了家的滋味。

少年夫妻老来伴

室内，暖气氤氲，如春天的骄阳抚摸肌肤。餐桌上，两个菜：粉条炖萝卜，是剩菜，软塌塌地爬满碟子；牛肉烧豇豆角，精神得如刚出浴的美人。牛肉拉嗓子，妻子从牙缝里挤出自己的思想。我说，那就吃这个，我把粉条往她跟前推推。她的筷子翻搅两下，好似教训一盘蚯蚓，我感觉到了蚯蚓的疼痛。我抬头看妻子的脸，梨花带雨。我没有言语，放下筷子，口中嚼着还没有咽下的食物，起身走进厨房，重新洗菜……

一

妻子出生于严冬。她生日那天，我一大早起床，和面。加盐、上油、分割，塑料薄膜包好，准备好烩面坯子。早饭没顾上吃，就在寒风的陪伴下奔赴超市，买牛肉，配时令蔬菜。牛腩炖在锅里，锅盖与锅沿合奏的打击乐中，我才开始安抚空着的胃。中午的牛腩番茄火锅，在酝酿中；烩面坯子熟睡三个小时之后，也会柔顺地任你摆布，想拉多长就拉多长，不会给你丢脸。中午时分，在生日歌里，女儿打开了外卖烤鱼、生日蛋糕；在火锅升腾的花朵里，烩面坯子在我手中跳舞，时而是华尔兹，时而是迪斯科。妻子的胃吃得不多，手机却吃得不少，她的幸福连同我的厨艺都记录了下来。第二天，我的同学从他妻子的手机里看到了我的表演。电话那头他说，我如果穿上白大褂、头戴厨师帽，活脱脱一位大厨。笑声震得我的耳朵发痒。

其实，妻子是一位贤惠的女人，生活上对我的照顾，可谓用心。在几十年的岁月里，每次我过生日，她总是提前几天就开始张罗。每到生日当天，中午时间紧，晚上她亲自下厨，很少去饭店。当我走进家门，餐桌上冷盘已经静候，热菜也在锅里唱歌了。她的生日，总是在她提醒下我才记起。生日宴也不需要我帮忙，只要能按时跟上吃就行了。而有一次，下班之后，几位同事相约打乒乓球。虽然我心里有按时回家、陪妻子过生日的记挂，可一旦玩起来，时间在乒乒乓乓的乐声中，在朋友的叫好声和挽留声中悄悄地、愉快地流逝。当我激战正酣的时候，妻子推开了活动室的大门。我扭头看墙上的挂钟，已经过了晚上9点……

《县委大院》热播，胡歌扮演的县委书记卸任后，陪妻子参加育儿课堂，手机里妻子孕检时B超中胎儿在子宫里呼吸的画面，湿润了我的心。由此，让我忆起了我们家添小宝宝的情景。

1988年的夏天，午后。我弓腰用力，二八自行车，一尺一尺地爬行，待产的妻子坐在后座上。我说："咱们去坐公交车吧，这样你太不舒服。"妻说："就这样吧，坚持一会儿就到了，省一毛是一毛。"妻子头上的汗水流到她的胳膊上，通过手湿了我的肩膀。我没有感觉热，而是暖流，从她的内心传到了我的全身，继而又变成了脚蹬上的力量。

想想"宁愿坐在宝马车里哭，也不坐在自行车上笑"的现实，再回味那时融在洗尿布、给小孩子洗澡之中的夫妻之爱，耳边响起了《你的世界我不懂》的旋律……

二

那个年代，流行集体婚礼。我虽然在城市教书，父母却是土里刨食的农民。集体婚礼成了我囊中羞涩的遮羞布。

1987 年的元旦。大雪，给我们婚礼献上礼花；寒风，给我们婚礼送上音乐。简单的集体婚礼举行之后，我和妻子在没有暖气的新房兼厨房里择菜剥葱，在雪花飘飞的露天水池上洗碗涮碟，准备着招待妻子娘家人的宴席。我的父母在 30 公里外的农村，没有到场，是在城里的叔叔、婶婶帮忙……

新婚之夜，两人躺在单人床加宽的婚床上，互相抚摸着白天冻得粗糙的双手，嘴里谋划着家庭生活愿景……第二天听房的弟兄们见我就说："交权了！"结婚本来要当户主了，没想到工资全交，剩饭全吃，家务活全包，标准的"三包"男！

弟兄们说的不全是玩笑，工资全交是真的。弟兄三个，上有姐，下有妹，就我一人混进了城里。我说："我家条件差，用钱地方多，今后咱们的工资自己花自己的，你可以吃好些、穿好些。"妻子家条件比我好，父母都有工资，没有负担，她又在国有大厂上班，工资是我的两倍。

她沉默，然后说："嫁鸡随鸡嫁狗随狗，嫁根扁担扛着走。既然嫁给你了，风雨同舟吧。"

洛阳地脉花最宜，牡丹尤为天下奇。牡丹花朵大似美女的脸庞，香味浓而不烈，遗憾的是花期不长，陪伴春天的更多的是失去花色的倦容。赏花客在期待中留下遗憾，又在遗憾中期待来年的期待。年复一年，赏牡丹成了无数人的纠结。

婚姻，就是路边的牡丹花。婚姻的万年历不知道有多厚，我和妻子已经翻过了 13140 多页（36 年），每一页上，或许是牡丹的芳香，也许是失去花色的倦容。

乒乓球是我们共同喜欢的项目。我调侃说："我左手也能打败你。"结果她真输了。此战激起了她女汉子的倔劲儿，不顾一切地和我战第二局，让我换右手。一战结束，她赢球了，胳膊却抬不起来，受伤了。这种性格用在工作中，用在和我的交往中。

可我是传统的男人，认为女人应该主内，顾家。

妻子是单位的统计师。每到月底，周末、节日，大家都在享受甜蜜的家庭生活时，她总在加班，为的是排出计划，顺利安排下个月的生产。而我则与女儿做伴，过着既当爹又当妈孤独而乏味的周末、节日。

互相的不理解，婚姻亮起红灯。

春天，早晨，一群群蝌蚪似的自行车，你挤我突地在慢车道上游曳。我带着4岁的女儿，匆忙地向幼儿园游去。女儿说："我妈说了，你们要离婚了，我跟着我妈。将来长大了，我可以到她工厂上班。"瞬间，泪水在我眼眶决堤。"行吗？爸爸你怎么不说话呀？"眼前的蝌蚪，似乎在我喉咙里游动。我喉咙通畅了说："宝贝，你永远是我们共同的宝贝，天天生活在一起的宝贝。"眼前的蝌蚪在蚕食我的心，似针扎，如捶打，还有热油泼在上面……

元旦。太阳用过晚宴，其他同事已经开始和家人欣赏着新年音乐会，妻子依然在加班。女儿独自在米老鼠和唐老鸭的嬉笑中，享受着假日快乐。我孤魂一般在大街上散步。怪兽嘶鸣般的风，吸去一片片树叶的绿汁，又一口口地咬下，抛在空中，猫玩老鼠似的炫耀着自己的霸道。街上行人不多，店面大多都闭上了嘴巴，只看到一家文印店还睁着眼睛，瞳孔里的人忙碌着。一位捡废纸的老人，蜷缩着，室外的垃圾桶成了他的避风所。眼睛和文印店的忙碌通了电，期盼着他们扔出来的碎纸残张。那一刻，我的心融化了。是这幅场景唤醒了心中最柔软的一隅，辛苦的工作背后，原来有期盼，期盼的背后可以忽略寒冷、忽略辛苦，哪还顾上夫妻的温存。

当时，谌容的《懒得离婚》刚刚发表，我阅读之后感觉写的就是自己。饭桌上，我面无表情地复述着谌容的智慧，也没希望能把她的心说动。没有想到，妻子听得用心，还希望我找到刊物。一篇小说的阅读，改变了她的好多观念……

那一段时间，我正在给学生讲古代文学课。办公室里，我阅读元代才女管道升的《我侬词》。赵孟頫想纳妾，用小诗暗示。管道升以《我侬词》答复。夫妻关系如泥人，捏塑，打破，调和，再塑。慢慢地，我和妻子的关系有了管道升的感觉：我中有你，你中有我，难分彼此，无法离弃。

三

我的学历，属于先天的营养不足，只是一个通过高考获得的中师文凭。可又阴错阳差，混在了本科院校里。我的眼前常常出现这样的情景：陡陡的坡路上，满载重物的木轮车。一匹皮包骨头的瘦马，驾辕前行。低头、屈膝，腰已经弯成了满弓……为了不被淘汰，我这匹瘦马只有依靠晚上增加草料。常常是，我晚上8点多才到家。妻子在忙碌着家务，饿着肚子等待。饭冷了，热；菜不够，做。用餐之后，碗往前一推，我又坐在书桌前。妻子在客厅里把电视声音开得极低，尽量靠近屏幕倾听。一会儿，轻轻的脚步声，双手托盘，开水、水果、点心悄悄地放在我的身旁。水杯升腾着妻子的温暖，水果溢出妻子爱的汁液，点心蕴含着妻子鼓励的能量。

妻子退休了，开玩笑说："我也算功成名就了，培养了一个教授，供养了一个硕士。不过，也不能只做家庭主妇呀。"于是，她开始学习吹奏葫芦丝。前两年还好，我上班，她在家，除了专职服务我和女儿之外，静心练习吹奏基本功。硕士毕业的女儿也分配到高校工作，成家另过；我作为教授，科研、教学、行政，家成了旅店。疫情的造访，居家办公，网课的实施，又把妻子的音乐空间挤掉。

疫情时松时紧，我的散步空间在楼下，在校园里。成双成对散步的同事，总是问我，怎么一个人溜达，那一位呢？"在练习吹葫芦丝。"我笑笑回答。当我把这些话在饭桌上说给妻子时，她也委屈地说："你在家我不能吹，你出去又让我陪，我哪有时间练习呀！"吃一口菜后不紧不慢地补充一句，"音乐让我快乐，也让我有尊严地排遣孤独。"

时针走到了2022年年末，我光荣退休。退休的第一天，妻子拉着我的胳膊，突突突地直奔书房，没有言语，从书架上拿出尘封多年的竹笛。打开，双手递到我的手里。嘴上说："退休了，不要再说忙这忙那，从今天起，陪我一起享受音乐。"脸上的笑容似小孩的期盼。我以前有点吹竹笛的基本功，只是后来工作忙，疏远了音乐。

倏忽间，"站在白沙滩，翘首遥望，情思绵绵……"《彩云追月》的旋律溢满了整个书房，渐渐地，溢满客厅、卧室，也溢满了我们老伴儿的心房，互为"云""月"的会意，写在了我们彼此的脸上……

我爱你，汝阳……

四月，艳阳天。我们行走在去汝阳的大道上。耳麦里阿紫的《读中国》正在撞击着我的心："在东方，有一条腾飞的巨龙/在东方，有一个巨龙的民族/在东方，有横撇竖捺的方块字/在东方，大写的方块字里/让我们和世界一起，读中国……"腾飞的巨龙，巨龙的民族。《竹书纪年》记载：黄帝轩辕氏《龙图》出河。相传炎帝为其母感应"神龙首"而生，死后化为赤龙。因而，我们自称为"龙的传人"。龙，没有踪迹，是地球上人类出现之后的传说。传说应该有原型的启发，那么，恐龙，应该龙的原型吧。

汝阳，被誉为"中国恐龙之乡"。进入恐龙遗址馆，仿佛穿越到了 6500 万年前的某一天：一群恐龙在附近的山梁上，或夫妻亲昵，或觅食游玩，或欣赏风景，或卧地休闲……突然，暴雨倾盆，天昏地暗，灾难来临，恐龙们在巨大的轰鸣声中定格了生命……讲解员富有磁性的声音把我拉回了现实。展柜里，完整的后腿骨，长约 2 米；一节颈椎，直径 45 厘米，长度 95 厘米；一片肩胛骨长 1.8 米。脚踏着曲曲折折的人行栈道，目睹着红白相杂的地质土层。栈道下化石旁眨眼睛的霓虹灯热情地打着招呼，我的心里生出的只有震撼和钦佩。震撼造物者的神力，世间有如此大的动物：巨型汝阳龙，体长 38.1 米，肩部高 6 米，体宽 3.3 米，脖子长 17 米，体重 130 吨；惊叹物竞天择的天之大道，庆幸人类出现在恐龙灭绝后，否则，后果很严重。钦佩着老百姓的科学意识，是三屯乡的曹鸿欣老人，把一块"龙骨"寄到了中国科学院；钦佩着恐龙研究专家董枝明和吕君昌等人的献身精神，风餐露宿，坚持数十年，才让汝阳惊艳于世界。

曹鸿欣老人，是汝阳老百姓的缩影；学者董枝明和吕君昌，是科学工作者的代表。在"横撇竖捺的方块字"里，我们读出了大写的"人"的内涵。有了千千万万的曹鸿欣，有了万万千千的董枝明和吕君昌，才能在"颂造化之神奇"之时，实现"谋区域之常兴"之梦想。

"我们读中国/在赵钱孙李周吴郑王的《百家姓》中/懂得共生共存的融合……"阿紫的诗在我的脑海里跳跃。在中国，不同姓氏的人，却都在用自己的智慧和汗水推动着民族的振兴，汝阳人民也不例外。是日中午，阳光炽热。西泰山景区，杜鹃花正艳。游客都躲在了浓密的树林里，躲进有空调的饭店里。我们一行正准备品尝汝阳的美食。此时，作协赵主席的电话响起，一位在县里做领导的朋友，要过来和我们见个面。婉拒，无果，只好在聊天中静静等待。时间过了好久、好久，朋友来到我们面前：面颊额头，汗水盈盈；衬衣前后，紧贴身上。其形象与村夫无异。朋友痛饮一番之后，动情地说："虽然延误了与大家见面的时间，但我的心里是高兴的。这么足的人气，提升的不仅仅是汝阳的经济，更是汝阳的形象。"原来，通往景区的公路，十里开外车辆已经开始缓慢行驶。无奈之下，他租摩托。再后来，摩托车也无法走了，只好步行。

不忘初心，牢记使命。我们遇到的每一位汝阳人，无论是领导干部，还是普通的热心人士，无论是土生土长的汝阳人，还是奉命到汝阳工作的外地人，都是那样地用心，那样地真诚。他们，一旦融入一方水土，就会和当地的"赵钱孙李"共操心，同流汗；他们，一旦有了角色定位，就会和当地的"周武郑王"同呼吸，共命运。在"共生共存的融合"中实现一方百姓的福祉。

西泰山，杜鹃花盛开，翠绿与鲜红间杂，静谧与歌声交融。听天峰上，小亭隐藏在花丛里，似世外桃源。我们小憩于条凳上，同行的小高问我："在听什么?"我取下耳麦，随着手机里的乐声，我朗诵道："读中国啊/你会越来越爱这片神奇的土地/读中国/你会越来越亲这里的每一寸山河……"小高说："真美，眼前这片山河就让我流连忘返。听天峰上观天象，听天籁，悟天机，仰视天庭高，低头众山小。""真棒，杜康造酒遗址，让我感觉到了这片土地的神奇。斗酒楼台上，踏歌花丛中，抛去浮华事，长醉不愿醒……"此时，一位同行的帅哥刚刚走进小亭，还没坐稳，就对一位美女说："终于见到你了，在过了相会桥之后……"大家哈哈大笑。"吃的，还有吗?"美女从包里掏出一个熟鸡蛋，递给帅哥。美女红着脸说："出发时，他没有带包，把吃的放我包里了。特此声明，此处无关风月。"同行的省报作家连连击掌："好细节，我会把刚才的一幕写进小说里。这也是神奇土地生出的美好故事。"一群作家，登山则情满于山。走进汝阳，拜谒了四祖（人文始祖炎黄、酒祖杜康、军祖鬼谷和道祖真武）之魂，品味了"三杜"（杜康酒、杜鹃花和杜仲茶）之味。羡慕上苍对汝阳的恩惠，也敬佩汝阳人没有辜负上苍的一番好意。

"读中国/你会想起乳名一样的父老乡亲/读中国/你会发自肺腑地向着东方喊/我爱你，中国!"这次，我读汝阳，感受到了汝阳父老乡亲的坦诚之心；这次，我读汝阳，感受到了汝阳自然人文的博大厚重；这次，我读汝阳，感受到了"醉美汝阳"的货真价实；这次，我读汝阳，由衷地从内心深处向着朋友喊：我爱你，汝阳……

（发表于《牡丹》2018 年第 7 期）

雪之舞，人之乐

雪花开了，会跳舞的花朵，亲吻一下你的脸颊，消失了，只留下了湿湿的吻痕；雪花开了，会传情的花朵，亲热一下你的脖颈，无影了，只送上了凉凉的爱意……大自然馈赠给人类的风霜雨雪，唯有雪，带给你我的是兴奋和快乐。

周末。窗外，雪花轻歌曼舞，让我们遐想浪漫；雪花落地无声，也让我们回味柔情。室内，茶香弥漫，因工作紧绷的神经丝丝缕缕地松弛；话题轻松，也使职场上规矩的语言随随便便地流淌。三五好友，在雪天的遐想和回味中，聚于僻静茶舍，喝茶、聊天。茶，是鲜梅花杂之于陈年普洱；水，是窗外新雪煮出的天然之水。喝的不是茶，是骨子里的浪漫与叛逆；聊的不是天，是潜意识里的轻松与放纵。在这氛围里，诗词，必然会有的："天洒碎琼玉屑/小院苍茫无声/雅趣相同人/独坐窗前赏雪/欣悦/欣悦/爱此翩翩玉蝶。"

惬意之时，微信提示音。一位美女飞来。西苑公园。拱桥上，红装黑发，青石白雪，似童话冰雪图；梅花旁，雪舞人笑，水静花艳，如天宫仙境画。她的乐，在脸上，寒冷的空旷野外，灿烂得胜似万千雪花的舞动；她的乐，在心里，湿滑的交通无阻，兴奋得好似火热的心脏将从单薄的衣服里跳出。

打开朋友圈，雪花的舞蹈，文人们的喜悦写在文字里，摄影家的喜悦定格在镜头里，画家的喜悦渲染在画卷里，音乐家的喜悦宣泄在曲谱里……街道路旁，雪人在听孩童欢笑；洛浦公园，情侣的雪团互相传递爱意。由此情此景，我想到了"花开花落二十日，一城之人皆若狂"的盛况。彼牡丹，此雪花……

雪天之乐，还有静心赏雪的，如张岱。在雪花飞舞的傍晚来了。西湖之上，长堤一痕，四周洁白；湖心亭下，小火炉旁，热酒三杯。真实痴人不痴求心静，心中之乐至极点！这种欢乐，能以心为布，以雪为景，以情为笔，给后人留下一幅乾坤造化图。正是张岱先生的雅兴和超脱心境，诱惑我去湖心亭品味感同身受的韵味。当我在一个有雪的日子，满怀希冀地奔向西湖的时候，湖心亭不对游客开放！坐在白堤之上，望着几百米开外的湖心岛，想着湖心亭的故事。

湖心亭，心情轻松之亭，张岱使然，连皇帝也亦然。乾隆皇帝也许是受张岱潇洒赏雪的传染，欣然幸临湖心亭。不知道他去之时是否也有雪花盛开？眼前之景与心中之情共鸣，今日之悦与昔日之愉汇通，兴之所至，提笔写下两个大字："虫二"。旁人不解。后来，聪明人给出了合理的答案，是"风月无边"。"風"和"月"，把外边的框框去掉，不就是"虫二"了吗?！皇帝就是皇帝，"虫二"的蕴意说出了张岱想表达而没有表达之心境。

生活无边，风景无限。多来一场雪，雪花的曼妙身躯就会给人们多一次浪漫和遐想，人的生活也许就会多一分乐趣，少一分烦恼。你、我、他，也随着雪之舞，享受"虫二"之乐。

一池温泉洗心尘

难得的晴好天气，苍穹湛蓝，月洁如佩，山势相依，绿植映衬，低缓而轻柔的音乐，身体浸泡在 37.8 摄氏度的温水里，清风入怀……

洛阳人有福气，不出市区就能享受到露天温泉。龙门西山，幽静的氛围，舒适的设施，放松的不只是身，连心也平静许多，感谢大自然的恩赐。

带着大地提供的能量、包含多种矿物质的温泉水，先是包围全身的肌肤，慢慢地，通过毛孔浸入肌理，与血液对话，与五脏对话，与大脑对话。汗珠慢慢浸出皮肤，脸上、头皮上，渐渐地明亮起来……大脑什么都可以想，也可以不想，只抬头望着若明若暗的星星和充满柔情的月亮。

此时，脑海里蹦出了一个故事：周朝，民间有一个祭祀百神的节日。孔子带弟子子贡去看热闹。子贡担心百姓只顾玩乐而会有危险。孔子给子贡解释道："百姓成年累月在田间劳作，让他们放松一下，有张有弛，这是周文王与武王定下的规矩，这样便于更好地生产。"生活需要张弛有度，就如泡温泉的放松方式，不是人们享受不起，而是狂躁的心、片面的追求观念使好多人放不下自己手头的繁杂事务。"有一个老板叫作大卫，下午六点出现，眼神恰似黑背，手里端着一壶热腾腾的咖啡，嘿嘿嘿，我们要不要来开个会……求你不要说出那句话，宝贝加班吧，感觉身体被掏空，我累得像只狗。"最近疯传的网络神曲《感觉身体被掏空》不知道唱酸了多少人的泪腺。老板够狠，但有几个员工可以发出"世界这么大，我要去看看"的辞职申请？"祸莫大于不知足，咎莫大于欲得。故知足之足，常足矣。"老子的智慧让人钦佩。

芸芸众生，上帝的设计，绝不是让每一位都坐豪车、住别墅。有人坐轿，我骑驴，后面还有走路的。民间谚语所含哲理明了易懂，但好像没有完全说到每一个人的心坎上，更不要说落在各自的行动上了。近几年"过劳死"的统计数字惊人，英年早逝的例子就在我们身边。《一代宗师》里有句经典台词："人活在世上，有的活成了面子，有的活成了里子，都是时势使然。"努力而不苛求，即便活成"里子"又何妨呢?!

"嗨！泡傻了你，发啥呆呀？"同伴的声音把我的思绪拉回来，"走，泡养生池去。"

养生，是个永恒的话题，"酒池""鱼疗池""当归活血池""人参保健池"……似葫芦，如玉盘，大小不一、形态各异、星罗棋布。夜深了，四周静静的，喧嚣的人群也散去许多。周围山崖上的景观灯，红的，黄的，在树盖的遮挡下，若隐若现，似仙境一般。

石窟洞天池藏在岩洞下面，粗糙的岩壁、自然的形态，或凸或凹，或距离水面咫尺，或远离人头丈余。泡温泉，就是为了放松。宾馆里精致的装修总让人轻松有障碍；洗浴中心里，封闭的环境也让人呼吸不到新鲜空气。这里，抬头看星星，低头闻花香，眼前又是山谷溪流原生态。我们总是渴望返璞归真。古人一片树叶遮羞处，其他全然不顾；我们此刻一个小裤头随意泡，那感觉，都懂的。

当我在沉思的时候，朋友说："在这样的环境里，有一本书读，该是何种惬意！"另一位朋友说："再飘点雪花，氤氲的蒸汽

与曼舞的雪花相会，我们赤条条和书中的智者交心。""读书之乐
何处寻？数点梅花天地心。"朋友吟出诗句助兴。另一位插话说：
"我们赚大了，泡温泉不仅养身，还洗心呢!"兴奋得手舞足蹈，
池水溅了旁人一脸……

宽窄巷，我忘了回家的路

　　成都人是智慧的，依托清代一个兵营，创造了一个颇有文化味道的宽窄巷子。巷子窄窄，半截拴马桩，一块古旧砖，几幅老照片，透着街道历史的沧桑；院落深深，宅中有园，园里有屋，上感天灵，下沾地气，显露着院落文化的脱俗；店家匆匆，一盘小吃，两杯绿茶，几嗓子川音，传递着闲适经济的兴盛；游人闲闲，留下倩影，品尝川味，古宅探幽，赋句填词，塑造着轻松休闲的风景。

　　当下的人们，几乎厌倦了被导游牧羊式的旅游。每到一座城市，都愿意停下匆匆的脚步，呼吸城市的文化味道，抚摸城市的文化内核。成都人以最会享受生活著称。崔永元调侃说，在飞机上就能听见成都搓麻将的声音。虽然有些夸张，但至少说明成都人除了工作之外，是很会掌控生活节奏的。你瞧，无论是宽巷子还是窄巷子，喝茶的地方随处可见。老式的已经被茶客享受得黑油油明亮亮的藤椅，玻璃的或者是木制的或简单或艺术的茶台，每时每刻恭候着游客走累的双脚和冒烟的喉咙。不要顾虑茶价的昂贵，10元钱就可以让你喝出精气神来。如果你有足够的时间，在一把藤椅上泡上一天，老板也不会撵你走，还会不停地给你添水，除非你已经被茶水淹到了喉咙的门口担心把看世界的眼睛淹没了，主动阻止老板的好客。你瞧，茶馆门口的楹联是多么地勾你内心深处的本真之魂：名城名街名坊闲拨古琴堪舒意，佳楼佳境佳座雅啜香茶可畅怀。身处驰名绝佳之境，体验闲琴雅啜之情，宣泄舒坦畅达之意。我深深地相信，此时此刻，你会毛孔渐开，皮肤舒展，心情轻松，灵魂飘摇，入佛界之虚静，听天籁之丝竹……你再瞧，青藤爬满老墙，梧桐树投下斑驳的影子，老人在安详地摆着龙门阵，猫懒懒地盘在脚下打盹，树上笼中的一对画眉呢喃地嬉戏着……

情绪是会传染的。我感染了这样的情绪，双腿如灌铅一般，怎么也挪不动半步，索性走进一家叫"市井生活"的川味菜馆。这是一方四合院，两进，院子里、房间里摆满了桌子。随性吆喝店小二：一碟花生米，二两散酒，三两张飞牛肉。其实，这个时候不饿，也不渴，只是中了氛围中的"鸦片"。酒香飘飘，花生脆脆，牛肉软软，味蕾被刺激得津液四溢。这种情绪也刺激着大脑打开了思维的江堤。

现代的生活节奏，我们都如陀螺一般，被无形的皮鞭抽得不知目的地旋转，自己也无暇欣赏旋转的轨迹是洒脱的还是蹩脚的。工作成了工资卡的奴隶，银行里的存款仅仅是个数字，妻子成了带薪的保姆，孩子成了家长不停加压的机器，家宅成了一次性付款的旅店，朋友成了有事才联系的客户。柳绿了，也没有惊喜她的新锐；花开了，也感觉不到她的芬芳；枝头的果实即使碰了额头，也品味不出她的香甜；雪落了，孩童们即使无意把雪球砸在脸上，也勾不起玩雪的兴致。市井生活——市，逐利驱动人们起早贪黑；井，生活秩序迫使你必须定格在某个格子里，日复一日……

"老板，还要酒吗？"店小二的问话停滞了我的思绪，抬眼西望，夕阳铺满了巷子，远处的炊烟若有若无地缥缈，我突然忘了回家的路……

（入选2013年《洛阳散文年选》）

把"孝"包在馄饨里

母亲八十有余,感谢上苍,老人身体还行,在炎热的夏天,她老人家不愿住在城市,要独自一人回老家,住在老院子里清净。老家,离我居住的市区,也就30公里,不慌不忙,不足40分钟的车程。重阳节那天,我放下手头的杂事,驱车回老家看老人。重阳节,九月九日。九为阳数,日月并应,有长久之意,但愿天下老人都安康长久。

父亲去世二十年了,母亲独居一院,环境幽静,小青菜,篱笆墙,深井自来水,农家自种粮,日子过得安稳。但作为远离母亲的儿子,我总有牵挂——牵挂她是否按时吃饭,不要因为省事而饥一顿饱一顿;牵挂她会不会不小心摔跤,老人怕摔,骨折了恢复慢;牵挂她有个头疼脑热,不服老硬撑着……每每想起这些,无论手头的工作多么繁忙,都会突然停下来,接着是无声的眼泪从眼角溢出。抹去眼泪的瞬间,孔子的话"父母之年,不可不知也,一则以喜,一则以惧"咚咚地撞击着心扉。

其实,老娘还算有福,养育三男二女,老家有居住不远的大儿子,三里之外还有孝顺的小女儿,另外的两个儿子和大女儿都在市内,也经常回去探望。供暖季节,在我家里享受一个个暖冬。

家里的水果、牛奶、点心、蔬菜,应有尽有。每次回家,都纠结该带些啥老人才高兴。后来发现,带啥老人都不在乎,但每次我和妻子起身走的时候，她总是恋恋不舍，总是说，还早着哩，有车还那么快。妻子说，看来老人不缺吃穿，就是缺有人多和她说说话。是呀，当年子游向孔子问什么是孝，孔子说，要心中有诚敬，不仅要物质上奉养，更要精神上给予满足。

和老人多说说话，但儿子、儿媳，和老人问了吃饭应时不应时，聊了身体最近怎么样，问了还有没有零花钱，问了晚上睡觉热不热冷不冷……当这些家长里短问了一遍之后，好像没话可说了。

这次重阳节回老家，我想改变没话说的尴尬。做饭，把做饭的时间拉长。边做饭，边聊天。做炒菜，我们在厨房，她坐在院子里，聊天有点远；下面条，又失去了我们回家看望老人的仪式感。包馄饨，则两全其美。在市内，妻子擀好馄饨皮，剁好肉馅；我亲自调馅，母亲总是夸我馅儿调得味道鲜。为了热闹，提前电话邀请妹妹。老家院子里垒的有石台，石台上，放好算子，搬来凳子，老娘坐跟前，不用动手。我们晚辈一边包馄饨，一边和老人聊天。

展开馄饨皮，聊到为了我当年上高中不迟到，老娘凌晨4点就给我擀面条，因为高中离家有10公里的路，并且还是步行；夹起一团肉，聊到老娘当年在生产队干活，分得一个肉夹馍，自己不舍得吃，拿回家里分给我们姊妹几个解馋；包成一个馄饨团，聊到老娘为我蒸馒头，不知道起过多少早，熬过多少夜。聊这些话题的时候，老人脸上露出了幸福而又满足的微笑，而我的心里则是满满的愧疚，"父兮生我，母兮鞠我。拊我畜我，长我育我，顾我复我，出入腹我。欲报之德，昊天罔极！"想报答老人的恩德，却总是没有更多的时间……

我读高中，是20世纪70年代末的事，大集体，小山村，粮食总是不够吃。在10公里外读高中，学校食堂吃不起，就自己在家带馒头，一次带够三天吃的，周三晚上步行回家，第二天起早带上刚蒸好的馒头匆匆往学校赶。高中三年，干馒头，白开水，天天如此。做学生的没有感觉艰苦，但老人总觉得我上学可怜。说到这里的时候，老人用衣襟沾沾眼角。我逗她说："几年时间，您给我蒸的馍，能装满这一间屋吧。"说着，指了指面前的房子。妹妹趁机接话对我说："每次咱娘都很会计算，一笼馍，刚好够你拿，连给我剩个馍头也没有。"哈哈哈的笑声，惊飞了树上的小鸟，震落了枝头的叶子。那时候，三天在学校吃七顿饭，每顿两个馒头，十四个，一个也不多。炎热的夏天，馒头掰开都馊得拉出丝，也舍不得扔掉……

　　最近几年，老娘虽也能吃点肉，但每次都吃不多。也不怎么喜欢七碟子八大碗那种大餐，饺子、馄饨倒是挺喜欢。汤汤水水，还能吃完一碗，再回一次锅。水沸腾，馄饨入锅。轻轻搅动，盖上盖子。等待，再等待。说到等待，想起小时候等待吃饭的情景。一家七八口人，奶奶还健在。一口大锅，红薯，小拳头大的红薯，一块挨一块，满满的一锅。锅下面是少气无力的煤炭火苗。小孩子饿得快，前心贴后背了，红薯还是煮不熟，嗷嗷叫，恨不得捞起半生不熟的红薯啃一口。这个时候，老娘总是把提前烧好的不多的小红薯分给我们吃，并且说："等饭人着急，不如读书去。谁要读进去，一会儿就不饥。"当时的情景已经忘去，估计很饿的时候书也是读不进去的。

　　葱花，香菜，粉丝，木耳，鸡肉，生抽，小磨麻油，鸡汤一勺，然后是透亮的馄饨入碗。当我把馄饨从厨房端给坐在院子的老娘时，香气已经先我而飘满了整个院子……

又逢喜事芬芳飞

不经意间，窗台上的君子兰又吐蕊了。花朵起初少儿指头似的，和田玉般纯净、温润。"指尖"处抹着不张扬的红，小牙齿似的花蕊，在慢慢笑开的小口里，把香气吹满整个房间。笑得灿烂了，嘴巴成了六棱形的小喇叭，好像要播报人间的喜讯……

"噼里啪啦"的键盘音乐，正在把我歌颂新生活的语言变成文字之时，君子兰的花香，悄悄地跑到书房来了。我停下指头的弹唱，循着芳香，才看到了君子兰花的靓姿。最近在筹备一个会议，有关客家文化研究会文学委员会的事，疏忽了我很喜欢的君子兰。

洛阳，历史赋予了太多的内涵。由于战乱、灾荒，或者寻找新生活，一部分人从中原迁居南方。在家为主，在外是客。于是，世间有了"客家人"的称谓。学者们归纳客家人南迁史，大型的南迁活动有五次之多。西晋时期的八王之乱，长达16年之久。这是第一次南迁，从洛阳出发。第二次南迁因安史之乱，第三次南迁因北宋灭亡。居住洛阳的达官贵人、平民百姓离开洛阳，游走他乡……

在家千般好，出门一时难。成为他乡人，思乡念家的心，在无奈的时候，只能把愁泡在酒杯里，只能把愁挂在两腮间。《世说新语》记载一个故事：从洛阳渡过长江到建康的贵族，每逢天气晴和的日子，常常互相约请到新亭这个地方，坐在草地开筵饮。武城侯周颛在饮宴中间，喟然叹息说："江南风景跟中原没有两样，只是眼前的山河不一样！"在座的人都为之哭泣，泪眼相对。只有丞相王导神色严肃地说："大家正应当勠力同心，报效朝廷，收复中原，怎么至于像被俘在晋国的楚囚那样，一味相对悲泣不图振作呢？"

想返回洛阳，那个时候只能是说说而已。走进新时代，国强民富。国强华侨归，民富思故乡。客家人，回归故乡的愿望，如坛子里的佳酿，随着岁月的沉淀，越来越强烈。客归主人迎，洛阳市政府担当主人的角色，建造了迎客的精神地标——洛阳客家之源纪念馆，成立了洛阳客家文化研究会，筹划承办世界客属恳亲大会……

有一位老者，在汉魏故城长跪不起，眼泪连连，走时包一捧黄土，要让子孙们闻闻故乡的乡愁，看看故乡的颜色。

有一位年轻人，听说成立了客家文学委员会，电话的第一句话就是："我是客家人，也喜欢文学。我找到了双重的家——血缘上的家，洛阳；兴趣爱好的家，洛阳的客家文学组织……"

有一位不惑之年的教授，客家人，居住厦门。歌词创作全国驰名。当在朋友圈看到洛阳成立客家文学组织的消息时，激动得彻夜难眠，没两天，发来一首《远方的家》的歌词："又是夜深人静/我想念远方的家/想念燕子双双飞的家/想念槐花/槐花淡淡香的家/家，家呀家/她记得我，我记得她/长夜漫漫/游子在天涯/游子在天涯……想念慈母手中线的家/想念娘亲/娘亲唤儿归的家/她梦见我/我梦见她……"

我在侍弄着心爱的君子兰，心里回味着和她的情感。她来自一位我的学生。我精心呵护已经 25 年，从能开花那时起，每年总是在春节绽放。后来，每年两次开花。开花的时候，又总是伴着家里的喜事飘香。女儿升学了，妻子晋职了，老娘过生日了……花，有了灵性！

"江山就是人民，人民就是江山。"习近平总书记的讲话，温暖着华夏儿女的心。洛阳迎接客家人回家，也是"为民办实事"的具体行动……

"悠悠洛阳道，此会在何年。"唐代诗人陈子昂替客家人发出了询问。我深情地在键盘上敲下一行文字："洛阳相会时，无须待他日。"

（发表于 2021 年 10 月 18 日《洛阳日报》）

催开的不仅仅是牡丹花

　　生活在洛阳是幸福的。阳春三月，国花牡丹"花开动京城"；隆冬春节，牡丹国花亦芳香满万家。

　　不记得，洛阳做催花牡丹始于哪一年，但春节不出自家门，客厅赏牡丹已有十个年头了吧。

　　对催花牡丹的技术了解，是近几年的事，因为我的邻居是牡丹研究专家。

　　年前的 11 月份，邻居带回来几株刚从大田里挖的牡丹。寒冬无情，枝干秃秃，芽尖似风中的少女，身子紧紧地缩在衣服里……装盆、填土、浇水。我把一株牡丹放在了能享受阳光，又有温度氤氲的暖气片旁。如养育小生命般地开启了催花牡丹的技术模式。

　　抹植物生长液，是最重要的工作。老舍先生的《养花》养出了诸多生活哲理。挪挪这盆，动动那盆，有益于健康；不劳动，连一株花也养不活，提醒人生需要勤劳。面对室内的牡丹——早上起床，先拿起毛笔，蘸点药液，如写字般在不显山露水的花芽上点横撇捺；中午下班一进家门，蘸满药液的毛笔，又在花芽上浓墨重彩；晚上，依然似抚摸婴儿般，忙活一阵，期待着花芽变花蕾……

　　事物是运动的，没有一刻的静止。大约一周之后，原来紧裹衣服的"少女"开始松怀解带。先是芽头露出一点绿，继而芽衣裂开口子，碧玉般的花苞渐渐地饱满起来。为了让药液充分地进入花苞，需要剥去"少女"的"外衣"。花蕾的芳容初露的时候，还是让我涨了不少知识。一个芽苞里，是一枝花的全部：花茎，绿叶，还有花蕾。一簇叶芽簇拥着小小的花蕾，让人钦佩大自然的神奇：一枝花，花朵是核心，枝叶陪衬。核心始终处于被保护的"中心"。

　　绿叶过多，会影响花朵的生长，这是我的认为。于是，把花朵周围的绿叶掐去。催生的药液再抹，承载花朵和绿叶的嫩枝在悄悄地生长。掐去叶子的嫩枝上，一个花蕾孤零零地长在枝头。后来又长出的叶子害羞地依偎着花苞。我看到自己的劳动在牡丹身上有了些许起色，便邀请邻居到家里来评判我的作品。专家看了之后说，叶子还是需要的。叶子的去留——从整株牡丹看，花蕾与枝叶要有层次且力求浑然一体；从局部看，花蕾旁边的叶子要左右平衡。也就是说，绿叶和花朵相配，花朵的鲜艳亮枝头，绿叶的点缀刚刚好。

　　天地有大美而不言，四时有明法而不议，万物有成理而不说。宇宙之大美、明法和成理古已有之，重在人们去感悟然后付诸行为。养花，一心想的是花能灿烂开放，至于其他则全部忽略了。专家指点之后，我除了继续抹药之外，开始关注叶子的生长。左边留下一叶，右边的另一叶也要有意留下；前面的叶子低垂，后面的叶子想法让其高扬。一枝主干如果有两个花蕾，就割爱般地剪去弱小；几枝主干如果簇拥在一起，也毫不犹豫地三下五除二，让整棵牡丹的主干疏密有致……

　　又过了一周，专家再次光临，进口就夸，整株牡丹形状有韵味。再看看叶片和花蕾，遗憾地说，叶子没有舒展开来，花蕾缺少水分。说着拿起旁边我爱人平时喷头发的小水壶，噗噗噗噗……朝着叶子、花蕾喷起来。边喷边说："花的生长，需要温度，也需要湿度。温度促使生长，湿度滋润美丽。"至此，催花牡丹的工作中，我又多了一项任务。

当庚子春节来临之时，牡丹如期开放。富贵、吉祥的牡丹花香，盈满了客厅、书房。我常常泡一壶香茗，手端茶碗，静静端详着牡丹花，茶香和着花香津润着脾胃。思绪如茶壶中开水浸泡的茶叶，不停地上下翻滚。展现在眼前的一景一物，都因是否遵循自身的法则而显示美或者显露丑。圣哲之人，能探究天地伟大的美进而通晓万物生长的道理。我自叹弗如……

（发表于 2020 年 2 月 19 日《洛阳日报》）

花儿静悄悄地开

窗台上的君子兰，叶面肥厚、墨绿，君子般有规则地左右排列。这株君子兰陪伴我已经二十余个年头了。很准时，春节来临，花开似火，又如贺喜的绽开的无声鞭炮，给节日增添祥和气氛。连从她身上发出的芽经过换盆、培土，这两年也在春节送上了花香。但是，今年春节，母女两代，都沉默了，连个花蕾也没有露头。无奈，客厅里换了盛开的牡丹，把她们移至阳台上。

没承想，这个春节，我们遇到了凶险的疫情。

阳台上，阳光下。一杯茶，一本书，脚下卧着没有花色的君子兰。虽说在学校待惯了，有了"坐折板凳"的耐心，但家中的事还是让心里钻进了爬虫。

岳父93岁，失去自理能力，安排在养老院里。我们做晚辈的都很孝顺，尤其是妻子、妻哥。两人轮流，每天到养老院，帮助工作人员做些护理工作。现在无法前往，妻子丢了魂一般，坐卧不安。这不，和护理人员通上了视频，老爷子看到家人，泪水不由自主地从眼眶里溢出，我们的眼泪也滴满了手机屏幕……

我的老母亲，86岁。过年住在我弟弟家，25层的高楼。我每次打电话，她头一句话总是"你啥时候来接我？"接下来就是流着眼泪说不成话，我的心里也像下雨一般。老人不是因为别的，主要是想出门透透风。

茶叶在壶里翻滚，犹如心中的块垒，才下眉头，又上心头。我抬头看看窗外的街道，不见往日的车马喧嚣，偶尔一辆环卫车不急不慢地爬行在宽阔的大路上，略显城市还有呼吸。家庭是社会的缩影，翻看新闻，我家这点烦恼算得了什么呀！

阳台上，阳光下。一杯茶，一本书，脚下绿叶肥厚的君子兰。一个多月来，每天起床的第一件事就是打开手机看疫情统计表。新发现病人，一两千，二三百，一百左右，几十人；治愈病人，三四百，一千多，三千多。复工的喜讯不断……朋友圈里、微信群里各种网上会议、培训，你方唱罢我登场。大家都找到了适应在家办公的心态，或者在为开业充电，或者在为重新开业蓄势……紧紧揪着的心，也开始慢慢舒展。

不经意间，我把目光放到了脚下的君子兰上。忽然间，看到君子兰花蕾已经露头。嫩嫩的，没有见到阳光的嫩黄，尖上透着微红，悄悄地藏在两片叶子的根部。看到花蕾，我的心忽然开朗了许多。具有君子品格的君子兰花蕾已经初绽，相信，人们的心花怒放也为时不远了。

（发表于《洛阳日报》2020年3月9日）

再来一份儿牡丹燕菜

在"一城之人皆若狂"的四月，朋友从外地来看我。花香、花艳、花硕大。他兴奋得忘我，拿出手机拍照，手机拍到没电；在牡丹园里不停做深呼吸，连走路的步伐也落在老太太的后面；用双手比画着花朵的大小，歉意地说："我以为画家画的牡丹花都是夸张出来的，今天我才知道我是多么地无知……"

对于朋友的表现，我只是笑。感觉人是很有意思的，在大学讲台上滔滔不绝，上下五千年，左右三万里，自信满满，风度翩翩。可到了牡丹花海，却如小孩子遇到玩伴，又没有老师的监督，撒野、忘情。今天我见到了朋友的"童真"。

朋友的脚步可以和老太太比慢，但太阳毕竟是太阳，此刻已经西垂，因为我们计划还要去老城享受武则天的大餐，所以只好离开花海。走在市区的道路上，朋友望着绿化带里的牡丹花，自言自语道："牡丹花下死，做鬼也风流。"

水席楼，桌桌爆满。找到熟识的老板，才坐进了老板预留给自己朋友的房间。"牡丹燕菜"上桌，圆形的汤盆里，春水荡漾，如燕窝的细丝没于汤内，燕窝中央蛋黄做花瓣，珍珠果当花蕊，切碎的香菜漂于水面，整体观之，如一朵牡丹花生于"湖面"。是食品，也是艺术品，怪不得当年周恩来总理见到此菜，发出"菜中也能长出牡丹花"的感慨。我和朋友开玩笑："在花海中你过了眼瘾，在这里你可以把牡丹花吃到肚里，让胃'风流'吧。"

朋友执箸良久而不夹菜，面部粲然而有惋惜之意。"太美了，我不忍心动筷子了！"说着，又把手中的筷子放下，拿出手机给菜拍照，"先声明，我不是在微信朋友圈什么都晒的那种人，洛阳太有文化了，不愧是千年帝都呀，我必须为我的感动晒一回！"一口汤，一撮菜，细嚼，慢品，朋友吃得很斯文。他不是矜持，是在和菜对话。"都云作者痴，谁解其中味"，朋友已经在吃菜中进入了"痴"的意境。继而是一调羹一调羹地吃，再后来就是端起小碗忽略旁人的大口大口吞食。当他看到我望着他微笑的时候，他已经吃了三碗。

他放下碗筷，用纸巾擦着额头的细汗，若有所思地总结说："一口汤，酸辣爽口，那种'爽'从口中的味觉，然后到胃里，然后到通身，那感觉如初恋的男女第一次牵手；一撮菜，柔软耐嚼，那种'耐'从牙齿的咬合，然后到舌头的搅动，然后到喉咙的吞咽，那体验如情人初见后的分离欲走还留。"我说："现在对你文人的诗情状'翻篇儿'，不要影响了我们喝酒。""服务员，倒杜康酒！"朋友说："还喝酒呀？要喝酒，其他菜都不要了，还是牡丹燕菜。"说着他高声喊道，"再来一份儿牡丹燕菜！"……

花灯初放，老城西大街。红心黄边的商号幌子，灰褐色的墙面瓦顶，手工制作的食品小作坊，商贩偶尔一声的"焦花生——"我们仿佛实现了历史穿越。朋友徜徉街上，口中流出了"满城中酒店有三十座，他将那醉仙高挂，酒器张罗"的唱词，连走路的姿势也有几分醉意。

一位俄罗斯汉学家说："给我一立方米洛阳土，我终生受用不尽，研究不完。"朋友说："别说一立方土，就是洛阳的一份菜，我都终生不想离开洛阳了……"

（网上多人转载此文，遗憾的是没有署名）

一口染上，一生搭上

　　浑浊的云彩遮着入伏后的骄阳，阳光没有锐劲，但也烤得地皮火辣辣的。空中没有一丝风，闷得人们浑身不舒服。这一天，我们走进了集中戒治吸食毒品的瘾君子场所——戒毒所。

　　"咋说呢，家庭啥也没了。父母因我吸这个，生气死去了；妻子、孩子因我吸这个，离我而去了。我现在咋说呢，咋说呢……"这是一位被强制戒毒的中年汉子和我们谈话的开场白。汉子目光游移，四处飘忽；手一会放在桌子上，一会托住腮帮，一会又耷拉在双膝之上。像一位做错事的孩子，深知做错事情又无法挽回。那种神态让我们的心不停地往下沉。谈话陷入了停滞，房间内静寂得让人心悸。还是同行的一位女士，用女性特有的温柔和细腻提出了关于汉子孩子的话题："你想你的孩子吗？""想，很想……"汉子语音哽咽，眼睛发红，没有什么讲究地用双手擦着眼中流出的泪水。女士善解人意地递上了纸巾。场面又是一片沉寂……"说说你吸毒前的经历吧。"不知道是谁很智慧地发问，把汉子从眼泪中拉了出来。汉子眼里有了些许的光亮，打开了关于他从前的话匣子。

　　原来，汉子很能干。经济改革的大潮中，他下海了。卖服装，开饭馆，顺风顺水，没有几年工夫，几十万的存款有了，宽敞的房子有了，可爱的儿子也呱呱坠地了。一次朋友小聚，其中的一位掏出点神秘的东西给大家炫耀，并"让诸位尝个鲜"。汉子也尝了，知道那么一小包要 100 元。汉子说："这东西能提神，也不算贵。一小包一次也用不完，按照这样算算，我那几十万一辈子也花不完，何况我还在经营着不错的生意。"汉子说到这里的时候低下了头，眼中的亮光也瞬间消失了。按照他的说法，才开始几天吸一小包，到后来一天需要几包、十几包。吸了睡，昏迷般地沉睡；醒了，就想再吸，不吸就痛苦难耐，上瘾了。几十万，很快吸完了；向妻子要钱，妻子不给，追到妻子单位，双手狠狠地掐住她的脖子……妻子没钱了，向朋友、亲戚借，以做生意的名义，甚至借口老人生病……筑起了十几万的外债，亲戚不认了，朋友疏远了……汉子这个时候没了一点汉子的样子，纸巾和着泪水擦湿了他的整个脸庞。我不好意思地把目光从汉子的身上移开，透过密植钢筋的栅栏，看到了管理区内整洁的宿舍，灿烂的月季和戒毒公安人员和蔼的笑容。

随着经济的发展，社会的开放，吸毒者的人数在不断地增加，戒毒应该是个沉重的话题。生活压力大、工作不顺心、爱情婚姻有挫折，都可能成为吸毒的借口和缘由……工作人员递上茶水的举动，打断了我有关这个沉重话题的思考。汉子也从悲伤中走了出来，和我们交谈的欲望增强了许多。像自言自语，又像是给社会人一个忠告："一口染上，一生搭上！"然后解释似的接着说，"一旦吸上了瘾，没有大的毅力是很难戒掉的。好多事情后悔也来不及了。比如我吧——上，对不起父母，老人养育我几十年，该我尽孝了，自己连老人最后一面也没见着；下，对不起孩子，孩子最需要父爱的时候，自己因吸毒丧失了人性。"

"一口染上，一生搭上！"多么中肯的警示呀！世事沧桑，回顾我家的历史，在吸毒这个问题上也留下了惨痛的教训。听奶奶讲，在我曾祖父那一辈儿，我们家是个大户，家道殷实，房田无数，牛马充厩，人丁兴旺，子女成群，四男五女。一根烟枪，几年时光，房子吸没了，田地换成了他人名字。一大家子人住进了破窑洞里。五个姑娘只能共用一条裤子，出门干活的穿上，待在家里的就钻在用麦秸当作被子的床上。爷辈儿、父辈儿的辛苦和尴尬，因为我少不更事，体会得不深。我清晰地记得，自己上小学、中学时，没有一把可以搬到学校的凳子，更不用说桌子了（有那个时代经历的人都知道，那个时候上学需要自己带桌子和凳子）。其实，一口染上，何止搭上一个人的一生呀，搭上的是一群人、几代人的快乐和幸福呀！！！

我们揣着郁闷的心，拖着沉重的步子，行走在返回的路上。热情的花朵，难以赢得我们的欢心；欢叫的喜鹊，也无法叫出我们的快乐。人，作为一种动物，好奇、贪婪的天性，既成就了一些人的事业，也毫不留情地毁灭了无数人的前程和幸福。吃喝嫖赌抽，所谓的"五毒"，似想，哪一个不是因为好奇，因为贪欲？因为好奇，总想"尝个鲜"；因为贪欲，总想天天"尝个鲜"。我由此想到了温水煮青蛙的故事。青蛙放进冷水锅里，慢慢地加温，青蛙刚开始并不会立即跳出锅外。水温逐渐提高，青蛙已没有能力跳出锅外了，伸腿、窒息、死亡……

衷心地祈祷：你、他，包括我，不要做那只青蛙！

乡野之美

第二辑

玉笛春风

故乡，睡梦香甜甜

你是斑驳的土墙，我是你身上掉落的一粒土蛋蛋

你是古老皂角树，我是你枝头飘落的一个叶片片

你勤劳的肌体连着我不停歇的神经

你戴一朵花，我笑出泪拍手

你扎一个刺，我叫着娘喊疼

虽然他乡亦安然

亲娘般的故乡啊

睡梦香甜甜……

——题记

洪荒年月。夏禹疏水不舍昼夜。万安山南一片泽国。水从山脊的豁口漫过，渐渐涌向洛阳城。

天慢慢地暗下来，夏禹仰望万安山，心里暗暗祈祷：上苍呀，让洪水快快散去吧！低头看看脚下，洪水已经逼近。脚下的石块儿即将被洪水淹没。夏禹太累了，迷迷糊糊地睡着了。有趣的事情发生了，水上涨，脚下的石块随之增高。水上涨，石块增高……水始终淹没不住他的脚。翌日，夏禹在阳光初照时醒来。他揉揉惺忪的眼睛，想用脚下的水洗一把疲惫的脸。面前的情境让他惊呆啦！洪水退去，自己站立的石块变成了一座小山。他向

东南方望去，阳光照在一片芦苇丛上。阳光暖暖，芦苇青青，鸟雀喳喳，溪水淙淙……好一幅自然风景画呀！此景感动了夏禹，他兴奋得指着那片芦苇对手下人说："那里就叫苇园吧。"

后来，夏禹夜晚睡觉而增高的那座山叫禹宿谷堆。命名的那片芦苇，叫苇园村。

一

苇园村，一个不足千人的小山村。背靠万安山，北望洛阳城。一条溪流穿村而过，村民以李姓为主，杂居张、杨、田、陈、周、段等姓氏人家。据李氏家谱记载，大约在清康熙年间，一位老人带着三个儿子定居此地，依溪流两岸的土崖挖窑洞而居。

站在洛邑古城，抬头南望万安山。山势酷似一个金簸箕，937.3 米的最高峰祖师庙是其左脊，望嵩亭是其右脊。簸箕筛去的是谷壳，是秕子，留下的是饱满的粮食。苇园村，上苍留在簸箕之中的一粒粮食。

小小芦苇，脆弱，却有韧性。法国哲学家帕斯卡尔《思想录》中的名言浮现眼前："人只不过是一根芦苇，是自然界最脆弱的东西，但他是一根能思想的芦苇。"祖人们与芦苇为邻，耳濡目染，品味芦苇的品性。于是，在那兵荒马乱的岁月，建筑的寨子就显示了柔而韧的智慧。东边，趁崖头建墙，无须太高，挡住匪徒下崖即可；西边，沟边石头砌沿，从下到上，齐齐整整，高达数丈无棱角坑凹。街的南头，地势高，筑炮楼，瞭望数公里动静；街的北边，地势低，寨墙高高，寨门坚固，劫匪望寨却步。街道中，石板铺路，水井均匀分布。容纳全村人的祠堂，位居村中央，承载着全村人的和睦与力量。

今日，村民已经从老宅搬出。在平坦的土地上，用现代的建筑材料，建起了宽敞明亮、出行方便的宅院。寨子显得破败荒凉。我和一位研究建筑学的教授，徜徉在石板路上，望着昔日辉煌的清代建筑，扶着寨门上的石墙，建筑学教授不无感慨地说："智慧在民间。这里是一座完美的原始城堡，依势而建，投资少、效果好啊！"

二

苇园村清代建筑，座座有特色，户户有亮点，显示着住宅主人的职业特色。

如果留心乡村古代住宅，你会发现，这些大户宅院大都位居村子中心位置。苇园村的清代建筑也不例外。村中心，一排四户，面北依南。南边是土崖，依崖挖窑；北边，砖木结构，临街而建。三进大宅院，雕梁画栋，青砖铺地，方木为椽。房顶五脊六兽，高门槛，黑漆门，威武森严。老人讲，这是李姓一位武将的住宅。这位武将大名已无人记得。因为此人个子大，后人就都喊他李大个儿。

万安山与嵩山相连，苇园村距离少林寺不足百里。李大个儿体型异常，腿长手大，个高体壮，食量多于同龄人两倍。15岁时，百十斤的麦布袋扛在肩上，行走如飞；20岁时，打麦场上的石磙，移个位置如搬小小石块。普通人家，遇到这么个孩子，少有用处，甚至连饭也难以供给。无奈，老人把他送到了少林寺，习武在其次，混口饭吃是基本想法。

禅宗少林，"禅"的意蕴在"静虑"。冷静下来，如水一样，波浪不起，修炼"静"的境界；正确观察，正确思维，具有"虑"的方法。能够静中观察就有智慧发生。李大个儿力气足，也很聪明，武功日有长进。风云变幻，八国联军入侵。李大个儿提刀前行，加入抗敌战斗。勇猛杀敌，屡立战功。得到皇帝赏赐，官至大将军。封妻荫子，给四个儿子连排建起四座宅院……

蝴蝶效应发酵，村里有些体力的年轻人，也开始练武、考武科。清代制度，若要想通过武科取得一官半职，除了考武功之外，还要求读《论语》《孟子》和《武经七书》《百将传》，其目的就是让武生、武举之人掌握军事理论，同时也提高他们的文化素养。老人讲，在二十世纪"破四旧"的年月，村子里的"顶子疙瘩"，收了满满一箩筐。"顶子疙瘩"，就是武秀才帽子上的"金顶儿"。在《儿女英雄传》第二十四回中有这样的描写："又一个汉玉圈儿栓着个三寸来长的玳瑁胡梳儿，殺种羊帽四两重的红缨子，上头带着他那武秀才的金顶儿。"

习武，练就了村人的刚性。哲人说，万安山的性格，滋养着苇园村人的脾性，行伍的规矩，规范着苇园村人的武德，遇事不怕事，平时不惹事。

日本人进犯洛阳。一部分日军从南部的汝州过来。大谷关无法突破，他们只好从山顶翻越。当走到半山腰时，遇到苇园村组织的农民武装的伏击。几十位村民壮汉，各自一把土枪，枪托夹在腋下，嗵、嗵、嗵……霰弹如雨点向日本鬼子的头上射去。日本鬼子洋枪洋炮，凶恶反扑，几位村民肠子溢出肚外，依然没有退缩，一手端枪，一手托着肠子……小日本鬼子被村民的英勇气概镇住，只好从东边的山沟溜走。

故事听得入迷，讲故事的老人还没从回忆中回到现实。我把桌子上的水杯递到他面前的时候，他好久没有反应。同行的教授低声问道："村中尚武精神可赞。村民中有当土匪的没有？"老人连连摇头："没有，没有！习武不惹事，是老祖宗留下的规矩。可以说，在周围的村子里，苇园村人面善心慈，做事有分寸，村风很好。"

"道生之，德畜之，物形之，势成之。是以万物莫不尊道而贵德。道之尊，德之贵，夫莫之命而常自然。……生而不有，为而不恃，长而不宰，是谓玄德。"核心意思为：万物由道而产生，由德来蓄养，由物化而有形体，由情势而完成。因此，万物无不以道为尊、以德为贵。道产生万物却不把万物看作私有，为万物服务却不挟恩图报，这就是玄妙之德的体现。李氏老祖李聃《道德经》中的话，时刻提醒李姓人不恃强凌弱，不居功自傲。故此，李大个儿家的堂号取名"养德堂"。

"春满杏林门第，福临济世人家。"这副对联，在我童年之时，已经熟记于心。春节临近，写春联是春节大事之一。记得那一年，文化人家挤满要写春联的人，打扫院落、劈柴担水都有人抢着帮忙。有一位叔叔拿着红纸，让写一副对联，内容就是上面的文字。旁边的人纳闷，他家又不是医生。叔叔解释说："李大夫看病不收钱，搭时间、费灯油，还没有怨言，没有啥值钱的东西表示心意，就送他一幅对子吧。"

叔叔说的这位李大夫，是中医世家，四代行医。医术医德高尚，看病不分贫富。堂号为"得一堂"。

"得一堂"，取自《道德经》。"天得一以清，地得一以宁，神得一以灵，谷得一以盈，万物得一以生，侯王得一以为天下正。"行医世家取此堂号，是愿天下苍生得"生命根本、健康长寿"之义。

村中老人回忆，在那蝗虫满天飞、瘟疫大流行的年代，得一堂在门口设一口大铁锅，熬些治疗瘟疫的汤药，免费让村人饮用。村人排起长龙，你一碗我一碗……谁知，由于饥饿，有些村民在排队过程中瘫倒在地。李大夫看到此情，吩咐家人在门口又立锅台、放大锅，熬起粥来。其家人有的不解，李大夫说："救人救到底。病治好了，人饿死了，就失去了治病的意义。"于是，得一堂门前，常常是两条长龙：喝完粥，喝汤药；或者是喝完汤药，喝米粥……后来，村人感念得一堂的恩德，集体送匾额一块，"杏林春暖"高高悬于门额之上。可惜，匾额实物在岁月的沉淀中不知去向，"春暖"之佳话代代传颂……

我和得一堂第四代医生李盈洲先生的儿子年龄相仿，也是好朋友。一壶清茶，一杯淡酒，就可以消磨大半天光阴。他指着家中现存的医学古籍说："这些书，失而复得，让我感慨，行善必有意外之喜。"原来，在二十世纪六七十年代，他家的古籍都被收走。村里的会计，有些文化，知道这些都是有用的东西，于是悄悄藏到了不易被发现的地方。时过境迁，在二十世纪八十年代，这位文化人看到李大夫仁心仁术，救死扶伤，又把书送给了得一堂第四代医生……

据好朋友回忆，二十世纪七十年代，十里之外村子有一个精神病患者，上有父母下有儿女，家庭生活极其困难。经人介绍找到他家，让其父为之看病。

因其父同情这家人，在家常说，这个病人是家里的顶梁柱，如有个三长两短，这个家的天就塌了。于是，翻山越岭、下沟上坡，早上脚带露水，晚上头顶月亮，多次步行到病人家里为其诊治。在治疗最为关键的时刻，我的好朋友上初中，利用周日替其父给病人送药……

服人者，德也。好朋友淡然地讲述，一幅幅画面不停地在我脑海里闪过，山区医生，在那物资匮乏的年代，医德是支撑医术之基。真可谓：越岭翻山适医药，治疗周到医风好；走村串户探病人，护理精心痊愈多！

乡村的明清建筑，门楼大都相似，高台阶，高门槛，门当户对，与临街上房屋相连。门面不算宽，为了聚财、聚气。苇园村却有两家宅院，大车门，没门槛，昔日的牛车可以进到院内。这家的堂号为耕读堂。

隋末唐初将领、大臣李袭誉。少通敏，有识度；性严整，以威肃闻。尝谓子孙曰："吾近京城有赐田十顷，耕之可以充食；河内有赐桑千树，蚕之可以充衣；江东所写之书，读之可以求官。吾殁之后，尔曹但能勤此三事，亦何羡于人！"这便是"耕读堂"的出处。

苇园村耕读堂之家，勤俭持家，以种田为业。同时，有几辆牛车，兼以拉货业务。苇园村，虽属于临山薄地，但主人率领家庭成员深翻土地，移走顽石，耕牛成圈，牛粪满车满车地施入田地。招来的佃户，在粮食分成上也颇为宽容……人老几辈都说，方圆十里八村，同样的旱地，就苇园村的庄稼长势最好，收成最多。

冬日午后的暖阳，洒在老街巷里。我和耕读堂后人，在大车门前依墙而坐，聊着他爷爷流传下来的故事。

苇园村距离李村、洛阳较远。老叔打开了话匣子。老祖爷很有眼光，伐木料、请匠人，打了几辆铁角牛车。东家盖房子，需要进材料，牛车吱吱扭扭把沟沿流水（屋檐上的物件）拉回来；西家娶媳妇，车上搭席棚，吹吹打打把新娘子迎回来……现在是拉货有大汽车，娶媳妇有小轿车，那个时候，几辆牛车，啥事都办了，并且还风风光光的。无论是拉货、载人，都是挣些辛苦钱。祖宗留下的规矩，该挣的钱就挣，不是自己的钱，一分也不能要。

老叔陷入回忆，脸上泛着亮光。有一次，大冬天，天寒地冻，面前的河水结了厚厚的冰。牛车载着一车麦子，要到李村市场上出售。天不亮就出发了，路上除了赶集的人，行人稀少。车刚过去禹宿谷堆，赶车的是爷爷，突然感觉车轱辘"咯噔"被啥东西垫了一下。他赶紧勒住缰绳，拉住刹车，让车停下来。借着昏暗的光线，蹲下身子往车轮旁瞧去。只见一个篮球大小的布袋躺在地上。用手提提，沉甸甸的，并且"哗啦哗啦"地有金属的响声。打开口袋一看，惊住了！原来是一些银坨子。

我不解地问："啥是银坨子?"叔叔端杯子喝了一口水，微笑着说："听说过银匠这个职业吧。小孩子带的银项圈、银手镯，姑娘出嫁头上插的银簪子等等，现在大商场里有卖的，那个时候，大都是银匠师傅手工打造，过去每逢李村集会，都有银匠师傅摆摊招揽生意。"（李村，素有"小洛阳"之称，集市大，商户多。）意外之财，天黑人稀，不同的人，会有不同的想法。

"那个时候，捡到的东西能值多少钱？"同行的朋友问道。"具体钱数不好说，只知道一布袋麦子才能换一个小孩子带的银项圈。那包东西，打一二十个银项圈没有问题。"叔叔说，"老人看了银坨子，马上就猜到了是邻村老宋头的东西。紧临万安山的村庄，富户不多，谁家做啥买卖，邻村的人都知道。"

到了李村集市上，把自己的生意安顿好之后，就去找老宋头。见了老宋头，只见他灰头土脸，慌里慌张地，银匠炉也没有生火，不停地来回走动。爷爷说明来意之后，老宋头"扑通"就给爷爷跪下了："天呀！我感觉天就要塌了，我都难活下去了！谢谢恩人，谢谢恩人！"后来，两家成了亲家，老宋头成了叔叔的外公。

"积金以遗子孙，子孙未必能尽守；积书以遗子孙，子孙未必能尽读。不如积阴德于冥冥之中，以为子孙无穷之计。"古人所谓的阴德者，以今日眼光观之，正是助人积善好家风造就好的因果之道。那个时代，耕读堂人家属于殷实之家。特别重视孩子们读书。家里请有私塾先生，几代人，代代都有秀才。二十世纪六十年代，一家出了两个大学生……

三

万安山，东西绵延几十里。在伊滨经开区境内，依山居住的村庄有二三十个。据不完全统计，多数村常年缺水，而苇园村是少有不缺水的村庄之一。在我的记忆里，村中的河水，经年流淌，村子四周各有一座水库。灌溉水渠从村中流过。女人们渠边洗衣说笑，男人们汲水饲养牲畜，孩子们赤脚露背嬉水打闹……

水，滋润着土地，土地养育着茁壮的庄稼；水，也滋养着人心，人心彰显着善良的品性。我很喜欢《道德经》中的一段话："上善若水，水善利万物而不争，处众人之所恶，故几于道。"要达到最高境界的"善"，就要向古人学习。滤去骨子、脾气中的狂躁、功利与好斗……其最好的方法便是读圣贤之书。

苇园村人，虽地处闭塞之山坳，但读书之风甚浓。清代的秀才有之，李家祠堂常常书声琅琅；二十世纪五六十年代的大学生有之，教授、工程师、官员常常造福桑梓；村小学，除了公办教师，民师中老偃师高中毕业生占了绝大多数；恢复高考制度之后，年年都有大学录取通知书，在邮差"叮当"的自行车铃声中送到甚至是茅屋土墙的院落……

现代社会，教育得到足够重视。都说，乡村漂亮的建筑是学校。苇园村，在我童年的记忆里，村里最高大上的建筑，也是学校。

一进校门，偌大的活动场地。距离校门五十米的地方，是砖木结构的两层教学楼。一层两个教室，窗户宽大，木格子，糊白纸。窗户之间的墙上书写着"好好学习，天天向上"八个大字。教室内的读书声，震得窗户纸有节奏地晃动，像是对专心读书的学生送上的掌声；室外的大槐树下，同学们打陀螺、玩玻璃球、跳皮筋儿的忘我神情，让人似乎看到孩子们如夏天的玉米啪啪拔节，渐渐长高……

哲人说，教师是太阳底下最光辉的事业。在其他地方，教师是否"最光辉"，我没有发言权，但可以肯定，在苇园村，教师的"光辉"足以闪耀在每一个村民的笑脸上，闪耀在每户农家的厨房里。

在二十世纪某个时段里，教育得不到重视，老师地位低下。有的乡村对老师缺乏尊重，甚至让老师参加村里的与教育无关的集体劳动，老师吃饭有一顿没一顿。而在苇园村，教师却得到极大的尊重。我参加工作之后，见到在镇教育办做主任的高中老师。谈起苇园村的教育时，赵老师说："你们村虽然地理位置偏僻，但公办教师都乐意去，在那里心情舒畅，环境和谐，教师的价值能得到承认。"

山村、山村，石头多，土地少。可以说，是石头堆里种庄稼。撒一把种子，收一捧粮食。尤其是二十世纪六七十年代，细米白面的匮乏程度可想而知。那个时候，教师的饭是各家轮流供应的。教师的饭，无论轮到谁家都特别重视。"烙油饼，擀捞面，碗里卧着煎鸡蛋"是标配，是常态。

我们姊妹五人，还有年迈的奶奶。劳动力只有父母。在靠挣工分分粮食的年代，我们家每年分的小麦，经常是没到年关就没有了。我大姑家在西安，每年都要带来一些挂面。那个时代，挂面是稀罕物。奶奶身体不好，但也不忍心吃，说要留给老师吃；姊妹几人，望见挂面就流口水儿，但也从不提出吃挂面，都说要留给老师吃。有一次，奶奶得了病，十几天都不见好转。妈妈给奶奶煮了一碗挂面。只一碗！我们几个小孩儿望着那碗面条，心里的馋虫爬满了整个喉咙，整个口腔……

生活中有许多有趣的哲理，往往被一些人忽略了。话说严冬季节的晚上，没有暖气，也没有空调，身体冷得瑟瑟发抖。一旦钻进被窝里，不大一会儿，温暖便传满全身了。这种"暖"表面是被子送给的，其实那是自身的"暖"首先传递了被子，被子才把"暖"又回馈给了自己的身体。

村民们给足了老师尊重，老师会尽心尽力地把点拨智慧之"暖"传递给家乡的学子们。课堂上，用心传授知识；课余时间，行为上影响着学生的修养。

真实的故事。我上小学一年级，春天。西安的姑姑来了。城里人，我敬仰、亲近，不离其左右。记得很清楚，那是个下午，我却没去上学，在家里陪着姑姑玩耍。四点多钟，春日的阳光下，班主任李老师站到了我家门前。"走，上学去！"老师严肃又认真。"不，不上学了。"我怯生生地说。老师知道我的心事，不是不想上学而是贪玩儿。于是，动起手来，双手抱起我，往肩上一放，扛起来就向学校走去。

时至今日，当我提笔写下这段往事时，眼眶里仍然溢满泪水。

学校，距离我家大约一公里。我在老师肩上不停地踢腾，口里喊着"我要下来，我要下来"，泪水、鼻涕流湿了老师的肩膀；不停地挣扎，鞋子上的尘土沾满了老师全身。老师的手始终没有松开，我也一直没有从老师的肩逃脱下来。

到了学校门口，老师才把我放在地上，可能是给我点面子吧。灰溜溜的，我跟着老师进了他的办公室。老师严肃地在办公室来回踱步。木楼板，翻毛大皮鞋。皮鞋与木楼板的撞击声"咚、咚、咚……"如鼓槌一样，一下下地敲在我小小的心脏上。老师当时说了哪些教育我的话，我大都不记得了。只记住了一个情节，老师口气很重地说："再不来上学，我就用皮鞋踢你。"同时，脚重重地跺在木楼板上。那响声的波纹，如一根根芒刺，扎在我的脸上、身上、心脏上。我胆怯，不敢抬头。满眼只有大皮鞋，盈耳尽是"擂鼓声"……

人的惰性是天生的，学习本身是痛苦的。树，不修不成材；人，不管难成人。如果唐僧没有紧箍咒，孙悟空一辈子都是泼猴。

现在有的教育理念，比如"爱和自由"。出发点是好的，但是，"爱"，是否不包含"教育"，"自由"，是否不包含"约束"？教育、约束到什么程度？值得每一位教育工作者思考。

课堂上，一位小学生趴在桌子上睡觉，旁边的同学想推醒他。老师制止了："这个时候，对于他来说需要睡觉。要给他爱和自由。"当我听到这个真实故事的时候,我笑了,笑得泪水沉甸甸的,从两腮滴到书桌上。

我自从被老师"抱"了一次之后,再没有逃过学,连迟到也没有。学习努力,勤奋而不甘落后。闲暇之时,夜深人静,常常回味自己的这段经历。假如,当时老师没有去抱我;假如,老师应付一下,我哭闹时把我放下;假如,老师到学校没有批评教育……哪有我今天的成长!要知道,那个时代农村失学儿童比比皆是。

一个人遇到好老师是人生的幸运,一个学校拥有好老师是学校的光荣,一个民族源源不断涌现出一批又一批好老师则是民族的希望。

四

智者乐水,仁者乐山。苇园村,山相依,水环绕。由此,培养出村民大山般的自强不息,培养出村民清水般的谦逊利他。村风的形成,如山之增高,不见其长但日有垒土之加;家风的传承,似水之流淌,不闻其声,但时有舟船前行。

无论在何地、何时,和苇园村人打交道,热情、务实、肯干、不张扬,是他们身上的修养。改革开放后,村民们大多走出了山村。年轻人主要从事两大产业,房屋装修和打烧饼。

新时代初期,住房条件得到极大改善。当时,室内装修市场广阔,但行业规范混乱无序。本家侄子讲了亲身经历的一件事。房主带着他去建材市场买材料,每个老板都很热情。但一报价格,总会比实价高出许多。当他要求老板按实价销售时,老板的眼睛瞪得老大老大,表情中透着惊讶和不解。原来,老板想给装修工留下一些佣金。当房主知道原委后,问他:"你为何不要这份佣金?"他说:"只挣该挣的钱。做人应该本分,做事应该问心无愧……"

侄子家，生活并不富裕。三个孩子，两个正在求学，一个则是残疾。"天下熙熙皆为利来，天下攘攘皆为利往。夫千乘之主，万家之侯，百室之君，尚犹患贫，而况匹夫编户之民乎。"司马迁的话符合普遍规律，但需要挣钱养家的侄子却没有一味地追求"利"，而是把"本分"放到了做人的首位。侄子的行为是村子里做装修生意的代表，而不是个例。

三月三，上南山。南山庙会都喜欢。南山庙会，就是指苇园村山脚下的那个庙会。阳春三月。草长莺飞，万安山绿意盎然，小溪也从冬天醒来。以苇园村行宫庙为中心的区域，商人云集，踏春者结伴相聚，庙会热闹、壮观。凉粉汤、粉糊卜……各种小吃聚集成市；魔术、电玩……各种娱乐游戏笑声飘飘；野菊花、石磨面……各种土特产琳琅满目。大约一周时间的庙会，参与者络绎不绝，行人连成几里长龙；汽车塞道，汽车蜿蜒到三公里之外的渠滨路上。

我和几位教授，从村子东边的道路进村，把车停在自家门前，然后步行上山。山道弯弯，春阳暖暖。古道上，石板小径，山上山下相连。这条古道，汉代的隐士通明走过，曾留下了古碑；这条古道，武则天走过，山下的行宫因她而建；这条古道，司马光走过，曾留下摩崖石刻；这条古道，闵交如走过，玉泉寺静心读书的身影依稀可见……我们几人，踏着古人走过的石板路，聊着今日幸福的生活，不知不觉，已经到了半山腰。

烧饼的香味吸引了我们的味觉，循香而去。人还没到烧饼摊前，"叔，你也来赶庙会啦！"说着，给我们找来一张桌子，几把小凳，然后端来一盘刚出炉的烧饼。

咬上一口，表皮焦脆，嘎巴嘎巴有声；内心儿软绵，丝丝缕缕入胃。麦香氤氲，饥饿感在退却，体力在提升。几位同事都夸烧饼好吃。

民以食为天。现在的洛阳城，说不准，你每天吃的烧饼，就是我们苇园村人打的。启明星高悬，老乡们已经开门和面、点火烘炉；华灯高照，烧饼店前购买者你去我来……

在我们边吃边聊之时，侄子抽空过来坐到我们身边。我问："生意怎么样？""生意不错。这是临时支个摊。在洛阳的门店，一天能打几百斤面粉。"当我问起生意经时，他沉思片刻，讲了个真事。

打烧饼，面粉、食用油是主要材料。面粉坚持用大面粉厂的，不了解的小厂面粉从来不用。这些年，地沟油大家都知道。找他推销地沟油的经常有，价格比正规厂家的便宜许多，但他都拒绝了。这些商人笑他傻。他说："做生意要讲良心。伤天害理的事说到天边儿，也不能做。"

吃食生意，靠的都是回头客。开饭店的，找来了，说苇园人做的烧饼吃着放心；工地的老板，找来了，说苇园人做的烧饼分量足。每天一半的烧饼，都是送给了这些固定的大客户。

没有高深的理论，没有闪光的语言。有的是朴实的心态，有的是良知的村风传承。走进苇园村，道路宽敞，两层住宅小楼数不胜数。瓷砖附墙、玻璃大窗，空调、天然气生活设施一应俱全。逢年过节，年轻人的小汽车停满街道两旁……

我每一次回家，内心总是暖暖的。看着村里的变化，回味着祖宗留下的故事，苇园村的村风家训浮现脑海：勤劳动，德润身，良心为本；胸襟阔，是非清，昌盛是根。守本分，尊长辈，低调谦逊；勉诵读，重交游，常省自身……

（发表于 2020 年 11 月 27 日《洛阳日报》）

拜谒万安山

距洛阳市区东南三十里，有个古镇，叫李村镇。李村南行十余里，有座青山横卧眼前。这座山，就是万安山。万安山，古称大石山、半石山、金山、石林山、玉泉山、小南顶。我的家，就在这山脚下。

万安山，远远望去，像是农家的簸箕，因为是土山，在过去的饥荒年代，曾用憨厚的山土养育了人们；又像一支山鹰，健硕的双翼展翅欲飞，给人们以生活的信心和勇气。万安山，我无法说清到底登过多少次，但每一次攀登，心中都有一种敬仰，有一种朝圣的感觉。

我离开家乡近 40 年了，自己像空中的风筝，但握线的无形的大手始终在生我养我的故乡。我常常在梦中遇到童年的玩伴一起在门前、山上的情景：门前，河水淙淙，小鱼、螃蟹嬉玩成趣；山上，郁郁葱葱，祖师爷庙、白龙潭、朝阳洞……古建筑依稀可见。

一

春天，洋槐花铺满山坡，犹如洁净的花裙衫，把山峦打扮得如时髦女郎，还有那自然的清香，给人们以极大的享受和无限的遐想；夏天，大雨过后，千丈青山衬着一道白银，这般景象真的没法比喻，还有那"像阵阵的风吹过松林"般的响声，给人们的是振奋和向往；秋天，山果累累，梨子、山楂、野葡萄，吃进肚子的都是满足和香甜；冬天，雪盖山巅，阳光普照，造就了古代洛阳八小景之一的"石林雪雾"。现在，人的生活节奏加快了，即使登山，大多也是赶路，对风景总是走马观花，无法蹲在石头上，静心地和风景进行心的交流。其实，这座山，细微的美景真的不少，只是游客匆忙，美景从眼皮底下溜走了。在刚进山不远处，如果你向东边看，几百米的绝壁会映入你的眼帘。绝壁上，怪石嶙峋，像老人，像雄狮，像古战场上的壮士……看到这场景，也许你会想到张家界金鞭溪的"十里画廊"。南方的画，虽秀气，但显得单薄；这里的画秀气中透着厚重，显示着北方汉子的精气神。故此，当地人把这个画廊叫作"戏台门"。意思是，你进了门，好戏好景还能没有吗？进了戏台门，右边有个斜斜的山坡向山顶延伸，这个山坡上，一片松树，亭亭玉立，旁边有几块足球场般的大石头，小溪无声地在石头上流淌……如果有雅兴，晚上留下，享受月光、小溪和松林，你会相信"明月松间照，清泉石上流"就是王维在此地借此景而生出的神来之笔。

古时候这一带林木繁茂，是游猎好去处。《资治通鉴》载：曹丕与其子曹睿在大石山打猎，见子母鹿。文帝射杀母鹿，命睿射子鹿，睿泣曰，"陛下已杀其母，臣不忍复杀其子。"古代的智者、仁者都喜欢纵情山水。仁者在山的稳定、博大和丰富中，积蓄和锤炼自己的仁爱之心；智者则涉水而行，望水而思，以碧波清流洗濯自己的理智。

来到万安山的朋友，或许会遗憾水的缺乏。其实，在过去，红土沟里边有一股碗口粗的泉水不舍昼夜。其下的河道清溪涟涟，鱼虾成群，给我们的童年留下了美好的记忆。当时，记不得是哪位"智者"面对诱人的清泉突发奇想：如果用炸药把泉眼口炸大一些，不是流出的水量更大些吗？随着一声巨响，泉水不但没有喷薄而出，反而变成了绳子粗细……愚昧的人总干些违背科学规律的事情。

二

在山的进口，现在是成片的简陋的庙宇和方便游客的商店、饭馆。如果你翻阅史书，你会知道这个地方叫"行宫"，是当年一代女皇武则天夏天避暑的地方。昔日的"行宫"已经灰飞烟灭，但关于行宫的记忆仍依稀存记。由于是武则天的行宫，后人就把这个地方作为祭奠神仙的庙宇。天天香火不断，几间房子虽然破旧，但还可以遮风挡雨。

关于行宫的修建，《二十四史·旧唐书·列传第三十九》有这样的记载："则天尝幸万安山玉泉寺，以山径危悬，欲御腰舆而上。（洛州的秘书长）方庆谏曰：'昔汉元帝尝祭庙，出便门，御楼船，光禄勋张猛奏曰："乘船危，就桥安。"元帝乃从桥，即前代旧事。今山径危险，石路曲狭，上瞻骇目，下视寒心，比于楼船，安危不等。陛下蒸人父母，奈何践此畏涂？伏望停舆驻跸。'则天纳其言而止。""驻跸"，就是途中暂停小住。于是在万安山脚下建起了万安山行宫。行宫与山水为伴，与山半腰的玉泉寺咫尺相望，听佛界仙乐而愉情。

在那贫困年代，穷苦百姓地无一垄，房无一间，只好寄居行宫庙里。白天，在荒山上扒出一片土地，撒上一把种子，等待老天的恩赐；晚上，蜗居庙内，遮风避寒，求得安宁。听老人讲，行宫庙最多时容纳 50 口人。正是有了这个听来的记忆，每每踏上行宫这片土地，心中总会无端地生出一份敬仰，中国大地无数的庙宇中，历朝历代养活了多少劳苦大众呀！也生出一点感想，昔日皇胄贵戚为了舒服显赫而盘剥老百姓血汗钱修建的房舍，到后来却无意又成了穷苦人的栖身之地，正是不公平中的"公平"呀！

<h2 style="text-align:center">三</h2>

经过行宫，拾级而上，大约半小时的路程，就来到一片相对平整的开阔地。古柏参差，残垣断壁，昔日大殿立柱的柱础散落于荒草尘土之间。这里就是玉泉寺。

依稀记得，20世纪70年代，玉泉寺东厢房尚存，后面的大殿似乎也在。整个院子成了村集体养牛的地方，柱子、石碑成了拴牛最便当的物件。村里的长者，都知道唐朝时郭子仪大将军奉诏重修了玉泉寺。后查史料得知，神秀禅师云游于此，看到此山郁郁葱葱，紫气盎盎，清溪潺潺，静谧幽幽，于是在玉泉寺开山收徒，弘扬渐悟禅法。神秀的善行，深得武则天及后来中宗的赏识和尊崇。师傅用心，皇家鼓励，事业自然似炉中之旺柴轰轰烈烈。伫立寺庙的废墟之上，当时盛景浮现眼前：朱漆红门，殿宇轩昂；众僧芸芸，佛乐袅袅；信众云集，香火缭绕……好一派祥和平安的世道呀！

历史的记忆，靠人的脑子总是勉为其难的。庆幸，2007年底，在玉泉寺发现后唐石碑，石碑上记载了汾阳郡王郭子仪奉敕在万安山神秀讲经处重修玉泉寺的过程。感谢石碑，坚硬的石头帮助后人记忆了历史。前文说的"则天尝幸玉泉寺"，就是为了与神秀大师讲经论佛。

当我思维回归现实，看到一位90高龄的老者，同一个村庄的。互相寒暄之后，老者打开了话匣子："我小时候，常到玉泉寺耍，那个时候还有几个和尚。听说马上又要重建了，真是好日子的兆头呀！"盛世修庙不是一件坏事！

四

　　玉泉寺的东边，是白龙潭和白龙王庙。在水资源丰沛的年代，白龙潭水清澈见底，甘甜可口。在我的童年时代，每次上山，无论是割草还是游玩，白龙潭总是我的驿站。放下辎重，深情地望望碧玉般的潭水，然后惬意地用双手掬起冰凉的水团，忘我地灌进干渴的喉管里。这样的叙述不是矫情，不是夸张，而是当时的真切感受。20世纪的70年代，水资源不缺，但食物匮乏。我们总是早上天不亮就扛着扁担，拿着镰刀，到山上割草。下山的时候大概是上午9点来钟。下山挑重担，又没有早饭吃，只好上山时带个干馒头，是红薯面和白麦面分层做成的花卷儿。体力劳作，汗流浃背；馒头干硬，口干舌燥。你想，正渴呢，看见水了！白龙潭——劳动人民的期盼！

　　白龙庙，古香古色，环境静谧，每次进入这片领地，庄严肃穆之情油然而生。白龙庙，没有围墙，没有山门。这样的寺庙比较罕见，也许这彰显包容之胸怀，表白开放之大度。白龙庙自南往北依次有歇马将军殿、龙王大殿、九龙圣母殿，及后厢房多间，残留的石碑上记载着清乾隆年间重修庙宇的经过及捐款者款数、捐工者的天数。捐款的善男信女，平民百姓，甚至衣不蔽体者居多；捐工者，有的放下自家的农活，甚至带病劳作。还有那没有刻在石碑上的小脚婆娘们，她们哄睡了孩子，伺候了公婆，顾不上喘口气，就三五成群地搬起两块砖、兜起一捧沙，蹒跚着向庙宇的建筑工地走去。在民间，这样的情景随处可见。我们不仅要思考，这是一种什么力量让普通百姓如此地自觉？这是一种什么力量让普通百姓如此高尚？他们回答的意思概括为两个字：信仰！美国著名诗人惠特曼说："没有信仰，就没有名副其实的品行和生命；没有信仰，就没有名副其实的国土。"思绪的野马在此驻足，久久无法奔腾。现代社会的多元，我们的信仰不苛求唯一，但作为人，必须有信仰。无论你信仰什么，都应该是——向善！

思维停滞，脚步还在彳亍，当看到龙王殿内悬挂的"甘雨谷我"赠匾之时，脑海里浮现了有关这块匾额的由来：民国二十六年（1937），洛阳一带已是大旱的第三年，第十区行政专员兼洛阳县长王泽民来到白龙庙祈雨。县长净手焚香、双膝下跪，对着龙王塑像说："你若有灵，三天以内下雨，我为你赠挂大匾；过了三天仍无雨下，我就来扒你的神庙。"言罢三拜九叩而去。白龙庙离山下不过五六百米，王县长刚拐过山嘴，便见山顶乌云笼罩，紧走慢行间，雨点已洒落下来。待县长行至李村镇，已经大雨滂沱了。王县长的那次向神祈雨也是一次向善行动吧?!

五

"会当凌绝顶，一览众山小。"登山的惬意之处应该是站在山之巅，俯视远方目之所及的风景了。祖师爷庙是我们登万安山的终点。庙宇卧在突兀的峰巅——南望，脚下悬崖绝壁；北看，崖不见底；东瞧，怪石嶙峋；西瞰，"刀刃"矗立。好风水，是个修身养性的好地方！当年祖师爷慧眼选择了这片修行之地。说祖师爷，自然会连带上途中经过的"磨针宫"。祖师爷，人称"真武大帝"，悟道修行是清苦的。天将降大任，必然劳其筋骨，饿其体肤。凡人的意志往往在"劳"和"饿"的过程中逐渐消退，回归凡人的生活里。当然，如果在回归凡人的中途遇到贵人、并且能因此醒悟，其结果必然又会超越凡人成为"爷"，成为"神"！传说真武修行日久，见进步不大，便心灰意冷，沮丧下山，走至"磨针宫"东边的山峰处，见一老太太正在石板上磨一根粗粗的铁棒。祖师好奇，就问其故。老太太说是为女儿磨根绣花针。祖师疑惑不信，老太太说："只要功夫真，铁棒磨成针。"祖师大受启发，回头上山接着修炼起来……真武修炼成功，成了祖师爷。神恩浩荡，时时惠顾着十里八乡的百姓们。百姓们也念着爷的好，就有钱出钱，无钱出力，在山顶捐起了气宇轩昂的大庙。多年来，庙内道众不断，香火袅绕。

"破四旧"的年代，祖师爷庙也没有幸免。某村的一家，弟兄几个身强力壮，抢庙宇檩条、椽子归为己有，用庙宇的建筑材料盖成了自家的房屋。世事捉弄人，没有几年时间，老大死于非命，老三因婚姻受了刺激成了疯子。疯子游到我们村，知情的老者就告诉孩子们，他就是扒庙盖自家房的那家人，作孽受到天谴，才家不像家，人不像人。这个情景在我眼前出现的时候，我还不足 10 岁。当听到老人讲这些话的时候，浑身肌肉紧绷绷的，背上还冒出阵阵冷汗。现在回想这个事情，这家人的死和疯，与扒庙用材盖房并没有什么必然的联系，但脑海中冒出的"敬畏"词汇，还是觉得有意义的。

身边的人需要敬畏，因为他靠劳动为社会创造着财富；长辈需要敬畏，因为他有用金钱买不来的经验和教训；身边的物需要敬畏，因为它给我们生活以平衡或者承担着人无法替代的功能。作为一个人，如果没有了敬畏之心，也就失去了行动的约束力。如果缺乏了约束力，那就丢弃了作为人的底线。有位朋友从俄罗斯回来，谈到他去拜谒德国著名哲学家康德的墓地，深深地被他墓碑上的文字所吸引："有两种东西，我对它们的思考越是深沉和持久，它们在我心灵中唤起的惊奇和敬畏就会日新月异，不断增长，这就是我头上的星空与心中的道德律。"星空赠予人们生活的魅力，道德提醒着人们该去做人事儿，而不是去做人不该做的事儿！

六

从山顶返回，到朝阳洞歇脚。朝阳洞面南而建，左边有一巨大的赤色石头，如巨牛安卧，故称卧牛石。朝阳洞曾经是大唐法师唐玄奘居住过的地方。西行取经东归时，回偃师缑氏老家探亲，途径朝阳洞歇息居留。因为在这里安静无烦扰，所以题名万安山。这不是杜撰，《河南地方志·地名志》中有如下记载："传因唐玄奘曾夜宿卧牛石处，安然无恙得名。"

世事沧桑，命运多舛，于是人们都祈求平安、安宁。万安，既是修行的目的，也是对芸芸众生美好生活的祝愿！

洛阳，在中国历史的长河中，是千年帝都，是文化圣城，不是随意命名的，一个个符号注解了他的蕴涵。万安山是洛阳蕴涵的一个注脚，那敬仰，那朝圣，自然是情不自禁了……

（发表于《牡丹》2012 年第 4 期）

马寨，马寨

大谷口，马寨村
朱氏后裔传斯文
村民和善村风好
集市兴盛惠乡邻
可恨当年小日本
飞机扫射赶集人
死伤多达几十人
至今墙上留弹痕
…………

这是我童年时听到的歌谣。马寨村，和我老家一样，南依万安山，北望河洛川。两村相距也就五六公里，但因当时交通不便，听过歌谣，却一直没有走进歌谣中的村子。大谷关客家小镇建设，吸引我领略了历史文献中的大谷关，品味了卧居关口的马寨村。

一

高高的土崖之上，一片错落有致的民居写着豫西地区特有的风貌。黄泥墙，大寨门，灰瓦的马鞍房和水泥铺面的平顶房间杂排列，小黄菊、红月季和门前的小菜园点缀着街道的鲜活……

"耳底松声风奏乐，窗间竹影月传神"，宋代诗人杨公远的诗句写活了我甜美的童年乡村记忆。

马寨村，朱姓居多，修葺一新的朱家祠堂，见证着族人的喜怒哀乐，记忆着社会的风云变迁。祠堂始建于明末——石头做基，坚硬的石头经过能工巧匠们的手掌，服帖而坚固地各就各位，撑起朱氏家族的尊严和希望；青砖做墙，白石灰勾缝，彰显着朱氏家族的殷实和讲究。乡间的祠堂，是中国特有的家族精神栖息地，显示着国人特有的祖宗崇拜信仰。

祠堂的山墙上，石头墙面足有两人多高，其上是大大的青砖。整齐的青砖墙面上，不规则地散落着几个拳头大的窟窿。窟窿或深或浅，有大有小，似眼睛如嘴巴。这些窟窿，是有意为之，还是岁月风雨的侵蚀？看看四周，没有当地的老乡来解答我的疑惑。

脚步在祠堂旁的沟沿边移动，酸枣树上的果实红灯笼似的亮堂着我的心情。几棵皂角树根连着根，父子情深般传承着村子里的故事。

"通幽曲径现珍木，冠大荫浓轻栟风。舍己疾除千百种，而今又在傲苍穹。"古诗写尽了皂角树的品质，冠大荫浓，便于人们乘凉；舍身治病，无私大公。的确，皂角树，昔日的乡村并不少见。在老乡心里，皂角树寄托着乡愁，希冀着家族的开枝散叶。夏天，骄阳似火，大中午妇女们聚集在阴凉的皂角树下，东家长西家短地拉着家常，左右手没有闲着，扎针、用力压、借助针拔，粗细合适的纳底绳"刺——"的一声扬至头顶，把爱一个疙瘩一个疙瘩地定格在做新鞋的底子上。树下的凉爽，不知道成就了多少家的爱情，也不知道纳出的鞋底、做成的新鞋把多少人的辉煌送到了远方……

脚步声打断了我的遐思。一位申姓老者慈祥地和我打招呼。老者已达耄耋之年，做过老师。谈起祠堂墙上的窟窿，原来有神的眼光突然变得暗淡……

农历二月二十五，是马寨古庙会固定的日子。开始春耕的乡民，从十里八乡聚集而来。男人们买些春耕需要的麻绳、箩筐；孩子们牵着大人的手，把玩着糖人、风筝；妇女们围拢在花花绿绿的布摊前，挑选着称意的颜色；商人们扯开嗓子，兜售着自己的商品……皂角树下，凉粉汤诱人的香味焊住了食客的脚步，"哧溜哧溜"的粉条入口的声音成了店家免费的广告，吸引着更多的人加入吃饭的队伍；戏台上，"憨打扮"姜竹美、崔小红等名演员正在戏曲《桃花庵》里倾诉衷肠；街道上，人员流动，熙熙攘攘，二月的暖阳脱掉了许多人身上的棉衣。棉衣有的搭在肩上，有的夹在腋下……

中午时分，北边的天空突然响起"嗡嗡"的飞机声。刹那间，飞机降低、俯冲，紧接着是机枪"嗒嗒嗒……嗒嗒嗒……"的扫射声。被扫射的集市上，人人惊慌，有的钻在摊位的货架下面，有的跑进旁边的老乡家里，有的躲进了朱家祠堂里……又一架飞机呼啸而来，扔下四颗炸弹……

老人的思绪还在那场浩劫里，脸上透着惊恐，泪珠溢满眼眶。那是1945年，老人12岁，轰炸马寨古庙会的是日本鬼子。在这场惨无人道的轰炸、机枪扫射中，当场死亡20多人，受伤者无法统计。庆幸的是，四颗炸弹没有落在集市上，而是落在了旁边的沟里。当时沟里有水，水在爆炸声中，冲向高空，散落在村寨的土墙上、屋脊上，然后又"哗哗哗"地流下来，那流水声，和着伤亡者家人的哭喊声，凄惨、悲怆……

岁月就如我们的记忆，时间越长，留下的痕迹越少。马寨古庙会的劫难，过去70多年，这块伤疤，人们都不愿提及，只是有人刻意问起，老人们才说出心中的愤怒。朱家祠堂，似刚强的中国汉子，用胸脯挡住了袭来的子弹，保护了屋里的乡亲，在如胸膛的北山墙上，留下了深浅不一的窟窿，见证着日本鬼子杀害无辜百姓的那次暴行。

二

"余从京域，言归东藩。背伊阙，越轘辕，经通谷，陵景山……"曹植的《洛神赋》，为洛阳的山川、关隘增添了诸多文学光彩。作家村姑微信问我："我阅读《洛神赋》，感觉很费解，当年曹植封地山东鄄城，究竟走的是怎么样的一条路线?"我理解她的疑问。"通谷"和"轘辕"同在洛河之阴，是一座山系的两座关隘，怎么能既"越"这个，又"经"那个? 更让人不可理解的是，还要再次跨过洛河，到偃师北边的景山上游览一番呢!

这是个很有意思的话题。我做学术研究，正好关注的是魏晋南北朝文学，曹植又与洛阳有关，他自然成为我重点研究的对象。我的观点是，这是文学创作中的符号学概念，简单说，用这些有名的地理名称，以增强文章的真实感。

赋中所说的"通谷"，也就是大家熟悉的"大谷"。曹植肯定走过，因为受到误解，当年他要到在魏都许昌公干的皇帝哥哥曹丕那里寻求清白。曹植走在这纵深15公里的山谷里，心事重重，也无心欣赏西边崔嵬挺拔的万安山主峰，也无意观望东边的焦山，没有留下赞叹"一夫当关，万夫莫开"大谷关天地之造化的诗句，却写出了"太谷何寥廓，山树郁苍苍"的感叹。这历代兵家必争之地——《三国志》有记载，孙坚讨伐董卓，进兵大谷;《隋书·李穆梁睿传》有记载，李三王等守通谷，梁睿使张威击破之，擒数千人。西晋末年，"永嘉之乱"爆发，大谷关，留下了多少士族南迁途中的泪水、行囊……

三

我沿着大谷关故道前行。两山夹持，丛林繁茂。万籁俱静，偶尔有山雀的歌唱。我的脚步惊扰了它们的恋情，它们的歌唱也打乱了我的思绪。干脆，什么也不想，抬头看看熟悉的祖师爷庙，回味儿时山门外的秋风，低头瞧瞧脚下的野草，芨芨草上面已经成熟的"芨芨"，唤起儿时多少的快乐和烦恼……

在一片树林之下，遇到一位牧马人。一匹枣红马在田埂旁悠闲地吃草，牧马人自在地哼着小曲。

"老乡，现在不用马拉车耕地了，你还……"然后我用头指了指旁边的马。老乡明白了我的意思，先是用手指指不远处的跑马场，接着说，这里打造沟域经济，做个骑马的娱乐项目。"来骑马的人还真不少呢！"

"马温顺吧？"老乡坦然地回道："听话得很。要不，你骑上去试试？"

马，在中国传统文化中，具有良好的文化寓意。说到龙马精神，就会自然想到我们民族自强不息、厚德载物的民族精神；说到千里马，就会自然想到人才、能力、有作为……心存对马如此的美好印象，腿就不受约束地走进马身，用手顺着马的脖子感受柔中带刚的鬃毛。

攀谈中，知道牧马人是附近村子的，因为喜欢马，和马成了朋友。当谈到马寨村时，他说："马寨人厚道、随和，不知道是祖宗养马，把这种品性传给了马匹，还是马的脾性熏染了人们，也许是互有影响吧。"

真的没有想到，一位牧马人能有如此深邃的思考。在那战争年代，战马犹如战车，在需要的时候，渴饮疆场秋风，饥餐山野霜雪，夏日忍受酷暑蚊虫，春天熬煎粮草不接，但勇往直前的脚步一刻也不会停下……当主人负伤倒地之时，骏马也会如战友一般，想尽一切办法，把主人拖回驻地……

"马寨人，不仅有厚道、随和的柔性，也有刚毅、不服输的血性。"牧马人用顺口溜的形式说出了马寨人的另一种品性，"马寨人老是恶，看见鬼子下北坡。两根老盖儿枪，把住东沟沿。两根老十响，把住西大坡。鬼子干着急，就是没办法……"

我静静地倾听着，太阳隐没于西崖之后，秋风也停止了活动，只听到身边小溪哗哗的流动，只听到枣红马嘴唇与青草的接吻声。由马寨人的品性，我想到了现在开发马寨这个古村落的孙文东先生。看上去温文尔雅，决定大事时眼睛里的刚毅和果敢很令我钦佩。此时，眼前的马打个响鼻，把我的思绪拉回到现实。突然，脑海里跳出一个闪念：孙先生，不就是一匹马吗？在人生的事业上飞奔驰骋的骏马！

心存对马的敬意，我对牧马的老乡说："老乡，请配合一下，我要骑马。"长鬃飘飘，四蹄生风，迎风飞驰，迅疾如电，带着对马寨人的尊重，带着对孙先生及团队的崇敬，带着河洛儿女的品性，向着我的初心和梦想奔去，"踢踏、踢踏……"

（发表于《牡丹》2021 年第 10 期）

石罢，与水结下的福祸情缘

龙门东少林西杨柳拂面

万安北伊洛南水绿天蓝

滔滔河水村边绕过

石罢村在这里世代相安

——题记摘自姬铁聚《唱唱俺的东石罢》

洛阳开元大道，向东，过伊河大桥，如伸展的巨蟒直挺挺地卧在平坦的伊滨新区。大道北侧约 3 公里，就是伊河。站在河边南望，距之 15 公里之遥，万安山绿黛相杂，东西绵延。在那洪荒之年，山涧百溪之流，左突右冲，像寻找归宿一般向伊河走来。这些小溪在武屯村北汇合，一条主溪遇土推开，遇石绕行。溪水先是西行，然后又折向东北，西南来的支流也不断加入，经年累月，冲出的沟壑深达 15 米，宽近 100 米。沟壑借着水势，渐渐与伊河交汇。沟壑两岸，土质松软，水分充足，遵循适者生存的原则，喜水的柳树、杨树疯长。蓝天白云之下，柳枝婀娜，杨树挺拔，鸟雀鸣于树梢，兔狐跳于林中，好一幅如画美景。不知是何年何月，有一周姓人途经此地，被此美景吸引，就放下行囊，掘洞搭屋，安顿老小……

岁月如歌，沧海桑田。周姓人繁衍生息，后又有徐姓、姬姓等人加入，渐渐形成了村庄。有居住他处的老乡询问："你住的那是啥地方，想你的时候怎么找你呢?""旁边柳树成荫，杨树成行，就打听杨柳沟吧。"村里人这样回答。于是，杨柳沟成了村庄的名字。

伊河水出伊阙，蜿蜒下行几十里。按照常理，河床卵石杂陈、暗礁丛生。奇怪的是，伊河到了杨柳沟这地方，河势平坦，细沙铺地，河床上一块石头也难寻见。智慧的人做出评价：伊河到这里石头没有了，石"罢"了。石罢，石罢，种啥收啥，老天给我们的吉兆之地呀! 在那农耕时代，土地松软、土质肥沃不夹石头，粮食长得壮，收成好，人们自然高兴。为了讨个好彩头，于是，村名就由杨柳沟改成了石罢。

岁月神力，千年之后，杨柳沟的"沟"不见了，杨柳树还郁郁葱葱，伊河的河床也在不断升高，比村庄也低不了多少。洪水泛滥，河水就窜进村庄里。面对大自然的残酷无情，人们只能被动应对。水进人退，后村向北迁，西村向西移，东村向南搬。这样年复一年，伊河成了割断亲情、使兄弟分离的第三者。不知道是多少年后的今天，伊河岸边，南北分布，一个石罢，三个村庄：东石罢、西石罢、后石罢。

石罢，因水而来；三个村庄，亦因水而生。水，与石罢结下了福祸之缘。这里叙述的主要是东石罢的故事。

一

当年，伊河水冲开龙门山，一直向北，横冲直撞十余公里，磨头向东，在平缓的伊洛平原上流淌……水磨头的地方，古时有个村庄，名字就叫水磨头村。过水磨头东两公里，就是石罢村。站在石罢村的河堤上北望，右手方 10 公里是汉魏故城，左手方 9 公里是隋唐洛阳城。扭身南望，左手方 20 公里是大谷关，右手方 8 公里是龙门伊阙。由于地理位置的优势，伊河石罢渡口应运而生。是南来北往枢纽，是洛阳故城的重要门户。

东汉末年，黄巾起义军以浩大声势震撼帝都洛阳，大将军何进陈兵八关，大谷关有重兵据守，石罢渡口亦有守军设防，阻义军于洛阳大门之外。后江南孙坚讨伐董卓，克大谷关，破石罢渡口，兵进洛阳津阳门，董卓望风而逃。

隋末，李密义军驻军白马寺旁的李密城，设军马场于草店（石罢村东去两公里），是既看重石罢渡口的险要，又看重杨柳沟骡马大会是其良好军马的供应基地。村东的三道草路，是当年李密屯集军马草的地方，而沿用至今。

洛阳城西迁后，伊河上下游数十里内仅有此渡口最繁忙，它是许昌、登封、伊川东段，及偃师伊河南一带通往洛阳及白马寺的必经之路。

石罢渡口不仅是军事要地，也是重要的商业码头。针头线脑、布匹吃食，船舱满满，白帆点点，由下游巩义而来，停泊石罢码头；椽子檩条、核桃木耳，筏排成行，号子悠扬，由上游栾川、嵩县而来，皆在此交易。岸边设有木材场、煤场、盐场和其他必要的交易场所，以及旅店、饭店等，俨然一个大集市。

在当地民间流传着一段谚语："石罢村，地无边，十里长，八里宽，中间一条运粮河，一年四季漂着买卖船。西村（西石罢）人洛阳跑得勤，东村（东石罢）人生意不消闲，后（石罢）村安了一百多盘碾，整夜碾，整天碾，造出的纸张晾一滩（在沙滩晒纸）。"

当时，石罢村总面积20平方公里。东村人做坐摊生意，码头上的货物多由东村人买进卖出；西村人做流动生意，多从陆路往返于洛阳、石罢之间，运回急需，送出多余；后村人以工为主，开作坊造纸张。纸浆碾成后，泡在水里，然后用竹帘子捞起，待其成形后，慢慢取下，贴在墙上，因为墙壁有限，平坦的沙滩就成了晾晒纸张的首选之地。三村人以诚做人，以信经商，相辅相成，其乐融融。

由于得天独厚的自然条件，石罢村土地十分适宜种植蔬菜、瓜果。蔬菜、瓜果成熟上市时，西村人通过陆路或水路运往他地销售，少部分则由东村人摆放在集市口处出售。刚开始周围村民缺菜者赶来买菜，时间一长十里八乡的人们慕名而来。有的来买，有的来卖，石罢集市应运而生。

市场因渡口而生，人气因渡口而聚。也因渡口，日本人在这里也欠下了血债。1945 年春，日本飞机出动多架次，轰炸洛河、伊河上的各个渡口。二月十二日水磨头村传统大会，这一天，日本飞机沿着伊河，由东往西先后轰炸了杨村、安滩、高崖、石罢、康庄渡口。中午时分，一船人返回南岸，老船工李孝珂用力摇桨，脸颊上汗水流淌。只听空中嗡嗡声由远而近，大家抬头一望，日本飞机又一次飞过来了，老船工一边加快摇桨速度，一边吩咐船上人下船后往堤南躲避。当船上人员都跑到安全地带之后，船工老李自己因最后撤离，来不及躲避，而中弹身亡……当谈到这件事情的时候，当地人愤恨地说："此仇此恨我们永远不会忘记。"

二

站在石罢村界的伊河大堤上，放眼望去，河水温顺而安静地流淌，杂草、小树、沙丘没有规律地布满河道，几百米宽的河道两岸，堤坝高高耸立蜿蜒而去，直到消失在视线之外。河堤外边，相去约 2 公里，绿树掩映下的住宅错落有致，偶尔的一声鸡鸣显示着乡村特有的味道。

河水汤汤，村民安居，生活与水相伴，是多么富有诗意呀！随行的当地人姬老师听到我这样的评价时，先是面部表情显得复杂，有惊悸、有欣慰、有无奈，甚或还有坚毅。然后和我拉开了有关村庄与伊河的话匣子。

听老几辈人讲，过去这里河床深达十米，以至于做买卖的船在河道行驶时，河岸上的人看不到行船的桅杆和风帆。主河道离北岸的黄庄村、王疙瘩村很近，在河南岸干活能听到黄庄、王疙瘩人家烙馍时翻馍铲子的响声。那时，河水流于深沟之中，两岸百姓安居乐业。随着岁月更替，上游的河沙、淤泥慢慢沉积在这里，峡谷填平，河床升高，再加上当时国家财力人力有限，河堤修筑没有跟上，一旦上游来水过大，河水就如脱缰野马，四处流淌，淹没庄稼，淹没村庄。

我查阅资料时，发现了《徐君登蟾施路碑记》，原来是立于石罢村道路旁边的，碑文所云："伊河逐渐于浅，廿余年来，秋潦水涨，滂伊村落多圮于水，石罢亦罹其害。"后来，查阅由姬风圈、徐建恒主编的《石罢村志》看到，民国二年（1912 年），洪水进村时，集口（今东西大街交汇处）水深达 2 米，东北街、东大街、东南街受害更甚。

俗话说，水火无情。生活在水边的人们，面对无情的洪水，自然想到一些抵御洪水的办法来。附近的村民，每逢连阴雨天，人们怕洪水进村，房子倒塌，伤及老小。就预先在院子空地用柱子搭一台子，上面用篷布遮盖，如西南水岸的吊脚楼。一旦洪水进村时，人们就将老人、孩子连同干粮、衣物都放在台子上。青年人忙于抗灾防洪，大街上，院子里洪水横流，老人、孩子坐在台子上焦急地张望，头顶上雨声拍打着遮雨的帆布，如魔鬼敲门；脚下发黄的洪水夹杂着枯枝杂物冲进屋里然后又裹带着小孩的旧书、烂衣服折头冲向大门之外，如日寇造访。回头再看看自己蜗居的小天地，内心还是欣慰的，毕竟不受雨淋之苦，没有被洪水冲走之危险。渴了喝点水，饿了啃点干粮，晚上困了，也可以小憩几个时辰。大雨往往与狂风为孪生兄弟，有时头顶的篷布被大风掀掉，眼看着帆布被洪水吞食后漂向远方，也只能无奈地摇头，或者张口对狂风大雨送上几句秽语。这个时候，备用的雨伞就派上用场，老少只好蜷缩在有限的雨伞之下。这样的日子，有时三五天，有时十天、八天，盼望老天放晴，急等洪水退去……

据资料显示，1889 年—1929 年的 40 年间，河水 50 多次进村，有时一年达 6 次之多，房倒屋塌，良田被淹，庄稼绝收。

姬老师已属耄耋老人，他给我讲述了他亲身经历的那次大水。

1954 年 7 月 27 日，清晨。人们睁开双眼，穿衣起床迎接新的一天。这时天空红彤彤的，火烧云笼罩了整个天空，民谚说"早烧不出门"。意思是说早上出现火烧云，当天要下雨，不要出门了，在家里待着吧。这是中伏天，天气闷热得像蒸笼，稍微走动就大汗淋漓，于是有人就自言自语："就那么凑巧，真是下雨了，给我浇个落汤鸡也舒服，我还要去地干活呢!"上午乌云像跑马似的向西飞奔，然而将近中午，天又放晴，人们就是把芭蕉扇扇烂也难耐酷热。有经验的老人嘴里嘟囔着："要下你早点下，省得把人热死。"下午当人们扛起锄头下地干活时，突然东北风大作，乌云密布，电光闪闪，雷声隆隆，倾盆大雨从天而降。瓢泼似的大雨持续了三个时辰。晚饭后稍停，将近午夜，又是一阵猛雨，虽然没有白天的雨大，但一直到天明也没有停下来。当 7 月 28 日清晨降临时，人们没有心思享受因雨水带来的凉爽，而是想到了伊河的水位涨到了哪里。人们没有等到敲锣告急之声就一起涌上大堤。眼前的景象使人惊呆了：洪水滚滚，南北六里宽的河面成了汪洋，河滩的庄稼全部被淹没。上午十时左右，一段河堤开始向堤外渗水。领导干部立即组织人员查找漏洞，进行堵补。谁知越补洞越大，洞上的堤面开始坍塌，一米，两米，三米……洪水像脱缰的野马顺决口一泻而下。险情就是命令，几十个区、村干部一起跳入决口，他们手拉着手，肩并着肩，组成一道人墙，大堤上的群众将防洪用的麻袋、被褥一齐堆到决口，经过近两个小时的苦战，决口堵住了，大堤保住了。最后，姬老师说：这一代人苦呀——活着的时候，下雨天到处是水，双脚整天泡在水里；闭眼死了，因为地下水位浅，坟墓没挖几锹土，水就冒出来了，没有办法，尸体就泡在水里。所以老百姓总结说，活着一脚水，死去一身水。

无论是查阅资料，还是和石罢人聊天，都能深深感觉到，当地政府和人们与洪水做斗争的行动一刻也没有停止过。只要出现洪水灾情，政府总会及时地下拨物资，主要领导也会亲临现场。当地乡亲保卫家园的担当意识更是自不待言。从资料上得知，1954年那场大水溃堤事件，首先跳进决口的是时任洛阳县第九区的区长——黄欣。同时还有如下记载："区政府组织人力物力抢险，运来发电机（这是石罢人第一次看到发电机）发电照明，昼夜不停，对大堤进行加固，并向西南延伸加长大堤。石罢又一次度过危难，免遭洪水之害。"

随着国力增强，国家对防洪救灾的投入也在逐渐加大。老百姓保护家园的意识也越来越强。很有意思的一个发现是，加固河堤的力度与洪水泛滥的强度是成正比例的。如果几年内风调雨顺，没有洪水泛滥，河堤护卫也就仅仅是维护性的；如果某年洪水猖狂肆虐，河堤护卫就必然有了大动作。据历史记载，1954年大水之后，又出现过1975年、1982年两次水灾。很有幸在《石罢村志》中查到了1975年水灾之后人们整修河堤的详细资料。

工程于当年的11月10日全线开工，村里召开了誓师大会。我把誓师大会的议程摘录如下——

1. 姬进捞副支书传达邓小平副总理关于农业学大寨的讲话。
2. 姬凤圈支书做动员报告。
3. 甄东奇副支书布置工作并提出如下意见——

（1）每人每天定额完成4立方米任务，争取5立方米。

（2）劳作时间：早上6：30—8：00

　　　　　　　上午9：00—12：00（中间休息20分钟）

　　　　　　　下午1：30—5：30（中间休息20分钟）

　　　　　　　晚上6：30—8：00

（3）上工人员一律在工地吃饭，要求粗细粮搭配，不浪费粮食，炊事员尽职尽责，能让饭等人，不让人等饭。

（4）出勤制度：一人不能少，一车不能少，一方不能少，有事必须请假。

（5）百年大计，质量第一，经得起大水考验，为子孙后代造福。

（6）评比制度：比干劲大小，看进度快慢。

　　　　　　　比任务完成，看质量过硬。

　　　　　　　比制度健全，看执行坚决。

　　　　　　　比团结友爱，看积极进取。

这个会议议程很有趣，一则紧扣形势，有"农业学大寨"这个金字招牌。在20世纪70年代，农民的精神支柱就是"学大寨"，争高产。二则劳动量大，工作时间长。文中所说的"每天完成4方"，指的是4立方米的土石需要从一个地方挖到车上，然后再用人力拉到指定的河堤之上。一车土石大约0.15立方米，一天需要来回30次才可以完成4~5立方米的任务。事实上，每一个人都无法单兵作战，大都是几人结合，既分工又合作，有人挖土，有人装车，有人拉车，所以，每天一辆架子车要回来跑80~90次，才能完成任务。我亲眼见过修堤坝的劳动场面。大冬天，刺骨的寒风呼呼乱叫，棒小伙子却穿一件单衬衣，双手扶车杆，弯腰90度，随着车子的惯性一路小跑，汗水淌过鬓角，流过脸颊，也顾不上顺手抹一下。这样的劳动强度，每天要连续工作近10小时，并且，不是一天，而是几个月，人们付出的汗水可想而知！三则工作讲究质量，需要遵循一系列的制度，在"比赛"中体现团结友爱。

有一天，雪花飘飘，寒风呼呼。雪花在寒风中扭动着身躯，一会飘上，一会儿飘下，偶尔还在风中打个旋，显得悠闲而随意。中午12点已过，大多数人已经放下劳动工具，进入几间草席搭就的简易伙房。当第一轮饭菜都盛过之后，炊事员看看剩下的饭菜，感觉不对劲，比平时剩余的要多。炊事员跑到不远的指挥部，让施工员去工地看看，看是否还有人没有收工。年轻的施工员跑到现场，被当时的场面惊呆了：大雪天，十几个小伙子，光膀子，挽裤腿，脸上尘土混着汗水，推着车子狂奔。经过询问才知道，是7队和9队社员在搞劳动竞赛，他们在争全村第一。

施工员是高中毕业生，感动之余，提笔写出了《"烧不透儿"精神赞》的广播稿，在工地广播上播出。

"烧不透儿"，是当地方言，在这里的意思就是不顾一切把事情办好，不认输，敢于争当第一。当时的广播稿无法找到，但找到了当时写广播稿的施工员——徐龙欣同志。昔日的施工员，后来成了三门峡市委负责宣传的干部。我调侃他：当时战天斗地的场景激发了创作激情；这种激情的积淀，成就了现在的正县级水平。当我称赞他的时候，他淡然一笑，然后动情地说："那个年代，人的思想单纯，干活很卖力。那篇广播稿主要事例是7队、9队争第一的场面，以及其他如施工员、炊事员等不同工种的典型。其中还有一位姓仇的女知青，是洛阳六冶的，刚到村一个月，在工地上牵着马，很是精神。如果有可能，可以去找到她，那是一位肯干的好人。"

在这次修整大堤会战中，能来的人都来了，能用的架子车都用了。仅石罢村每天出动劳力就有533人，架子车137辆，拉坡的牛也累死了2头……

集体是由一个个人组成的，一个集体的战斗力的强弱，依靠的是一个个人的主观能动性发挥得如何。一个好的集体，每一个人都是积极的、能干的。

张根成，时年已 67 岁，15 队人，生产队本来没有安排他到工地干活，他自告奋勇坚决要去，并说："修堤是大事，过去我们这一代人真叫伊河大水淹'美'（害苦）了，不能叫孩子们再受害了。"

加固河堤，不仅堆积沙土，提高河堤高度，还要堆积石头，提高河堤坚硬度。沙土，在当地很好找到，石头呢？石罢、石罢，伊河滩到此就没有石头了，所以，石头需要到十几公里外的万安山下去运回来。农闲时节，三五结伴，几辆架子车，吱吱扭扭，一路上坡，天不亮就起程，南去 15 公里。冬月的寒风，呼呼作响，刮在脸上如刀割一般。由于拉车用力，内衣又被汗水浸湿。稍微歇息，汗湿的内衣贴在身上，如雪天游戏时别人把雪球塞进脖子里一般冰凉。但是，为了加固河堤，为了家园不被洪水侵扰，这些苦都没有放在心上。到南山拉石头，家里有男劳力还相对好些，没有男劳力，那就苦了媳妇们。和陪同我们采访的姬老师聊天，姬老师给我们讲了这样一件事——

10 队梁老太，丈夫是公办教师，1960 年代七个子女均未长大成人。石头任务分摊到户后，她起五更，搭黄昏，随着邻居拉着架子车一同爬坡上南山。丈夫急在心里，为了学生功课又没有分身之术。于是，只能给点心理安慰。拿出红纸，写上对联一副贴在架子车上："打足气拉着，为修堤去立功""上坡搁点劲，下坡须留心"。梁老太不负众望，硬是在规定时间内完成任务。

人，是有智慧的，与大自然的斗争也是无休止的。山上多樵夫，河边出艄公。石罢，由于水灾频繁，房屋经常被冲塌，石罢村木工、泥瓦匠特多，几乎每一大家族都有匠人。

伊河的安澜，家园的稳定，就是因为有了千千万万张根成的忘我行为，就是有了千千万万梁老太的拼搏精神，就是有了每一家族的匠人重建家园的韧劲、匠心……

三

伊河，给沿岸百姓带来方便和实惠，滋润着肌肤，养育着智慧；伊河，也给沿岸百姓带来烦恼和灾难，滩地望天收，大雨毁家园。石罢人对于伊河，爱的是你，恨的也是你。在那科技不发达，财力不雄厚的时代，人们总是希望河水多赐福，少祸害。于是就用最朴实的虔诚，用敬畏之心去讨好河神。于是，敬奉河神的寺庙就诞生了。

石罢村，有一座古寺，叫兴国寺。虽然，民间有关建寺的原因有多种说法，但我个人认为，兴国寺的诞生，就是因石罢村旁有一条伊河，伊河上有一个石罢渡口。

兴国寺位于石罢村东大街中段，坐北朝南。现在看上去，少了寺庙的威严，残存的建筑大多是已经遗弃的学生上课的教室。在中华人民共和国成立的前 30 年那段时间里，国家建设百业待兴，解决儿童读书启智的校舍缺乏的资金难以计数，各村供奉神仙的寺庙道观，就自然成了儿童读书的最佳去处。泥身菩萨请出去，一场大雨之后，菩萨又重归于大地；石碑推倒有的成了新建房屋的基石，有的成了门前的脚下石。求知的儿童跑进来，琅琅书声替代了昔日的诵经梵音。对于此种文化现象，即使作为现代的文化人，也无法很有底气地评判对错，正如不能用现在的标准去评判古代的历史事件一样，历史，脱离了当时的背景，将无法判断。

从资料看，当时的兴国寺，前段长 42 米，宽 38 米，后段长 78 米，宽 50 米，总占地 5496 平方米。环境优雅，风景秀丽，历史上香火旺盛。

兴国寺内有一八棱柱石经。据老人介绍，此经幢原立在水陆大殿门前右侧，经幢上有漂亮的青石顶盖，像伞状房顶，刻有栩栩如生的佛像和多种花卉，基座上也有花卉图案。20世纪50年代被推倒，顶盖和基座可能用作房基，幢身一直被平埋在东西教室西边的房檐下。2005年冬，几位老者准备找个合适地方打井，谁知几锹下去却刨出经幢。它高1.48米，对称面间距0.36米，八面皆有文，为"加句灵验佛尊胜陀罗尼传"。文中有"自弱岁则常念持，永泰初因丧妻之陵倍益，精心求出口法……"《大论》卷五释之云："陀罗尼，秦言能持，或言能遮。能持者，集种种善法，能持令不散不失，譬如完器盛水，水不漏散。能遮者，恶不善根心生，能遮令不生，若欲作恶罪，持令不作。是名陀罗尼。"

据当地老人讲，此经幢立于水陆大殿门前，与人们希望船工行船平安有关。水上为生的行船人，最大的心愿应该是"水不漏散"，行船人希望船坚而不漏，陀罗尼，能持能遮，能保船工平安。

兴国寺设五间走廊式水陆大殿，既是船工议事之地，又在此举办法会。兴国寺能举办水陆法会，可以想象该寺院当时规模之大。

古往今来，沧海桑田。在这个世界上，我们也许看不见、摸不着信仰。但信仰却让人类在充满期待和希望的憧憬与向往中，使一个又一个本来平淡无味的日子变得丰富多彩。水陆法会，迎合了百姓的信仰。老百姓又用庙会的形式来表达对神灵的虔诚。

兴国寺的庙会是每年的正月十九。在庙会上，跑旱船的演出必不可少。撑船者头顶船帽两头尖，脚穿胶鞋沉甸甸，手握细竹当篙用，地上无水有深浅，风和日丽自逍遥，船曲渔歌唱多遍，惊涛骇浪袭击时，弯腰弓背把船赶；坐船者（又是驾船者）手扶小舟两头尖，细腰小脚放船板，船底无水行自如，全凭驾者用机关，慢调快板开怀唱，《打渔杀家》《游龟山》，你使竹篙来我掌船，悠悠旱船舞翩跹。

跑旱船的民俗由来，民间有两种说法。

歌颂禹王治水说。当时洪水横流，尧命禹一面治水，一面大力制造船筏，拯救灾民。洪水退后，船筏便搁在陆地上。农民每于耕作之暇，在空场上推船玩耍，叫作"跑旱船"。不料这个游戏被尧的儿子丹朱看到，便傲慢地坐在船上，经常逼着老百姓推"旱船"供他取乐。为了统一步伐，只得喊出号子。后世在玩这项活动时，嫌木船太笨重，就改用布帛或彩纸糊船。

赞颂蔡状元监修大桥说。相传蔡状元领工修建大桥，前期一切顺利，但到后来，资金出现了问题，无法按期完成。眼看汛期将至，蔡状元心里焦愁不安。有一天，观世音菩萨路过桥梁工地，见蔡状元领工修桥，方便大众，乃善举一桩，想助他一臂之力。于是暗中变化为一个民间女子，貌若天仙，体态妩媚，向蔡状元当面说明，想在人多众广的桥梁工地择婿。自己坐船舱漂游水面，让愿为婿者以金银为弹打彩，朝她身上掷去，打中者即婚配不悔。所掷船舱金银一律归造桥费用。蔡状元喜出望外，亲自组织选婚活动。告示贴出后，当地城里的公侯世子、员外富翁，纷纷云集河岸。谁知三日内竟无一人打中，却积攒了数以万计的金弹银丸……

当谈到蔡状元的故事时，石罢村的老人说，蔡状元就是杨柳沟人，也就是现在的石罢人。修的桥就是洛阳桥。说着，找出了2009年12月7日的《洛阳晚报》。该报《三彩风》刊登文章《洛阳桥》（选于《洛阳民间故事集成》王经华主编）。这篇文章讲述的就是蔡状元修桥的故事。

相传杨柳沟村东南，有个蔡疙瘩，居住着几户蔡姓人家。其中一户殷实富有，有田地百亩，耧、犁、锄、耙、骡、马、大车样样俱全，村人称他为蔡员外。蔡员外生有三子。长子务农，和所聘长工终年耕作于田间；老二经商，在当时的杨柳沟大会会址设有门面房；老三经营商船数只，渔船数只，自己专当掌柜，聘用船工数名为自己干活，他不时随船工出河，了解商情和鱼况。老三属于吃水上饭的，水性也好。一日在伊河救起了东关一富户人家的小姐，后喜结良缘。蔡大嫂身怀六甲，一日从娘家过河回来，突遇风浪。为了一船人的平安，蔡大嫂许下心愿，将来生了个儿子，中了状元，儿子将在此架桥修路。果然，风停浪息，一船人安然无恙。后来蔡大嫂生了儿子，儿子真的中了状元，人称蔡状元。蔡状元体恤民情，修桥铺路，财力不济，生出了菩萨帮忙的故事。

故事传说没有证据可考，但面对民众的朴素向善心理，劝善功效还是有的。有趣的是，修桥、蔡状元、旱船、庙会、水陆大殿、石罢，这些看似无关的符号之间存在着千丝万缕的联系。这些联系的背后，是否印证了兴国寺历史地位的重要？是否印证了石罢这个地方某个历史时期的文化繁荣？答案应该是肯定的。

四

"耕读传家眼界宽，子孙勤奋又上进，大学生一家两仨不稀罕……"这是出生石罢村、成年后走出石罢村的文化人姬铁聚先生创作的现代曲剧小演唱《唱唱俺的东石罢》的片段。之所以摘录这段文字，是因为这段文字在我心里产生了共鸣，正好与我对石罢村的民风村俗整体印象吻合。

我在高中上学时，仅有几十位老师的学校就有 3 位老师是石罢人；高中同学中，我的同桌石罢人姬振山学习成绩优秀，现定居海外。在洛阳参加工作后，各种机缘，又结识了一些石罢人，学者、官员、商人、农民……他们的言谈举止透着聪明、勤奋，为人做事又显得低调有智慧。姬铁聚先生的文章揭开了谜底：老百姓在农桑之余没有忘记读书。

根据姬氏族谱记载，自始祖炎祥由山西夏县迁洛居住，就有多人入仕，其中有姬氏八十世召南、庆禄（1800 年前后）五品花翎，八十一世致中、致和兄弟均系太学生（1830 年前后）；李氏族谱中，入仕者有登仕郎宏要，太学生镇中、魁士、魁甲……

学风需要互相影响，教风需要正确引导。民国十八年（1929年）教育新风吹临石罢大地，私塾的呆板教学形式逐渐解体。马士元、孔繁昌、王福龙、李雪静四人，组建新的学堂，由马士元主持学堂全面工作。学堂设在兴国大寺内，当时全村报名读书者约 120 人，新潮的"爹娘让我来读书，望我能贤扬，光阴一去不再来，求学莫废荒"歌声响彻学校、飘满街道……

1946 年春，徐贵花、徐宣荣、徐巧娥、姬春环等扎着小辫儿、背上书包，走进学校，首开石罢女孩子上学之先河；1948年，石罢小学正式摆牌成立。1956 年，本村人徐德重任校长时，学校又办起了高小班，选聘了第一批民办教师，教育事业稳步发展；1965 年全县第一所民办初中——石罢民办初中挂牌成立，姬春堂任负责人，姬青山、徐己丑任教师，共招生 62 人；1968 年在外工作的有 47 位公办教师；从 1951 年至 2009 年，据不完全统计，全村考上大学者 146 人……

再多的统计数字都是枯燥无味的，石罢人集资建校的场景是鲜活的：没有椽子，兑，一人一根；没有砖瓦、檩条，有钱捐钱，没钱捐粮，十元十斤不多，一元一斤不少（当时小麦每人六十斤，秋粮每人不足百斤）；没有土坯自己打；群众自动出工奋战了一冬天，七间教室平地长起来，求学儿童兴奋跑进来……

依河而居，石罢人在性格中融合了水的特质，柔和而坚韧。在水的性格的滋润中，以书为伴。书是人类进步的阶梯。石罢人嗜读如命，在读书中掌握了垒河堤防灾害的智慧，在读书中明白了与伊河水和谐相处的玄机，在读书中学会了提高生活质量的本领，在读书中参透了人生的意义。

敬莫敬兮洛源行

崇山峻岭间，高速公路似珠线一般，时而隐没在山丘之下，时而显现在山崖之畔，山之秀色，路之平坦，仿佛走入了仙境，精神的愉悦完全不是在办公室、在职场感受到繁忙和压力时能比的……"灞源、洛源到了，该下高速了！"爱操心的人总是善意而及时地提醒大家。我们一行，远道而来，就是要虔诚地拜谒洛水源头。君住洛水头，我住洛水尾。日日思君不见君，今日相见情绵绵……

秦岭东段，华夏历史无法绕开。北坡之水，孕育了灞河。蜿蜒几百里，汇入了渭河。河水弯弯，两岸苍苍，几千年，秦文化诞生、成长、发展……南坡之水，孕育了洛河。蛇行几百里，山相伴，川相随，几千年，河洛文化诞生、成长、发展……秦文化、河洛文化相辅相成、互生互长，自华夏第一王朝——夏朝开始，至大唐灰飞烟灭，浩浩汤汤三千年，统治者的金銮宝殿如钟摆一样，或停留灞河渭水之畔，或停留在洛河沿岸。于是，西安、洛阳，这两座城市让有文化的国人仰止，让欣赏东方文化的洋人向往……可以说，这两座城市代表的文化，就是华夏文明的核心。这核心的形成离不开秦岭，离不开形成两条水系的源头秦岭东段。真可谓：两水一山孕，灞洛南北伸。黎民两岸居，华夏文明根。

洛水之源，源自两县

我们是来亲吻洛河之源的，只好忍痛撇下"灞源"直奔"洛源"。在蓝田宣传部领导及当地老乡的带领下，向木岔村附近的洛水源头走去。木岔沟村，西安市蓝田县灞源镇在秦岭南部的唯一村庄。沿村中的詹院沟前行，小溪蜿蜒，水量之少让你似乎感觉不到它的流动，也无法听到它的声音。老乡说："近几年，水量明显减少，如果是冬季，就看不到水了。孩子们都在城里安家，大多老人冬天都搬到城里，这里更加冷清了。"大约一小时的行程，一条一米左右的小河道出现在我们面前，溪水似女子脖子上珠子稀疏的项链。溪路平坦，溪水成线；溪路凹槽，溪水成"珠"。在稍微大一点的"珠子"前，老乡说，这是竽园泉，当地人都把这个泉看作是洛水的源头。我们激动，拿起水杯灌上水就喝，也顾不上长期待在城市的胃能否接受；我们激动，双膝下跪膜拜，也顾不上地面的杂草和卵石弄脏崭新的行装；我们高呼："我们来了，来看看滋养我们成长的洛水源头，来感谢源头老乡为我们有洁净之水做出的牺牲和奉献……"

木岔村因木岔河得名。木岔河夹在两山之间，顺着山势自西向东流。河岸边一条沙石路伴河而行。沿途不时有小溪从山谷中流出，然后汇入木岔河。木岔河的歌声随着新生力量的加入，逐渐增大，力量已经推动河中的石头参与伴奏了，丰富了"音乐"的内涵。伴着河水的乐声，欣赏着眼前的山景，大约一个小时，来到了洛南县的洛源镇。伴我们而行的木岔河没有消失，反而与从北方流过的木场河相汇，形成了两岔河景观。河道两岸，石墙矗立，民房就卧在石墙之上。假如把石墙换成木桩，俨然就成了南方水乡的吊脚楼。石墙建房，显出了北方汉子的彪悍和智慧。石头是水从山上顺便运过来的，工匠们只要在雨停之后，用自己的力气把能用的石头移上河岸，房子的建筑基本材料就不用犯愁了。据史料记载，洛源古称两岔河。两岔河，形象、直白，水离不开河，河承载着水；洛源，文化、含蓄，万物皆有源，这儿就是洛水之头儿。

《伊洛河志》载，洛河之源有二。北源为洛南县洛源乡（今洛源镇）黑章村龙潭泉；西源为蓝田县灞源乡（今灞源镇）木岔沟笋园泉。洛水之源，源之两县。西源已经拜谒，北源的神秘如何呢？天色已暗，人困马乏……

自然造化，草链为岭

《洛南县志》（1999年版）记载：草链岭位于县境西北部与华县交界处的洛源乡境内。主峰海拔2646米，为全县最高处。山上松林苍翠，杂木丛生，阴面多乔木，阳面多灌木，植被良好。

从两岔河口向北，沿着北源河道——木场河逆流而上。石头在洁净河水的冲刷之下，白如玉，青如黛，光鉴照人；其石色秀丽，纹理自然流畅。品赏这些石头，或灵秀，或顽朴，意韵生动，内涵丰富，真可谓奇石博物馆了！随行的当地朋友讲，河滩上大小石头各显奇异，其中特色品种有金钱石、硅化木、千层石、日月石、梅花石、钟乳石、珊瑚虫化石等，极具鉴赏价值。当地人给这里的石头起名为洛河源头石。洛河源头石，其造化，河水功不可没。

河道变窄，山势隆起，丛林茂密。向导提醒开始上山了。山，连绵伸向远方，神秘而幽静；路，没有锨铲挖掘痕迹，自然而原始。耳边水声潺潺，时而越水而过，时而只闻水声不见水影。爬山，此时真正是手脚并用，手拉荆棘，脚蹬崖石，稍有不慎，则是全身着地。路是艰难的，但心情是愉悦的。一位同行的男士说，但愿五十年后此山斯路还依然。同行的女士不乐意了，希望这里修阶梯，架索道，直奔山顶不费劲。那位男士说，从旅行者的角度看，架索道、修阶梯无可厚非，但是，如果环境保护不好，洛河的源头之水遭受了污染，那个危害"你懂的"。洛南县委宣传部办公室孙主任插话说："洛南县非常重视洛水的污染治理。"他顺手擦了一把汗，双手掬起一捧水，张口喝了下去，然后又说，"随着当地工业的发展壮大，据 1993 年各类数据测定，县域内的洛河、石门河等 5 条河流测定为严重污染。为加强水源的治理工作，洛南县人民政府制订了《洛南县征收排污费暂行规定》，坚持'谁污染、谁治理'的原则，并运用经济手段加强管理，使环境保护工作收到了良好效果。"后来县志上的记载也证实了孙主任说的话。

　　孙主任边行边说，当爬上一段难行的栈道之后，孙主任指着不远处的潭水说，这就是龙潭，史书记载为洛水源头。大家一番兴奋之后，或坐或站于潭前，用心灵和泉水进行着沟通。水自山崖上流出，叮咚作响，雪白的浪花沿着石头冲向水潭，水潭清澈见底，约有一米深度。浪花落入水潭，涌入早到的水兄弟们的胸怀，然后归于平静……汉代的张衡，当年目睹此景，诗兴大发："古木千章荫浅滩，干霄危石噀飞湍。水晶帘下谁安女，乱掷珍珠落玉盘。"其山景、其水势历历在目。我不是诗人，此时，我想到了《道德经》老子对"水"的评述："上善若水，水善利万物而不争，故几于道。"眼前之水，深藏山涧，随着流动，或滋润了身边的树木、小草，或流向下面的河流，成为不起眼、没名分的一个"小众"。他没有因为浇灌了深山的小草、树木却没有走出大山而悲伤；他即使顺流而下，流向了大城市，也没有因为自己见了大世面而张扬。上善若水，水，具有最大的善心！

　　草链岭，由于海拔高度的原因，气候变化明显。在山下，赤日炎炎，穿短衣短裤。到山顶，细雨飘飘，穿羽绒服也不夸张。这样的气候特征，致使植物呈垂直分布状态，自山脚至山顶分别是栎树、白桦、杜鹃、红桦、冷杉、草甸。达到山顶，放眼望去，山丘似盖上了绿色的棉被，被子上零星地点缀着花朵，红的、黄的、紫的……厚厚的、软软的，让你情不自禁地全身着地，打个滚，翻个跟斗，似乎在自家床上一般惬意。此时，我才理解了"草链岭"的含义。绿草连绵，其上没有大树，没有灌木，也没有建筑，脚下是绿草，一百米远是绿草，一千米远还是绿草，草根拥抱，草叶偎依，彼此连接，一直伸向远方，形成了一眼望不到边的草岭，故名草链岭。

大自然的造化是蛮有意思的。作为河之源，必有生水、储水的办法。据资料记载，洛南县因受季风影响和地形变化的影响，降水量存在差异。总的趋势是西北部多于东南部，高山多于丘陵。草链岭，位于西北部，又是高山，所以上天雨神特别眷顾这座山岭，多多的雨水从天而降。水降下了，如果落在沙地上，或者落在石缝里，雨过地皮干，突然间河水暴涨，给沿岸百姓送上的是灾难不是福祉。而在草链岭，厚厚的草甸子，下面是深深的土层，如海绵遇水，海绵依旧在，雨水藏其中。即使阳光持续炽烈，绿草做了遮挡，水依然受到保护，然后经过土层、砂层的多层过滤，才从石岩下渗出，形成小溪，舒缓而不暴烈。无数小溪汇合而成河，河水流淌，给沿岸百姓送上的是福祉而不是灾难。

站在草链岭之巅，望着草草相连曲线优美的山丘，静静倾听，可以感受到小溪沿着山丘向下流动的声音。都说桃李不言下自成蹊，其实，科学地讲，应该是青草不言下成蹊！

我们感谢小草，感谢草链岭的青草！

洛源之实，洛南担当

山为水知己，水为山红颜。山的豪放和无私，把生命之汁液——水，毫不保留地奉献，形成水系，形成河流；水的温柔和包容，依山而行，不弃不离。山水和鸣，演奏着永恒的生命之歌。水之源，从微观讲，那是具体的标志点。如果眼界放开，从宏观看，那就不是一个"点"，应该是一个"面"，这个"面"之内所有的小溪。比如洛水，竽园泉、龙潭泉，作为源头的标志点无可厚非，但对于400多公里长的洛水来说，在竽园泉、龙潭泉方圆几十公里内的，又最终都汇于洛水的大小溪流，也可以称为洛水之源。

洛南县，境内大山峰115座。有山必有水，山高水长。据县志记载，长度1公里以上的河沟1366条，虽分属黄河、长江两大水系，但黄河流域的洛水，境内流程129公里，流域面积2681.7平方公里，占全县河流流域面积的96.1%。

我真诚感谢洛南县委宣传部的领导们，他们百忙中亲自做向导，介绍洛水源头的历史和现状；他们克服重重困难，给我快递《洛南县志》，使我对洛水源头的水文资料、人文景观有了可信的把持。在县志的《水文》部分，查阅到在洛南县境之内，汇入洛水、流域面积100平方公里以上的溪流就多达15条之多。请不要嫌枯燥，这里摘录两条小河的文字记录——

东沙河其上游为姬家河，自寺坡何村以东称东沙河，沿东流经寺坡、三要折向东北，于土家嘴注入洛河。长41.2公里，流域面积355平方公里，河流落差359米。水力资源理论蕴藏量3908千瓦。

县河旧志载有3名，即"武里水""清池川""里清川"。自隋大业十一年（615），因县治由武谷川（古城）移此而得名。源于马河乡境内的埝浪，上游名叫洗马河，又汇亲王川再汇小渠水，沿西南转向东北流向，经马河、谢湾、城关，于城关陶川村碾子沟口注入洛河。干流长31.4公里，流域面积154平方公里，河流落差307米，常流量0.55立方米/秒，水力资源理论蕴藏量373.4千瓦。

一条东沙河，见高山绕行，遇土崖冲开，曲曲弯弯，41.2公里后汇入洛水。有河就有人家。我无法统计沿河繁衍生息的有多少人家，但从资料获悉，沿河却有值得后人记住的人物。

薛国用，生年不详，卒于1621年，寺坡人。明万历二十六年（1598）中进士。初任襄垣县令时，正值饥荒年，灾民大量流移外地，耕地荒芜，他便向潼关富翁贷来黄金数百两，购回耕牛和种子，及时召集流民返乡垦田，重建家园，安居乐业。大山里的人，具有石头的顽强和河水一样的柔韧，为官勤勉，后来官至兵部侍郎兼右检都御史。古诗云"胡马依北风，越鸟巢南枝"，薛国用最终魂归故里，葬于寺坡乡的楼底村。

杨虎山，三要乡人。出身贫寒，早年丧父，为不受欺辱，开始练功，平时两腿绑上十几斤重的沙袋负重锻炼。经过苦练，他行走如飞，人称"草上飞"。他虽然没有进过学堂，但早年随父说书中，知道了不少侠客义士、英雄好汉的事迹，立志要做一个正直之人。他成年于20世纪三四十年代，于是走上了革命道路，在陕南开展游击战争。重创敌人，壮大队伍，为中华人民共和国的成长做出了巨大贡献。

常说，人杰地灵。其实，地和人，互为依存且地势大于人力。地势坤，厚德载物，正是土地的博大包容，才可以孕育智慧的人们，所以应该是地灵人杰。县河，"清池川""里清川"，河水清可见底，潺潺流动不息，一位翩翩公子，骑马至此，被眼前景致所迷，下马安营扎寨，借河水洗去骏马身上的疲劳，洗出自己的浪漫故事……"洗马河""亲王川"，是谁在此洗马？是哪位亲王家的河川？给后人留下了无限的遐想！

巍峨苍山，绵绵流水。洛南县的地脉造就了当地人们的生活不可能太安逸，也无法富足。在科技不发达、交通闭塞的古代，穷山恶水是人们对山区"山"和"水"的统称。靠山，可以挖点药材、种点菌类；靠水，可以种点粮食、育点树苗。但大都是自给自足，少有盈余。盈余之物什，不能烂在山坳、河边，于是，刚健有为、自强不息的山民会想出办法把这山货运到城里，换回自家老小需要但自己又不会生产的针头线脑、火柴肥皂。山民的这种品格来自山的刚毅、水的柔韧的馈赠，反过来又利用山、利用水显示着自己的智慧：山上无路，可以用脚踩出上山之道，哪怕是羊肠小道，借着羊肠小道把山货驮至山下；河中无路，可以除暗礁、平险滩修出河道，哪怕是九曲十八弯，借水流动之力，河中放筏，让山中之物运到城里。

据县志记载，水运是古代洛南运输批量木材形式之一。远在明清之际，木排（放筏）即在河上出现。其做法是将木椽檩料顶端凿孔，以藤条拧成索，穿过木料顶端所凿之孔，排绑一起，形成一排。数排相结成筏，状若船只。上搭简棚，在内食宿，行驶中两头各站一人，手执木篙，拨正航向，顺水漂流至洛阳一带将木排拆开出售，再从旱路返回。志书记载的文字总是枯燥乏味。在一次学术交流会议上，偶遇有过放筏经历的秦教授。当谈到放筏这件事时，他声情并茂叙述了放筏的经过。于是一幅"放筏图"浮现眼前：五更时分，万籁俱静。皎洁的月光如城市的路灯一样，照亮着山间曲曲弯弯的小路。几位青壮年肩扛桐木，碗口粗、两米长；背上一个大包袱，杂粮馍馍、玉米面面。这是以放筏卖木材为业的一群山民。天亮前要赶到深山能伐木的地方。赶到目的地，他们卸下行囊，顾不上喘口气，就开始了砍树、修枝、凿孔、割藤条。哪有什么手套呀，赤手劳作，树枝、藤刺不时刺破皮肤，为了赶时间，小伤小破的，根本也顾不上敷药缠纱布。桐木椽子做筏底，木筏两头各一根。藤条做纽带，把新木料从端头凿的孔里和桐木串联……木筏顺着山势，滑落溪边，手推、绳拉，木筏在河水里漂了起来，那一刻，山民的脸上才露出了笑容。嗓子痒痒，放筏号子随口而来："阳春三月好放排哟／头排去了二排来/头排去了二排哟呵来/小妹的山歌逗人爱/好似那个春风哟扑进了我怀/春风扑我哟个怀……"山民们此时也只是图个口瘾，口中的号子没有停歇，手中的忙乱更是一刻不停。头顶斗笠，手握撑竿，沉稳淡定站在筏上。水流动，筏前行，左闪右突，借波顺流。突然，两山夹谷，水落崖下，木筏随水而下，筏头瞬间直插水底，站在筏头操舵的筏工眼疾手快、手脚并用，左点右撑，努力不让后面的木筏竖插水里。若掌控不住，则木筏一节节倒竖翻转着砸下悬崖，筏散架，人落水，危及生命……在古代，洛南县的官桥河、灵口，素为渡口，自古设有木渡船，多为来往商旅服务。洛河，是一条生命之河，也是一条经济之河！

一方水土养一方人，一方人的智慧又使那方水土更加滋润。我徜徉在洛南大地上，脚踏泥土，仰望青山，耳听河水流淌的音乐，不忍心离开这片与我的家乡有着千丝万缕联系的宝地。同行的当地朋友看出了我的心思，就说："走，享受去，享受一下我们当地的小吃。"

路边摊点，帆布遮阳，矮桌小凳。"老板，来两碗糍粑。"一会儿工夫，糍粑端了上来：油汪汪的汁子，红艳艳的辣子，黄亮亮的糍粑。放在口里，筋、软、滑、香，从舌尖，到口腔，至全身，从未有过的美妙享受让我陶醉了。朋友说，香油是主人种植的芝麻压榨的，辣子是农人亲自栽培的，土豆是刚从地里挖出的，这些植物都得益于洛河水的滋养。

离开洛南时，朋友送我一包当地产的豆腐干。这是洛南的特产，略呈茶褐色，一寸见方，筷子薄厚。尝一口，香爽油咸，柔劲适口。洛南的小吃何以这般好？主要是洛河源头的水质好。水从秦岭的千山万壑中挤出，又经青草深林过滤，净、清，不受污染。加之植物生长时间长，营养价值高。确是大自然之思绪呀！

美莫美兮小吃香，敬莫敬兮洛源行。

扶一把，站起来

畛河韧性地耕耘于豫西丘陵之上，"犁沟"深深，推开巨石，带走泥土，信心满满地完成着自己的使命。突然，一方坚硬的泥土沙石混合体阻碍其前行。她只好改变线路，折向他方……这方混合体，远远望去，似苍鹰之唇，故名鹰嘴山。

小浪底大坝聚河成湖，清清水面依偎苍鹰之唇。"明镜"之上，鹰唇健硕、苍劲，富有帅哥的性感，吸引着无数的美女、帅哥在"镜"前驻足、遐思……

"鹰嘴"之上，"羽毛"苍翠，花香氤氲，民居错落，王村百姓忙碌在田间、道旁，用汗水和智慧装点着各自的生活。我走进王村，一片暖暖的情绪舒服着我的身，激动着我的心……

一

"媒婆、媒婆，只为吃喝""千里做官，只为吃穿"……昔日民间谚语中，"吃"和"穿"是人们，无论是做官还是百姓做事的第一目的。因为在那物资匮乏的年代，吃不饱、穿不暖，是好几代人痛苦的生活记忆。

王村党群服务中心，卧于村子的高岗之上。似一座灯塔，引领着村民奔走在小康大道上。站在服务中心前的广场上，放眼俯视，曲曲弯弯的羊肠小道，串联着缺门少窗的窑洞。窑洞里烟熏火燎的痕迹，犹如饱经风霜的老汉脸上的岁月斑块，见证着乍暖还寒最难将息的生活真实；落满尘土的石磨，蹲在巴掌大的平地上，如老婆婆般诉说着昔日因饥荒而生的悲欢离合……如此的生活场景，是穷苦年代豫西大地民众生活的缩影。

我仿佛看到了，看到了泥泞的坡道上，几个少年背着书包，披着塑料袋子遮去头顶的雨水。那袋子是装过化肥已经废弃的，虽然还带着刺鼻的碳酸氢铵的味道。手脚并用地爬行，没有雨鞋，担心摔倒……一幅求学图。

我仿佛看到了，看到了崎岖的坡道上，老婆婆挑着水桶，挂着木棍，披星戴月地踽踽独行。那是因为去晚了，井里就没有水了。水桶吱扭，小脚蹒跚，备足人畜用水是女人们的重要工作之一，因为男人们还要出苦力、外出讨生计……一幅生活图。

"红薯汤，红薯面，红薯伴我年年过"，是相当长时间中国北方农民填饱肚子的真实写照；"新三年，旧三年，缝缝补补又三年"，是相当长时间内中国人在穿衣方面的常规做法。改善国民的生活条件，让国民富裕起来，一直是——尤其是改革开放之后——国家的基本国策。

在二十世纪，"输血式"扶贫更多关注的是贫困县、贫困村这样的群体。在那个时代，国力有限。王村的贫困现象，似村头那棵老皂角树，多年还是老样子。

小浪底蓄水，黄河水如珍贵的白银回流于上游的沟沟汊汊，王村也幸福地得到水的滋润，也有了新的希望和生机。

好事成双。在全国"灭四荒"普查中，钟情于王村"荒山、荒沟、荒坡、荒滩"的黄利江先生，开始了凿井植绿大写意。

汲水上山，荒山树成林；引水到田，田野牡丹香……1997 年动工，2015 年"四荒"穿绿装、绽花蕊，放花香，前后投资约6000 万。

土地流转了，村民的收入不再看老天的颜色，还能在黄总的公司打工；低矮昏暗的村部不见了，黄总捐建的窗明几净的三层党群服务中心凝民心、聚党力，引来市主要领导"指点江山"……

黄总很健谈。当给他的"灭四荒"造福乡亲行为点赞时，他却连连摆手，哈哈笑着说："我没有做啥，只是希望老乡走上小康路。"

二

王村，树掩映，房参差，枝条的葱绿与院墙的铁红，穿插争让，相映成画。万山湖的风，吹走了芒种时节的炎热，浑身透着清爽。核桃树下，年近90岁的老妈妈，坐在矮凳上，双手不停地摆弄着刚从地里运回来的大蒜。在我的人生经验里，我遇到了有故事的人。于是，我蹲下，一边帮助整理着蒜辫子，一边和老妈妈聊起岁月来。越聊老妈妈越高兴，笑着说："我们小时候，大人说将来会楼上楼下，电灯电话，吃穿不愁，还有钱花。现在看看，真是这样了。"微笑遮挡了眼睛，那种幸福感似乎要从衣服的皱褶里掉落地面。

贫穷，我身上挥之不去的伤疤。每每想起那种疼，入骨髓，钻心脏。由于要写"扶贫"这个话题，翻阅了国家的扶贫发展史。中华人民共和国成立初的土地改革，农民有了土地，大多数人有了饭吃，但还无法顿顿吃饱；十一届三中全会之后，家庭联产承包责任制的实施，农村经济得到发展，减贫效果明显，但是，市场机制的引入，农户的自然资源及人力资源禀赋存在着差异，农户间的富有程度出现了不均衡；1984年，国家提出了"扶贫开发"的战略，拉开专项扶贫的序幕；十八大之后，扶贫开发进入脱贫攻坚新阶段，十九大报告更加明确扶贫思路，"坚持精准扶贫、精准脱贫……做到脱真贫、真脱贫"。

王村，2014 年定为洛阳市贫困村。共有 478 户 1517 人，其中建档立卡户 116 户 380 人。中色科技股份有限公司从 2015 年 9 月起对口帮扶王村，由卢廷革担任第一书记，组建了驻村工作队。

　　在城市待久了，到乡村去，犹如飞出笼子的小鸟，浑身显得轻松、舒服。在一个不算太热的周末，我又走进了王村。由于去的次数多，乡亲都熟识了。"李教授，中午去我家吃饭吧，我刚从镇上买回来的菜。"陈老汉提着大包小包，一边深一脚浅一脚地走路，一边和我打着招呼。我忙上前帮着他拿东西，顺口说："买这么多东西，自己走回来的？""哪能呀，是卢书记给我带回来的。"我正想找卢书记聊聊扶贫的事儿呢，结果，陈老汉说，"他忙得很，把我放在村口，又去县里了。说是去联系进村培训花椒种植的专家。"

　　陈老汉很健谈，听说我要了解驻村工作队的情况，可有话说了。于是，他讲了一个真实的故事——

　　建档立卡户陈狗所不幸患上了淋巴癌。从 2018 年春节开始卧床不起，身边只有妻子。看病买药就成了一个现实问题。哭声，常常从屋里传出；偶尔在门口看到他老婆，忧愁可以从眉毛上拧出水来。驻村工作队闻讯去了他家。他老婆说："买药成了老大难。他不吃药疼得床上打滚；去买药吧，家里又离不开人。"从此，驻村队员就成了义务采购员……

　　这时候，我身边的老乡越聚越多。这个说："卢书记的私家车都成公交车了，村里人去镇上，他都让大家乘。"那个说："贫困户牛宏卫的 150 元养老保险，还是驻村队员董炳欣替他缴的呢！"……

　　村民们逐渐散去，一直插不上嘴的扶贫专干陈三娃又给我讲了一个"驻村书记急驰轿车，抢救病危群众到医院"的故事：2018 年 11 月 15 日下午，王村南沟生产组非建档立卡群众柴云枝，突发脑出血，晕倒在地。其邻居发现后，立即打电话寻找车辆，虽然联系了好几个，但都不能马上到场。驻村书记卢廷革听说后，立刻放下手中的工作，开车急速赶到现场，送到镇卫生院。寒风呼呼，饥肠辘辘，暮色四合，卢书记耐心地在急诊室外踱着步子。"情况紧急，需要转院到县城。"医生焦急的声音在走廊里回荡。卢书记二话没说，载着病人，车灯撕开夜幕，加速向新安县人民医院奔去……由于护送及时，柴云枝没有落下后遗症，她逢人便说："要不是卢书记，我早就瘫痪在床上了。"

当我见到卢廷革书记，想更全面地了解扶贫事迹的时候，他连连摆手："党的扶贫政策好，我们的工作还在路上。"

后来，我找到一个材料。截至目前，中色科技共投入帮扶资金 80 万元，帮扶协调帮扶资金 500 多万元，帮扶协调扶贫项目 10 多个，援建乡村游园 1 个，组织贫困人员参加学习 1600 人次，帮助办理各类操作证件 80 多个，帮助办理特殊慢性病门诊认定卡 80 个。

经过帮扶单位、帮扶人、驻村工作队、村两委，及广大贫困户的共同努力，全村于 2018 年实现整体脱贫。截至 2019 年 11 月，已实现脱贫 113 户 376 人，贫困发生率由为 25.16% 下降至 0.26%（2018 年全国的贫困发生率为 1.7%），全面完成了贫困村摘帽、贫困户退出的脱贫攻坚任务。

三

在习近平总书记的扶贫论述中，"坚持群众主体，激发内生动力"是其重要思想之一。扶贫先"扶志"，贫困人员一旦有了脱贫动力，"真脱贫"自然成为现实。

中午时分，我们走进了建档立卡户吕老汉的院子。他刚从外边回来，汗水浸湿的上衣还没有顾上脱下，正在水池边洗去脸上的汗水。趁他回房间换衣服的空当，我用眼光搜寻着贫困的元素。没有看到"卷我屋上三重茅"的住房，看到的是浑砖到顶的院墙和门楼，看到的是砖混结构房屋顶上搭起的宽敞凉棚。当我们走进房间，主人招呼我们坐在不算旧的沙发上，饭碗盛的茶水放在我们面前的茶几上。

吕老汉略显木讷，话不多，妻子却大大方方，得体地和我们聊着天。"现在的政策真好，我们的房子漏雨，组织帮助我们加盖了凉棚，不光挡住了雨水，还给我们增大了存放东西的空间。"妇女的脸上透着满足。

当问起进门看到的"一身汗"的缘由时，老汉打开了话匣子："禁渔期刚过，我在河边帮一家公司晒鱼。每天早上5点出发，船上卸货。然后是一袋子一袋子地扛到广场上，摊开……忙活到12点。"

烈日下，消瘦的老汉，戴着草帽，手握木锨，在大片的晒鱼场上来回走动，地上的"鱼田"在木锨的晃动中，如刚翻过的土地，泛着银光。老汉脸上的汗珠流下脸颊，滴在银光闪闪的地面上。老汉没有怨言，没有叫苦，而是欣慰地盘算着当天能获得的工钱……

"我腿有病，去外地打工不方便。附近的活，不好找。"聊天中得知，下午4点到岗，收工大约要晚上10点。一天13小时的工作时间，老汉话语间透着对这份家门口"活儿"的珍惜。

"扶一把，站起来"，是多地扶贫精神的概括。吕老汉虽然腿脚有病，但用力"站起来"的行为，也为脱贫奠定了良好的基础。吕老汉不仅在附近打零工，还乘着产业扶贫的春风，去年种植花椒树3.86亩，明年有望挂果。三年后达到丰产，每亩将收益5000元以上。

从"贫困户精准扶贫明白卡"上看到，吕老汉家庭收入逐年增加，2019年人均达到5824.7元，今年的第一季度，虽然全国遭遇严重的疫情，收入仍有 1898.1 元。

我们一行人穿街走巷，又来到贫困户韩老汉的家门口。随行的老乡大声喊着韩老汉，半天不见回应。莫非是在午休？我的内心生出打扰人家的歉意。好大一会儿，才听到从街对面传来的应声。然后看到一位老汉慌慌张张地走过来，手在衣服上抹了几下，才伸出手和我们握手。"大中午你在忙啥呢？还以为你在家睡觉呢。""庄稼人，哪里有晌午睡觉的。"原来他是正给牛添草料。说话间，"咩——咩——"的羊叫声又把我们的注意力引到了旁边的羊圈里。他家，妻子有病，女儿上中学，只有他一个劳动力。早上天不亮，赶着羊群到荒坡上放羊。羊在吃草，他则蹲下身子，手握镰刀，"刺啦刺啦"地割草，为圈里的牛儿准备草料。八点回家，吃饭后又要忙活地里的农活。每天的工作，如墙上的钟表一般，固定地切分几段，日不错影……我故意问："你是贫困户，国家也有兜底政策，你为啥还这么拼？"他的头抬了起来，眼睛也有了亮光，说："我也应该用行动感恩呀，不能坐等政府救济，还愿意给村民办点事。"随行村干部说，他是村民小组组长。他 2018 年已经脱贫，现在养羊 20 多只，养牛 2 头，种植花椒树 6.83 亩……

四

我每到一地，喜欢翻阅当地家族的家谱。王村，陈姓是大族。《陈氏宗谱》上，诸多人名的后面，都有简短的"德行"叙述。掩卷多日，清光绪年间人陈明英的善行还时时在心里回味。陈明英，当地的绅士，方正敦厚。1880 年大旱——他设粥棚，帮乡亲填饱肚子；他散银两，帮乡邻远走他乡。有一天，一位邻居趁着夜色，潜入他家偷粮食，刚好被家人发现。村保长一边骂着贼人不感念陈先生的恩德，一边差人欲送官府。陈先生急忙拉着保长的手解释说："我没有丢什么物品，乡间百姓哪有不犯小错的?"……

古人说，忠厚传家久，诗书继世长。我行走在绿树成荫的鹰嘴山上，脑子里品味着王村的"传家""继世"之方。湖面上，一阵微风吹过，树枝摇曳，船帆晃动，好一幅鹰嘴山山居图!"风行水上"，不正是《易经》中的"中孚"卦象吗!

"中孚"有三德：内虚而外实，在内虚怀若谷，在外实在诚信；象征正直而坚守中正之道；不起争执，不争长短。陈明英，见"盗"不咎，遵守的是"中孚"之德。在扶贫道路上，黄总，驻村工作队，不等不靠的吕、韩老汉，不也是秉承其德吗?!

风行水上，德存人心，我想久居王村……

(呼伦贝尔市文联、《骏马》文学编辑部共同举办的"骏马杯"全国散文征文大赛三等奖，刊登在该刊物 2020 年第 9 期)

石虽不能言，许我为三友

接近下游的黄河南岸，沟壑纵横，如黄河儿女饱经风霜额头上的皱纹。人们又在这些"皱纹"里哼着生活的黄河号子。石头，成了黄河儿女繁衍生息不可或缺的伙伴。走进仓头镇东岭村，品石头建筑，听老乡故事，东岭人"自强不息""厚德载物""谦和低调"的美德浮现脑海。感动间，看到的石头如一个个灵动的老乡，和老乡交谈，其话语又透着石头的品行。石头和人融为一体了。他们、它们和我，互为朋友……

——题记

站在东岭的高处，极目望去，一幅乡村风俗水画让我脚步难移。

若隐若现的路，纤细、蜿蜒，似土与石铸成躯体的血管，流淌着水天一色的和谐。门是耳目，房屋是和谐的结晶。石为骨，土为肉，生命之精灵在天人合一中歌声飘扬。

若挺若魁的树，孤立、簇拥，如土与石沉淀生发的手臂，呼应着谷丘天成的平衡。花是笑脸，梯田是平衡的智慧。石退隐，土鲜活，生命之精灵在上苍馈赠中繁衍生息。

民以食为天，食以地为源。土地里，人们是讨厌石头的。其实，乡民的生活，是离不开石头的。在沟沟岭岭的行走中，我对石头有了思考，有了新的感觉……

一

公路旁，山丘下。长宽各两米的方池，清水深深。水面平静如镜，池底泉水淙淙。这，就是当地人引以为豪的"三泉汇流"工程的源头。背靠擂鼓台，面对无名沟。引水惠民，是几代人的心愿。

谈起乡民对水的期盼，老支书张西营说起了顺口溜："七沟八岭十疙瘩，手提背拖肩膀拉。水贵如油年年旱，期盼泉水浇庄稼。"修引水工程，架石桥，砌石渠，垒石堰，石头派上了用场。

二十世纪七十年代，人们的温饱还没有解决，要劈石为器，那是现在的人无法想象的。我坐在工程旁边的老国槐树下，抬眼望着高耸而又陡峭的擂鼓台，脑海里浮现出希腊神话"滚石上山"的故事。

主人公滚一石头到山顶。巨石沉重，山坡陡峭。双手用力，双臂青筋暴突；双脚蹬地，前腿弓，后腿蹬。眉头挂满冰霜……

风力势大，阻止巨石前行；风力无情，吹得主人公眼泪哗哗。体力不支，巨石骨碌碌滚下山去……

主人公滚一石头到山顶。巨石沉重，山坡陡峭。双手用力，双臂青筋暴突；双脚蹬地，前腿弓，后腿蹬。汗水流进双眼……

酷暑，知了奏乐。乡亲们粗布毛巾搭在没穿上衣的脊梁上。左手握钢钎，右手轮铁锤，叮叮当当，似独奏，如合奏，交响乐，进行曲，要让不规则的石头变成方方正正的石材……

眼睛是娇嫩的，带着尘埃的汗水辣得眼睛疼，腾出推石头的一只手，想擦去眼中的难受。巨大的石头，一只手哪能推得住，巨石骨碌碌又滚下山去……

烈日当空，早上吃进肚子里的红薯面窝头，早被毒毒的阳光蒸发殆尽。手臂开始不听大脑指挥，重重的铁锤，没有砸在钢钎

第二辑　乡野之美　　135

上，而是砸在手背上，鲜血在石料上滴答……

主人公滚一石头到山顶。巨石沉重，山坡陡峭。双手用力，双臂青筋暴突；双脚蹬地，前腿弓，后腿蹬。桃花雪飘落在身上、脚下……

旅途之上，雪不耽误行程。施工工地上，热火朝天依然。石头需要人力车运抵山下。七天七夜上不去的山，八天八夜下不来的崖，乡亲们硬是手抬车杆，腰抵车体，给成吨重的石头搬家。

山坡上，草已吐绿。空中的飞雪似乎在给滚石上山的人助兴，似美人的曼妙舞姿。主人公被舞姿吸引，注意力稍不集中，脚在刚吐芽的草疙瘩上滑落，人跌倒……

雪飘得无精打采，原来车体刮起的尘土变成了泥浆。车重、路滑，失控。车带着石头从人身上滚过……

主人公滚一石头到山顶。巨石沉重，山坡陡峭。双手用力，双臂青筋暴突；双脚蹬地，前腿弓，后腿蹬。淅淅沥沥的秋雨驱散着劳动中的热浪……

山崖上的采石者，两人一组。一人握小儿胳膊粗的钢钎，一人抡五公斤重的铁锤。嗨——咚——，嗨——咚——……耕牛般大的石块，在号子和锤击钎声中裂开、分离、滚落……

风吹雨遍山。巨石还在蜗牛般地爬坡。主人公手上的血泡染红巨石，脚上的老茧与碎石较量。雨借风势，巨石重千斤。体力不支，四肢少力……

石崖，如矗立的高楼般陡峭；秋雨，洗礼着崖下乡亲们的古铜色躯体。忙碌着的人们不停地演奏着钢与石弹奏出的劳动之歌。突然，崖上石头滚落，继而正片的山崖坍塌。人们躲闪不及，有人被压在石下……

滚石上山的人，毫不气馁，日复一日，不懈坚持，终其一生，都在和这种命运不屈地抗争。东岭人也是如此，克服各种困难，修渠 400 余米，凿开山体 5 座，架桥 7 座，千亩旱地变水田，

1500人用水不再发愁。

我心中感叹，看似寻常最奇崛，成如容易却艰辛。

"李教授，走，到水路两用桥上看看吧。"镇党委刘书记把我拉回现实。大约30米长、5米宽的单孔石桥，虽然经历风雨50年，依然完好无损。方正的石块，层层叠加，错落有致。桥体中砌渠通水，桥面上覆平行人，设计巧妙实用。走到桥下，看到桥孔两侧似乎有文字。仔细辨认，"自力更生""艰苦奋斗"八个大字映入眼帘。我释然了，我找到了东岭人"滚石上山"的动力源！

"艰苦"，就是双肩担"苦"，伴苦而不懈怠；"自力"，就是啃着红薯面窝头，让窝头生力而刚毅。心想，这哪里是三泉汇流，是百泉汇流，是千泉汇流；流淌岂是泉水，那是乡民们身体上淌下的滴滴汗水。集腋成裘，集汗成流……

二

《易经》曰："天行健，君子以自强不息；地势坤，君子以厚德载物。"东岭人兴修水利，遇沟架桥，逢山凿洞，表现出自强不息的刚健精神。石头包容，以需要而动，表现出大地的坤德，以载物之厚德造福人类。

"黑姑桥，白姑桥，中间加个梁兴庙。"黑姑桥，一座单孔的石头桥。略带赤色的石头，在能工巧匠有节奏的叮当声中，或薄或厚地卧于坚硬的河床之上。一层层地增高，高出地面一米有余，成为桥拱之基。半圆形的桥拱，青石立面，该直则直立，该弧则弯曲，依势成型，表面细腻光滑，没有石头的刚性，听话得如面团、豆腐。女性柔弱，为母则刚。石头在造型上虽然听话如泥，但在承载"吱吱扭扭"的商队在头顶上经过的时候，则是那么刚强和硬朗。桥面上，厚厚的石板覆面，平坦着行人的脚步，平稳着铁脚牛车上达官贵人的身子。石头无语，马蹄踏踏，抹去了粗糙，桥面变得光滑；石头缄默，铁轮当当，留下深深车辙，记忆着岁月的峥嵘。

白姑桥，显出皇家的风范。龙头分立两岸，祥云飘摇桥侧的石栏之上。桥底下，河床上的石头与经年河水的亲吻，涤去了二者之间的虚华和浮躁，留下了骨力和真诚。当地同行的人说，据说这桥是巩义人建的，建桥的石料也来自他方。仔细观看，建桥的石料属于花岗岩类的青石，材质硬而细腻。手扶桥墩，仰望桥体，脑海里跳出对石头品性的赞许："千锤万凿出深山，横卧成桥路平坦。来自何处君莫问，福佑苍生心安然。"

在这条新（新安）—孟（孟津）—洛（洛阳）故道上踽踽前行，同行的人讲述着南宋时期爱国将领梁兴的事迹。他的故事透着一股豪气，让血管里的液体沸腾不已。他的妹妹白姑与黑姑，则以女性的柔弱之肩膀、如海之心胸，掏出自己的脂粉钱以及周围善人的捐助，分别建造一座方便人们行走的石桥。姑娘无言，以大地之德给后人留下了无限的追思。

春日的阳光照在吐着紫花的桐树上，斑驳的亮光温暖着我的脚步。桐树下，民居依古道而建。石头垒砌的院墙泛着乳黄色的光，如饱经风霜的老人的脸面，滤去了青年的燥气，以看惯了秋月春风的心态，淡然地守护着主人的家园。我正在欣赏石头的淡然，突然听到"吱扭"一声。大门开处，一位老者从家里出来。看到观赏街景的我们，热情地招呼我们回家里坐坐。小院里，打扫得干干净净。爬山虎，在石头墙头招手；串串玉米棒子，在石墙上露出牙齿微笑；刚挖回来的蒲公英，躺在石板上伸着懒腰……我的心一下子放松下来，这不就是我梦境中多次渴望的居住场景吗？采菊东篱下，不一定要见南山，只要能悠然就行！蒲公英在粗瓷大碗里招手，茶香溢满了喉咙。我故意问："现在条件好了，为什么不扒掉这些丑陋的石头，换成城市化的砖墙?"老人嘿嘿一笑,说:"在城里工作的孩子也是这样说,但我和这些石头相处了几十年,石头成了我的朋友。居住在山沟里的人,盖房子、修院墙,首先想到的就是石头。山里人,有的是力气……"老人喝了一口茶,润润喉咙,接着说,"这个围墙和后面这座石墙房子,用的石头超过200架子车。后来,感觉这些石头有了灵性。不高兴的时候,这些石头在给我安慰;丰收的时候,这些石头承载我的快乐。说真的,这些石头成了我生命中一部分……"

行走在街道上,目之所及,满眼都是石头。石头墙,透着老乡的朴实和厚重;石头房,写着老乡的勤劳和恒心;石头地基,彰显着老乡"根基牢,万事成"的生存智慧……

脚步没有停歇,大脑的思绪还在十二分地活跃。"您看,这上面有一行文字。"同行朋友的说话声打断了我的思考。抬眼细瞧,"普济桥,观音大士银两修"竖排、两行文字端正地刻于石崖之上。关于普济桥的建造,当地有诸多传说,其他文章有详细介绍。杨亚丽女士的文章谈到是观音大士拿银两来修的,这代表了大多数人的观点。同行的散文家徐礼军先生,认为银两是观音大士化缘而来,修成此桥普济众生。接着解释说:"观音大士是假托之名,人们捐资修此桥不想留名,只施善行。"教师陈爱松说:"'观音大士'是观音菩萨的另一种称谓。显然,这座桥肯定不是观音菩萨亲自捐银两修的。""银两"如果指纸币,写在这里,可谓废话。修桥哪有不用"银两"的。我想,"银两"应是"观音大士"之名,虽名字俗气,但做的修桥之事则具有"禅"意。

黄河边,古道旁,故事散落在石板、墙面上。有故事的地方,最可贵的是留有文字。从河边沿古道东行,黑姑桥面上刻有一个字,似"国",又少一"竖"。是积贫积弱的年代,国人的一种寓意,"'国'破山河在"? 白姑桥的石栏杆上刻有"元年"二字。朝代更替，"元年"多多，是哪一个朝代哪一位皇帝的"元年"？还有上述普济桥旁的"观音大士"何许人也？我在查阅大量资料之后，徒劳地合上书卷，嘲笑自己是个痴人。何必庸人自扰！正是这些不确定，才给后人留下了谈资，留下了思考。在这些争论、思考之余，都会赞颂当时书写文字的那位文化人，都会为石头默默承载文化而长时间地驻足礼赞！哲人说，刻苦，就是把"苦"刻在肉里，让"苦"生出人生的甜。我说，刻石，就是把"文"刻在石头里，让"文"或默默或张扬地"化"人，使人脱离愚昧，净化心灵……

这些石头，在老百姓的生活里，可以说，全力配合老乡之需，诚心支持老乡生活，满怀高兴地成全老乡们的繁衍生息。送上"厚德载物"的赞誉恰如其分。石头用在架桥上，承载着车辆、行人的出行方便；石头用在家园建设上，承载着老乡的御寒避暑；石头用在水渠建设上，承载着汩汩清水滋润着人、畜和庄稼的责任；石头用在记录历史上，承载着人类生活的珍贵记忆。

三

人去院空的村庄，古槐是忠实的守护神。站在树下，心是那么平静，平静得波息涟止，能把耳畔的鸟鸣谱曲吟唱；心是那么愉悦，愉悦得舞之蹈之，忘了身份和年龄；心是那么充实，充实得通身幸福，幸福着绿水青山恩赐的福祉。向南仰望，擂鼓台似大馒头般泰然兀立。低矮的灌木似衣服一般遮盖着躯体。仔细观察，成片的岩石，又似壮汉袒露的肌肉……有德行的人，身体的肌肉不会轻易示人，显示一种谦下之德。

登上擂鼓台，向西侧的沟沿望去。沿顶，土层厚厚，树木、杂草生机盎然。土层下面，是岩石组成的画面。岩石层层，似竹子有节，"惟有团团节，坚贞大小同"；自下而上，"节"逐渐增长，"九层之台，起于累土，千里之行，始于足下"。岩石神态，似列队待命的士兵，时刻等待着统帅梁兴的出征令。如坐化成仙的众佛，"宠辱不惊，闲看庭前花开花落；去留无意，漫随天外云卷云舒"。石崖如人，层层叠加，石石相依，似东岭的百姓，互相帮衬，万民一心；草丛生，树葳蕤，鸟筑巢，兽修穴，显示着包容和善良。山还是那座山，崖还是那座崖，在美好的心境中，那山、那崖经历了和心灵对话之后，变得有了生命，成了启迪人生的伙伴。

偶然遇到了打造水彩小镇的李霞女士，朴实不多言。问起初衷，本想她会长篇宏论，我失望了。她只是腼腆笑笑，然后说："当我第一次到这里的时候，被这里的美景感动了。我静静地坐在石头上，心中的凡尘琐事一下子消失了。心是那么平静，想在这里安家的念头油然而生。"东岭人几个春秋，修筑造福后代的水利工程。想象中，老书记会讲出一些战天斗地、可歌可泣的动人故事，结果，我又失望了。书记一直说，没有啥说，大家都很卖力，是红薯面窝窝头"垒"起来的工程。现任的书记、村主任，舍弃在县城含饴弄孙的生活，独自住在村中，当我采访他时，他连连摆手。镇里刘书记跑前跑后，选项目、引资金，甚至连招商引资宣传词都亲自揣摩。当我要写他的事迹时，他态度坚决，只是说，工作都是大家干的……

和他们聊天的时候，白姑桥的建造过程不时在脑海中浮现。外地的工匠，他乡的石材，在当地人的合作下，使沟壑变坦途。风雨无情，这些石材虽然失去了昔日的光彩，但依然默默承担着职责；岁月有痕，那些工匠的身影虽然模糊，但他们的故事依然在民间传扬……现在我面前的这些人，李总，刘书记……不正是让人们的生活"沟壑变坦途"外来的"工匠""石材"吗！

不知是石崖感染了这些可敬的人，还是这些可敬之人感动了石崖，谦下之德成了东岭人甚或来到东岭创业者的平常行为。

《易经》六十四卦中，唯有谦卦是"六爻全吉"。谦卦的形状是山在土之下，石头性本刚强，却不显现，兢兢业业，一心承担责任。此时，我想起了曾国藩的一段话："人生大部分的失败，都源于两个字，一个是懒，另一个就是傲。"看看石崖，想想人生，一种意念慢慢从心底升起……

四

我生在乡村，长在乡村。儿时的生活多见石头少见人，梦想逃离，向往着城市的钢筋水泥建筑。随着阅历的增多，又渴望着回归，回归到乡村。三千年读史，不外功名利禄；九万里悟道，终归诗酒田园。东岭，杂草、灌木的绿色恣肆生长，浸染着岁月土色的石头建筑无言地诉说着乡亲的故事。枯藤老树昏鸦，不再是悲凉的象征；小桥流水人家，是当代人安放心灵最惬意的精神家园；夕阳西下，那一抹诗意的金黄，给不断奋斗的人们送上了温暖和力量；交通工具的便利，"天涯"不再遥远，"断肠人"仅仅成了书上古老的符号……

脚踩古道，手抚石块，心情轻松，忘却尘嚣。恍惚间，眼前的人，成了沉默的石头；默默的石块，成了淳朴的老乡。唐代的大诗人白居易微笑着走来，手摇蒲扇，胡须飘飘，口中吟诵着自己的心情："苍然两片石，厥状怪且丑。俗用无所堪，时人嫌不取。……人皆有所好，物各求其偶。……石虽不能言，许我为三友。"

孙都，堂堂生辉

　　古槐，树干粗大，估计五人方能合抱。干上枝条向东、北、西、南竞相伸展，枝上又生枝，粗枝独立，细枝相依相拥，枝头叶子簇簇会聚……远处相望，整个树冠，如孔雀开屏，似凤凰展翅。

　　这棵古槐，树龄超过 400 年，立于新安县仓头镇古村落孙都村南街。

　　孙都村，由于村子大，人口多，形成了两个行政村，南街和北街。现在南街叫南街村，北街叫孙都村。无论南街还是北街，王姓人居多。王姓人，大槐树，忽然间，脑海里冒出一个有趣的故事——

　　后汉、后周的兵部侍郎晋国公王祐，以才德忠孝闻名，然而由于其正直不阿，不为当世所容。他曾亲手在庭院里种植了三棵槐树，说："我的后世子孙将来一定有位列三公者。"后来，他的儿子王旦，做了宰相；王旦的儿子懿敏公，出外带兵，入内侍从，长达三十年；王旦的孙子王巩，尚道德而又善诗文，兢兢业业地传承着王家的家风。

　　苏轼在《三槐堂铭》中感慨说：王氏家业，跟槐树一起萌兴。辅佐国家，天下太平；回乡探家，槐荫笼庭。郁郁葱葱的三棵槐树，象征着王家的仁德。槐树，如君子，具有崇高、庄重、忠诚、仁义等品性，在古代，官道、皇宫等与政治有关的场所常植槐树。"槐棘""槐鼎"术语就与官位有关。可以说，槐树成了政治地位的象征。

王氏家族常以"三槐堂"作为祠堂的堂号。距离槐树不远的孙都小学所在地，就是昔日王家祠堂。祠堂不在，堂号仍存，孙都王氏以堂号传承祖宗的美德，用自己的行动书写崇高、庄重、忠诚和仁义……

一

行走在南街并不算宽的街道上，经过岁月剥蚀的门楼默默地和我打着招呼。明清建筑，近一米高的石头做根，青石条做基，石狮子静卧，厚实的双扇门与青砖相拥，灰瓦护顶……气魄中透着威严，显然是大户人家的居住之地。走近细瞧，蓝底黑字的牌子上"信义堂"三字告诉了这家王氏的堂号。

至于信义堂的来历，这里有一个传说。

相传王秀才科举不中，就弃文从商，他到田记米铺里学能耐。有一天，一个姓苗的人怒气冲冲进米行说："你这秤有问题。"王秀才认为必定是掌柜在秤上做了手脚。田老板却笑呵呵地说："苗大哥，除去田头草，你我是一家。来，这些钱你拿着，回去补贴家用吧。"那姓苗的千恩万谢地出去了。王秀才看罢，心想那田掌柜真精明。后来自己也开了米店，照葫芦画瓢地学习田掌柜，结果被人发现，告到了官衙。王秀才还想拉田掌柜垫背，县令却说，田掌柜诚信为本，人家的秤是见穷人多一两，是仁义之秤。你只学了皮毛。王氏后人为了汲取这个教训，坚持以诚信为本，并把"信义"作为自家堂号。

信义者，诚信、厚义也。查阅家谱，发现王氏清嘉庆年间续写的辈分用字歌为：至诚追远维圣贤，古来祖述通先天，千年多士溯德泽，可爱振绳笃世传。细细品味，"辈分用字歌"充满正能量，比如"诚"，从家谱看，是王氏十四世孙名字用字，"守诚""养诚""明诚""有诚""喜诚"等充满教化意义的名字满纸皆是。名字虽然是一个符号，但在约束自己言行方面必然有潜移默化的作用。

建造黑子楼的主人王应成是王家五世孙。黑子楼的建筑及传说，见诸各种资料的颇多，不再赘述。在这里，仅仅记录听来的有关王应成的"信义"故事。

王应成，小名王黑子。几代经商，到其父王尚仁时，家业如日中天。王应成在父亲的熏陶下，不仅具有经商的大脑，还学会了如何做人。传说，秋高气爽的秋日，一富商来到孙都，自称洛阳人，大名牛八水。他对王黑子的庄园和丝绸工厂大加赞赏，临走留下五百两银子，订购一批优质丝绸，约定立冬日来取。秋去冬来，冬尽春又来，还是不见牛八水来取货。王黑子心想，不能私吞了人家的货款呀！于是，亲自到洛阳城，满大街打听牛八水的商行。几天过去，一个月过去了，结果还是没有牛八水一点音信。忽然有一天，一个斯文打扮的人拦住王黑子，说："我是牛老板的朋友，他得病去世了。他临终时告诉我，还欠人一百两银子。终于找到你了，我的任务也算完成了。"王黑子越听越纳闷，干脆竹筒倒豆子地把事情原委述说一遍。来人爽朗笑道："王兄诚意比天道，在下佩服、佩服。"原来，是明朝福王朱常洵试探王黑子的计谋。从此，二人成了金兰之交。

崇祯十一年到崇祯十四年（1638—1641），河南连年大旱，蝗虫遮天。屋漏偏遇连阴雨，1641 年，李自成起义军也攻到洛阳。天灾加上人祸，饥民死者无数。王黑子重信重义，设立粥厂，周济饥民。在战乱来临之时，他看着泪眼汪汪的家乡父老，指着自己的万贯家私，面色诚恳地说道："应成之财富，皆桑梓所扶，乡亲所助，圣君所襄。今虏寇势大，殃及无常，唯有将其付之父老，方表应成之义。"……

二

秋日近午的阳光洒在街巷里，树木略显黄色的叶子明亮地摇着小手，斑驳的墙面上细碎的石子折射着光亮，小花狗卧在墙角静静地享受着阳光的温暖。我们徜徉在这美好的意境里，体味着村庄的文化韵味。

随行的南街支部书记王富强指着一处明清宅院说："这是昔日文德堂的院子。你看，与其他宅院相比，宅院整体向后退缩三米。"在我疑惑之时，王书记接着说："这是文官的住所，出行需要坐轿，留出空地，就是为了放轿子方便。"旁边的村民说，就像现在的车位，不影响行路人的交通。

文德堂，也是王氏常用的堂号。古人都希望自家是耕读之家，后代是耕读之人。有文化且有高尚的道德，是王氏家族的追求和希冀。

大脑在品味着王氏堂号，脚步不停向前移动着，忽然，一座一间两柱明楼式石牌坊闯入眼帘：石狮依柱向背而卧，慈善地注视着路过的行人；祥云、瑞兽、吉利花装饰其间，典雅、庄重又文化味十足。明楼下面的位置，"圣旨"二字显示了牌坊的地位。"圣旨"下面是皇帝钦批建立牌坊的缘由："奉天承运皇帝制曰……河南郑州学正王会申，端谨持躬、恪勤奉职。文宗雅体不矜华褥之风，课有成规务去轻浮之习。兹以覃恩授尔为修职郎……道光三十年（1850）三月"。

民国《新安县志》记载："王会川（又名王会申），南孙都人，性刚直，笃孝友，事继母曲尽其意，扶弱弟少溪尤为人所难能。严于课子孙，兼精岐黄术，乡里以孝友请旌表，道光三十年奉朝旨建孝友坊。"两个资料对应，可以肯定眼前的这座牌坊，就是"孝友坊"。

"孝友之家"是洞察世事的高人希望达到的最高境界。"善事父母为孝，善事兄长为友。"由家及国，在社会上"以文会友，以友辅仁"。朋友多了路好走，歌曲唱出了人际交往的真谛。

县志还记载："王会川……道光戊子（1828 年）举于乡，乙未（1835 年）大挑一等，授邓州学正。丁母艰归里，服阙，改祥符教谕，辞就，以教读终其身。项城袁文诚公保恒出其门。会川卒，保恒为树德教碑，题曰'新安纯儒'。"史料记载，"大挑"，清代科举制度之一，从三科以上会试不中的举人中挑取任职。乾隆年间成为定制，规定每隔九年举行一次，根据相貌应对选拔录用。每届大挑，在内阁举行。每二十人为一班，看相貌决定任命与否。先唱三人名挑一等，任用为知县。三人挑出后，继唱八人名，这是不被录用的，其余九人不唱名，以教职任用。

从县志文字看，王会川应属于"不唱名"那一类，先做了邓州的学正，后又做郑州学正。后因照顾母亲回到家乡，设坛教书。其学生袁保恒为其立德教碑。"纯儒"的称谓极高，表明王会申是真正的儒学传道者。

三

我漫步在古巷里，眼所见，耳所闻，大脑如海绵一般，过瘾地吸收着孙都村沉淀下来的优秀文化。内心感叹，文化在民间。走累了，我坐在一座石碾盘上，抚摸着岁月留给碾盘的斑驳记忆，思考着先人们的生存智慧。

随行的孙都村支部书记杨光平看我在沉思，他拿出手机，手指不停地滑动着。突然停止滑动，把手机递给我说："你看，还有一份圣旨。"原来是一份圣旨的照片，我把照片放大，圣旨的内容清晰地展现面前——

奉天承运皇帝制曰……尔王百魁，乃河南开封府郑州学正王会申之父，雅尚素风，长迎善气，弓冶克勤于庭训，箕裘丕裕夫家声，兹以覃恩，貤封尔为修职郎，锡之勅命。……尔韩氏，乃河南开封府郑州学正王会申之母，淑范宜家，令仪昌后，早相夫而教子，俾移孝以作忠。兹以覃恩，貤赠尔为八品孺人。……尔赵氏，乃河南开封府郑州学正王会申之母……貤封尔为八品孺人。……道光贰拾五年（1845）拾月拾五日。

"覃恩"，指皇帝给予官员的恩典，使受恩者上能光宗耀祖，下能封妻荫子，以显示皇恩浩荡。不仅给在职官员"恩典"，也不忘给那些做出贡献的官员的父母"恩典"。这样做的好处，有利于形成良好且向上的社会风气。为官者，盼光宗耀祖，工作中殚精竭虑、兢兢业业；为父母者，盼父为子荣，则努力教养好儿孙。如此一来，父母子女皆有了对家庭乃至社会的责任感。

王会申端谨持躬、恪勤奉职，尽到了做官的本分；其父母也长迎善气、淑范宜家，尽到了长辈的责任。圣旨中概括他们的品行时，有两句话精辟中肯："弓冶克勤于庭训，箕裘丕裕夫家声"和"早相夫而教子，俾移孝以作忠"。前一句的意思是，世代相传将这些好的习性作为家训很严谨地传承了下去，儿子继承了这些好的习性并发扬光大使家族的名声得以远播。后一句的意思是，作为母亲严格教诲子女，使他对皇上的"忠"如对父母的"孝"一般用心。此时，我想到了《大学》篇中相关的句子："所谓治国必先齐其家者，其家不可教而能教人者无之。故君子不出家而成教于国：孝者，所以事君也；弟者，所以事长也；慈者，所以使众也。"

很不想掉书袋子，但为了理解"箕裘"的含义，还是引用了《礼记·学记》的一段话："良冶之子，必学为裘；良弓之子，必学为箕。"大学问家孔颖达疏："积世善冶之家，其子弟见其父兄世业钩铸金铁，使之柔合，以补治破器，皆令全好，故其子弟仍能学为袍裘，补续兽皮，片片相合，以至完也……善为弓之家，使干角挠屈，调和成其弓，故其子弟亦睹其父兄世业，仍学取柳和软挠之成箕也。"良冶、良弓，指善于冶金、造弓的人。意谓子弟由于耳濡目染，往往继承父兄之业。后因以"箕裘"比喻祖上的事业。

中国的语言，内涵丰富，同一个意思，用不同的词语表达，就会彰显出表达含义的细微差别。从圣旨看，王会申有两位母亲。在赐"八品孺人"的用词是不一样的，对韩氏用了"赠"，而对赵氏用了"封"。古法规定，存者为"封"，亡者为"赠"。可见当时，韩氏已经去世，赵氏应为继母，还健在。于是，上文中的"事继母曲尽其意"就不难理解了。

良好家风的传承，需要几代人的努力。带着对王会申的敬仰，我认真地查阅厚厚的《王氏家谱》，在瓜瓞绵绵的王家，如大海捞针般地搜寻。欣慰地发现：王会申之孙王久持，名医；王久持之子王聚超，名医；王聚超两个孩子王云丰、王佑民，皆是名医！我正在钦佩王氏家风代代传承之时，一位老者走到我身旁，说："我们村名医很多，因此有固本堂。"接着他讲了一个关于医生行医的故事——

那个时候，由于俺村的医生医术好，早上天不亮，一街两巷都停满了车辆，拴满了骡马，都是来接医生看病的。医生看病，不因为穷家人没钱而怠慢，也不因为富家人有钱而奉迎。有一天，医生正在田里收割麦子，遇到一位求他看病的穷人。医生二话没说，放下镰刀就跟着来人去了。结果，天降暴雨，麦子霉烂到了地里。医生没有怨言，而是说，人命大于天，当医生的根本不能忘呀！

行医道德的传承，至今还在继续，本村现在还有不少医务工作者，在乡镇，在县城，在市内，仁心仁术，救死扶伤。

四

作为河南人，无人不知丹尼斯。孙都，就是丹尼斯的董事长王子淼（又名王任生）先生的老家。他出生的屋子，虽经过修缮，但也显得普通。门楣上"萱堂春晖"四个大字让我驻足沉思，脑海里流出了"萱堂在望空忆慈颜留懿训，寸心难报唯余血泪仰春晖"这副对联。此联之意，正符合王先生的心情。王先生每次回来，静立门前，看到萱堂就想到已故母亲留下的遗训，感叹自己寸心难以报答母爱，只有以勤勉、仁心来报偿。

王先生一家，过去在孙都也是大户，堂号为至宝堂。门口的楹联道出了"至宝堂"的真谛："修己达人耕读传家荫子孙，依仁近善工商经世富邦国。"也许这样的表述有些文雅，王先生的祖母杨氏曾有一段教育子孙的话，说得直白明了："我们家堂号至宝堂，人都以为是家有最好的金玉财宝。其实不然，所言至宝是唯善为宝之意。能帮人时一定要帮上一把。以此为乐，不图后报。即要心存善良不做恶想，多做善事，与人为善。"

听同行的孙书记说，至宝堂分三个院落，现在修葺一新的仅仅是中院。缓慢地行走在院子里，"善为至宝一生用，心做良田万世耕""克勤克俭修身养性立身在正气，唯耕唯读崇义尚仁传家奉儒风"嵌满廊柱、门框，语言入心，滤去的是自己内心的狂躁和功利，生出的则是励志和奉献。走进堂屋，墙上的石碑安静端庄，鎏金的正楷书法记述着王先生祖人的事迹。在此略摘一二，我们一起感受王先生家族的家风。

祖父王久远，字北斗，前清监生。方正孝廉不淫富贵，以勤俭治家耕读为本，重视教育，五子皆有所成。家乡谚语曰："金牛山北斗亮，教五子名俱扬。"祖母杨老太君出自中医世家，名门闺秀、知书达理、贤淑中惠。

父王维中，质朴敏学上进，有大志。抗战时期，日寇侵占孟津横水镇，公基于民族义愤为保乡亲生命财产与地下党员王永光、孙都完小校长王追义果断歼除汉奸首恶，虽中弹受伤仍奋勇在先，从而成就了一桩抗日佳话。

王维岐，王子淼叔父，钻研岐黄，夜深人静细读医书，字里行间写满积累的独到药方，对一些疑难杂症无不药到病除、妙手回春。1961年腊月某天早上，一女孩敲开公家窑门，哽咽大喊"爷爷救我娘"。公立刻随女孩奔赴她家郭庄。及至，见屋舍破败四壁空空，一孕妇仰卧床上，面色苍白目闭口张，公看过脉象，瞬间开好药方，连自己女儿寄给他的20元钱一并交到女孩手上。因救治及时，顺利产下一个男婴……

王维屏，王子淼叔父，自幼敏而好学，19岁中秀才。1938年间世事混乱，返乡自办私塾，亲自执教。倾注全部心血，以儒学为基本教材。讲《论语》、述《孝经》、诵唐诗、习书法，讲修身养性、致治救国。家中条幅曰："不可存心积善，但要事事行善；宁可淡泊终生，不可悖礼弃义。"

掩门而出，内心钦佩王家人的成功，王家清正纯朴的家风是根基。抬头远望，廊柱上的对联"洪福集于大度者，成功总在小心人"亦为其成功增添了注脚。出了堂屋，看到院子里有个侧门，曰行善之门，且有文字介绍——

行善之门。门者，矩也。内外有别，拒恶行善。……祖上杨老太君常坐门内，拿馒头食品周济乞儿贫困，留下行善之门的传说。此次重修王氏老宅，王子淼特嘱保留此门。以传承行善，开启善门焉。

堂屋内的碑文也印证了上面的说法。碑文记载：祖母善厚仁慈，对村里鳏寡孤独老弱病残尤其关怀，逢年过节一定要多备馒头、食物，端坐门口亲自布施。至于平日乡亲遭有急难，则主动施以援手，从不吝啬。

"饮水怀远凭窗仰望家乡月，笃亲念故卧榻总思桑梓情。"王子淼先生传承王氏家风，富裕之后不忘回报桑梓之情。一位老人和我说起王先生，激动地说："我们一家吃了他送的一头猪。"我纳闷之时，他解释说："我家四口人，他每年给我们每人送两斤肉，几十年过去了，不是一头猪吗？并且还是一头几百斤重的大肥猪。"

王先生的懿行，不止过年送肉、修自来水工程、兴建学校……数不胜数。为此，村里乡亲1993年为他立了一通"桑梓满故园"善行碑，他听说之后，对乡亲们说："做善事是祖宗家训，我蒙祖荫多受恩泽，子淼不敢贪祖之功。"

五

"一家仁，一国兴仁；一家让，一国兴让。"王姓家族在孙都积淀了优良的家风，不仅后世的王家人传承发扬，村子里的杨姓、邢姓等其他家族也耳濡目染，传承了王氏优秀的家风，形成了村风。"仁""让"之风盛行，自然也吸引投资商大胆投资，于是村里建有占地近千亩的光伏发电厂，有占地几百亩的生态种植基地。

村人安秀花的故事，更能让人们体味到村风的优良和正能量。她今年89岁，中年丧夫，一人伺候着同家的二娘、四娘和婆婆三人，同时还记挂着自己的四个儿子、媳妇，及孙辈。她迈着蹒跚的步子，每天给老人端茶端饭、洗头洗脚……几十年如一日，无怨无悔。

在感受孙都的日子里，心中充满着感动，激荡着幸福。有一晚，做了一个梦：孙都村的古槐树下，树荫婆娑，四周静寂，我坐在树下手捧书卷，阅读着书上的文字——

南望洛阳城，北依黄河沿
河洛文化熏染，波涛性格洗练

啊——老家孙都
沧桑中充满着良心担当
黑子楼高昂着智慧的头
老街巷玎玎玲玲，丝绸的车队蜿蜒到黄河码头
固本堂，信义堂，噼里啪啦，算盘珠子演奏着正大堂堂
啊——老家孙都
刚性中流淌着水德至上
老槐树诉说着乡愁故事
石牌坊咚咚锵锵，敕封的方队见证了皇恩浩荡
文德堂，至宝堂，踢踢踏踏，顾客盈门站满了一街两巷

老家孙都，孙都老家
家还是那个家
现在已经变了样
走走老街巷
看看新气象

吃一口老家饭
睡一晚老家炕
香香甜甜进入梦乡
香香甜甜进入梦乡

（发表于 2019 年 12 月 4 日《洛阳日报》，同时转载于学习强国平台）

孙都，一座民居博物馆

初冬的阳光，暖意依然。乡间的空气，透亮清新。我站在金牛山上，向西俯视。孙都村貌尽收眼底。望京楼似孙都人高昂的头颅，楼顶上落叶的灌木丛，如主人根根直立的发丝，透着孙都人的刚毅仁勇；饱经岁月的墙面泛着淡黄，似国人的特有肤色，干净而富有变化……街巷、民居、学校、行人，又显示着村人的生机和活力。

我把头抬起，视野扩大，孙都村安卧在盆地之中。南边有岭，西边有岭，北边也有土丘挡去黄河吹来的寒风。一条小溪，从村东绕金牛山之北往东流去。四岭之围，不逼仄，不紧促，平坦开阔。避风聚气，祖宗选此居住的智慧，令人叹为观止。

时光推移至五百年前，有一个叫王安道的人，一担两筐。挑着两个孩子及一些家什，从山西过黄河，妻子怀抱幼子，蹒跚其后……他们要寻找繁衍生息之地。当看到孙都之地脉，仰天长啸，此地乃吾家也！

放下箩筐，把妻小安顿在岭下的避风向阳处，开始依岭挖起窑洞来……

一

翻开《人类简史》，才清楚了人类在地球上生活的发展历程。狩猎时代，人们所有家当就在背上。说走就走，今天在这个山沟的洞穴里居住，明天可能就到几十公里外的另一个洞穴里睡眠。

那个时代，天然洞穴就是我们人类的家。这一切在大约 1 万年前全然改观，人类开始投入几乎全部的心力，操纵着几种动植物的生命。从日升到日落，人类忙着播种、浇水、除草、牧羊，这样就能得到更多的水果、谷物和肉类。这是一场关于人类生活方式的革命——农业革命。

越来越多的食物，无法轻易运走，于是，只好在积累食物的附近寻找居住的洞穴。世上哪有那么多称意事，想居住哪里，那里就有洞穴！无奈，借助土崖开始动手挖掘窑洞。

行走在孙都的南街——翠竹青青，微风中挥动着小手；石碾剥蚀，默默地讲述着昔日的故事。面北依南的宅院里，空空荡荡的窑洞，依稀可见过去的担当和荣光。

随行的王先生说，生在苏杭，葬在北邙，那是富人的说法。孙都处于邙山的北麓，是穷人挖掘窑洞的最好选择。邙山——地势高高，水浸不到；土层厚厚，少石无沙。无水浸泡，不易坍塌；少石无沙，容易挖掘。三五个壮小伙子，甩开膀子，挥舞镢头，在有眼力的打窑师傅的指挥下，十天半月，一孔十来米深的窑洞就完工了。王先生看到我们都对窑洞门口上面的料姜石装饰感兴趣，就蛮自豪地说："这里的土层里，没有石头，有的就是拳头大小的料姜石。为了防止窑洞前脸被雨水冲刷，智慧的工匠就地取材，用料姜石依次摆放，护住窑洞上方的土崖。"

其实，用料姜石护崖，应该是近代的事情了。王安道来到孙都挖的窑洞，估计是最原始的。赤裸裸的黄土为面，一捆一捆树枝排列为门。夏日里，能遮蔽似火阳光的炙烤；冬天里，能挡住狼嚎般寒风的撕咬。

说话间，迎面看到几位在阳光下聊天的老婆婆。当说起窑洞这个话题时，好像触到了老人语言神经的兴奋点，每个人都能讲许多关于窑洞的故事。一位年过八旬的大娘说："我来孙都，新房就是窑洞。不要说窑洞现在不稀罕，可那个时候，能单独住一孔窑也是妄想。俺掌柜（洛阳地区，老一代的媳妇称丈夫为'俺掌柜'）弟兄三个，他是老大。一家只有两孔窑，无奈，我和掌柜住里边，中间用黍秆遮挡，外边住着他的一个小弟弟，晚上都不敢有动静，放个屁也能听见。""就那样，你不也连着生了五个孩子嘛，地方不宽敞，啥事不是也没有耽搁嘛！""哈哈哈……"老大娘笑得前仰后合，其他的老人也都笑得百态各显。

人类为什么会离开深山，走向平原，抛弃天然洞穴？社会学家研究表明，都是小麦惹的"祸"。人类发展，很有意思。最早的年代，人们沿河寻洞穴而居。人口繁衍，狩猎、采果不能满足果腹需要，开始寻找距离山洞较远的平坦的土地种植小麦。收获季节，第一年在麦田旁待三五天。人口继续增多，第二年，待十天半月……N 年之后，人们发现，望天收不行。小麦不喜欢大小石头，需要人们把田地里的石头捡干净搬出去；小麦不喜欢与其他植物分享空间、水和养分，需要男男女女在烈日下整天除草；小麦会得病，需要人们驱虫防病；蝗虫、兔子，都想饱尝一顿麦苗大餐，需要农民不得不守卫保护。同时：小麦会渴，所以人类得从大老远把水引来；小麦也会饿，所以人们得收集动物粪便，滋养小麦的身体……如此这般，新的农业活动越来越多，人们只好在麦田旁边的土崖上挖洞而住。这彻底改变了人类的生活方式，不是人类驯化了小麦，而是小麦驯化了人类。"驯化"一词来自拉丁文，意为"房子"。自从人类走出大山，关在房子里的不是小麦，而是人类。最早的房子，不是别的，就是窑洞。据了解，现任丹尼斯董事长王任生的爷爷，住的还是窑洞。街上有一把年纪的老人，大都在窑洞里出生，在窑洞里成长，在窑洞里娶妻、生子……

二

孙都闻名于河洛大地的，不是王氏祖人王安道，而是其第四代孙王应成，也就是盖望京楼的王黑子。历史的车轮已经迈进明朝后期。自王黑子始，至清朝末年，孙都村王氏或因经商，或因耕读，或因从医从教，或因官宦，兴起了槐仁堂、文德堂、固本堂、信义堂和至宝堂五大堂号。名堂、名堂，有名才能有堂。名者，名声、名气、名誉也。在某一方面成绩卓然，才可能有名，有名之后，慕名而来者众，才可能有了财富的积累，然后起屋盖堂，撑起堂号之美誉。

我每次走进孙都，总是心生崇敬。徜徉南街，望着骨架仍存，瓦落墙歪的诸多明清建筑，脑海里浮现的是红灯高挂、家丁匆匆、阔少文质彬彬、街巷里骑马坐轿者来来往往的众生相。在南街支部书记王富强的带领下，我们走进了昔日的文德堂。这是一所五进宅院。古代洛阳地区的宅院，不是北京式的四合院，而是四合院的扩展版。五进宅院，就是三个四合院的串联。前面临街上房屋，左边高门楼，门楣上设门当，门槛旁放户对。盖房的椽子都是大木头解开的三寸见方的优质木料。房顶上五脊六兽，豪华气派，显示着主人的富有和品位。客人进得门来，先在临街房屋安歇，等待主人接见。尊贵的客人，才被领进二进房的过厅。过厅盈门处，"天地君亲师"中堂高悬，中堂之下是八仙桌，桌两边安放太师椅。客主相坐，香茶氤氲，叙几代友情，谈江湖生意……最后面是大上房，一般是老人居住。

我原来以为，几进宅院的形成，与主人娶的几房太太有关。研究过古代建筑学的专家，笑我想象力丰富，调侃我想多妻时代想疯了。原来，进院宅子的形成，因家庭财富多寡而异。财力雄厚，可以一口气盖起五进大宅院，一时住不完，可以租给其他人；财力不算雄厚，但有稳定生意，则是过几年盖一进宅院，过几年再盖一进宅院，以备家族人丁兴旺，保居住环境舒适……在孙都的大宅院前，岁月推倒的半截土坯墙中，总有如家丁一般直直挺立的木头柱子。家丁护院，保障人员、财产安全；木柱护墙，保障墙倒屋不塌。

临街上房屋，厅廊宽敞，柱础精美附狮盘龙，朱漆粗柱与沿梁衔接，彰显着主家的殷实与讲究。屋门开向院内，四扇屋门居中，大大的窗棂分居两侧。四扇屋门上，木雕图案不但精美而且寓意丰富：瓶插牡丹，寓意平安富贵；梅枝落鹊，蕴意喜上眉梢；蟠桃依石，说明寿比南山；藤联葫芦，期望福禄连连……

人，其实是活在希望里的。心理学家的理论，良好的心理暗示，有助于心情愉悦，精神饱满，容易实现既定的目标。在那科学不发达的岁月里，人们良好的心里期许，也是社会和谐不可或缺的重要元素。

进得屋内，顶头的是平平展展的木板顶棚。墙角有个四方小口，使顶棚之上与下面的世界沟通。在我对顶棚感兴趣之时，房屋的主人给我讲了一个关于顶棚的故事。

在二十世纪七八十年代，家里娶媳妇，都有临近的年轻人、小孩子闹洞房的风俗。作为主家——又想让更多人来热闹，以显主家在村子里的威望；又不想破费更多的花生、糖果。两全其美的方法是，让新郎在新婚的当天下午"消失"，直到闹洞房的人去房空。闹洞房的兄弟们，找不到新郎，一般地和新娘耍耍嘴皮子，推搡几下，说几句无伤大雅的黄色笑话，就知趣退场了。大冬天，新郎躲到哪里合适？野外寒冷，操办婚事新郎已经够累了，不能再去经受寒冷的折磨；去邻居家，又容易走漏风声。如此这般，上房屋的顶棚之上，就成了最好的去处。

讲故事的主人60有余，讲到这里时，扑哧一笑，然后接着说："有些事，不遂人愿。我结婚那天晚上，下午很早就躲在了这个顶棚上。上面还放了席子、被子，躺在上面舒服得很。可是，到了吃过晚饭没多久，那时候也没有手表，具体不知道几点钟，下面闹洞房的热闹声还没有停息，可我内急，憋不住，无奈只好从棚顶下来，被弟兄们正好看见……"

北街，是更多人都能走到的地方。黑子楼、石牌坊、至宝堂，自东而西，给人留下的印象最深。黑子楼，堪称民居的升级版。红石条做基，大青砖覆面，特殊黏土当墙，内部设施全。遇到兵荒马乱，几百人安然居住三个月。

关于黑子楼的建筑结构，有的史料说楼顶有石碾、水井、精舍和望京亭等建筑。如果这些建筑都在楼顶，可以推测这座楼是实心的。也就是说，整座楼，四周围砖，中心填土，可用的地方仅仅是楼顶。其实，古人不会那么傻，建筑利用的最大化是人类的智慧，不管是现代人还是古代人。我认为，这座建筑，应该是扩大版的"炮楼"，或者叫城堡。三层建筑——第一层有水井、石碾等笨重些的生产资料；第二层存放粮食等生活物资；第三层，也就是楼顶，四周有围墙，中间有亭子……

至宝堂，修葺一新的三进院落，气魄而富有文化气息。书写者众多，在此就不再画蛇添足了。

三

在洛阳的一次聚会，偶遇了九都医院的王辉院长。交谈中得知，他是孙都人。当知道我在写有关孙都民居的文章时，他颇有兴趣地说："我们村还有地坑院，我就是在地坑院出生的。"

据《新安县志》记载："本县旧时丘陵区多见窑洞。或依土崖凿打土窑，或平地凿坑打窑（叫'天井窑院'）……"于是，我又一次走进孙都村，问起地坑院的事情。孙都村支部书记杨光平"有、有、有……"一连说了好几个"有"。沿路前行，在一片平坦的地面上，树木成林。仔细观察，地面亦有坑洼不平之势。杨书记说，以前这里有十几处地坑院，后来人们居住条件改善了，就废弃了。他接着说，修复古村落，地坑院也是孙都文化的一部分，计划进行修复，让现代人来到孙都，能体会到过去人居住的智慧。

有关地坑院的文字记载，最早的当数南宋朝廷秘书少监郑刚中的《西征道里记》。1139年，郑刚中奉命去陕西，到豫西的丘陵地区，写道"自荥阳以西，皆土山，人多穴居"。并介绍当时挖窑洞的方法："初若掘井，深三丈，即旁穿之。"又说，在窑洞中"系牛马，置碾磨，积粟凿井，无不可者"。近千年的历史掩埋在岁月的尘埃里，但地坑院的鲜活犹如昨天。

对地坑院的建筑模式，我心里一直有个疑问，村子周围土崖那么多，趁崖头打窑比挖地坑院省时省力，为何还要这种居住模式。随行的一位王先生，说出了他的答案。挖地坑院，不是家境很穷的人，需要请邻居亲戚的壮劳力帮忙，最简单要有粮食吃。出力活，也不能吃得太差。再有就是人丁兴旺，孩子多，需要分家另住。但又不想离老人太远。附近的土崖都已经被邻居挖窑居住了，再挖窑就需要跑到较远的地方。故土难离，和老人住得近，照顾老人也方便。

人类是智慧的，每一种居住方式的产生，都有其自身的合理性。不仅有合理性，在艺术家眼里，还具有艺术性，"大胆的创作、洗练的手法、抽象的语言、严密的造型"，是伯纳德·鲁道夫斯基对地坑院的评价，并且写进了《没有建筑师的建筑》一书中。可见，美，无处不在呀！

的确，现在静静欣赏地坑院：从上往下看，方形的窑院规规整整，符合"地方"之理；站在院中看天空，天似穹窿，又有"天圆"之道。人居其中，融汇了中国古代"天人合一"的哲学思想，是人与大自然和睦相处，和谐共生的居住范例。

老祖宗有一本书，名字叫《考工记》。记录了造物的一些原则，第一条原则是"天有时，地有气，材有美，工有巧"。而地坑院，充分体现了"天有时，地有气"的营造法则。实践中，人们对地坑院不断完善改造，使之合理化，地坑院窑冬暖夏凉。冬季窑内温度不会低于 10 摄氏度，夏天也在 20 摄氏度左右，即使中午也要盖上被子休息，人们称它是"天然空调，恒温住宅"。同时，大门一关，如地下城堡，在那兵荒马乱的年代，安保功能甚高。

文化在民间。室外寒风嗖嗖，室内香茶飘飞。王先生翻着家谱，谈着王家某人的荣光，叹着王家某人的遗憾。当我让王先生回忆王家的遗憾时，他脸上的笑容凝固了，端起茶杯深深地呷了一口，好几分钟的沉默，然后打开了记忆的闸门。

富贵思淫欲。有一位大户家的公子哥，平时花钱如流水，说话口满得很："我的头发，横水街没人能理得了。"进洛阳城，大理发店，妖冶美丽的女理发师一边打情骂俏，一边理发。付款时，捏出一块银圆，往理发师手里一放，"不用找零了"，说罢头也不回地扬长而去。

王先生点燃一支烟，深深地吸了一口，然后又呼地把浓烟吐出来。接着讲道，赌博，成了王公子每天的功课。老人管不住，给他分家另住。赌博场上的惯用套路：输了，想捞本；赌注加大，越输越惨。卖家当、巢粮食……最后把房子也卖了。几位参赌的人，看到他的惨相，又想想他无家可归的妻儿老小，良心发现，凑出一些钱，说："拿这些钱，雇人去挖个地坑院吧。"……

由穷到富，如燕子筑巢，一口一口泥浆积累；由富返穷，似洪水决堤，不需半日工夫。

四

时令一过小雪节气，寒风顺着街道从西边吹来。我们条件反射地缩了一下脖子。不远处，一只麻雀从树上落下来。也许是疾病，也许是寒冷，叽叽喳喳叫着，试图重返树枝，但几次都没有成功。一条狗似乎预感到了一顿小小的美餐，正在临近。麻雀看到强敌来临，叫得强烈而悲凉。此时，我们救下了麻雀，把它放在墙垛的缝隙里……

自然界，物竞天择，适者生存。人类与鸟类一样，时刻都迎接着来自外部世界的挑战。但是，人类富有智慧，会思考应战的方案。在历史发展的长河中。人类遇到的挑战，主要为洪水、饥饿、寒冷、疾病……在应对这些挑战时，住房的作用不可或缺。应对洪水，人们把房子建在地势较高的地方，即使地坑院也留有大大的渗坑；应对饥饿，寻找肥沃的土地种植粮食，并把房子建在距离田地较近的地方；应对寒冷，人类选择避风的窑洞、四面封闭的房子里……再仔细观察，随着人类智力、体力、财力的提升，建房的材质也有土而石，而砖，而水泥……

风奏乐，树舞蹈。眼前积木式的钢筋水泥房子，表明现代生活的富足。人对美好生活的向往，永远是没有止境的。梳理房子的发展史：窗子，从无到有，由小变大；窗户上遮风的，由秸秆而纸张，又塑料薄膜，又玻璃；门，由篱笆而木板，继而是铁，是钢……

脚手架的叮当声，把我的思绪拉回现实。循声望去，看见几位工人在房子的外墙上加装泡沫板。看到我的疑惑，随行的王富强书记说，这是国家搞的乡村保暖工程。保暖工程的实施，夏天，阻挡高温的肆虐；冬日，遮挡严寒的张狂。其实一年四季，百姓都能体会到共产党的温暖。

洛阳，被誉为博物馆之都。业内的专家苦苦寻觅居住的博物馆。走进孙都，我的心中一亮，孙都村，窑洞、地坑院，明清时期的土砖木建筑、现在的钢筋混凝土建筑，真是一座实物犹存、未曾断代的民居博物馆。

（百度查阅发现，该文被几位喜欢朗读的朋友，配乐朗读，在多个平台播出。）

树 下 杜 鹃

谷雨之后，连最懒惰的植物也伸展了臂膀，油绿油绿地张扬着生命的活力。洋槐花才刚吐出串串花蕾，似姑娘们耳垂上的饰物，招惹得行人情绪亢奋。宽阔的柏油路如灰色的带子在山丘、谷底飘舞，与旁边的草绿、花红、溪流、蓝天组成一幅幅灿然的山水画……还没有见到朋友，卢氏的自然之景已经让我陶醉，自叹来迟了。

一

秦岭南，鹳河流；青山下，温泉出。大自然馈赠的汤河温泉，充满了神秘。天然裸浴，单日为男，双日是女，野性与规矩并存，健康与休闲一体。宽阔的河面为纱幔，遮去了沐浴者的羞耻；茵茵垂柳，红红凉亭，又给河对岸的路人增添了无限遐想。外地人，路过此地，大都会驻足观望。若日子对号，时间充足，还会走过吊桥，看个仔细，甚或脱去衣服，穿越到裸体时代。我到的那一天刚好是单日，时间不允许，只能近前感受氛围。带着毛巾、肥皂的男人，刚来者脚步匆匆，洗完离去者神态轻松。圆圆的池子里，坐满了一丝不挂的人，水声哗啦，脊背、胸前的水珠咕噜咕噜滚下。石台上，坐着刚从池子里出来的人，有的叼着烟卷，有的擦拭着湿漉漉的身子，好一幅乡间惬意图，太阳耐

"我"何，世间的喧嚣又与"我"何干？

我坐在石沿上，与正在洗澡的老人拉起了家常。"大爷，高寿？""八十有九了。"皮肤光滑，精神矍铄。"经常来洗澡吧？""光屁股小孩子时就在这里洗澡了。"说着话，手没有停歇，还在完成着洗澡的动作，"那时候，温泉从一片黄沙上流过，我们小孩子躺在沙窝里。"老汉的脸上荡漾着童年的快乐。老人想站起来，我伸手扶了他一把。他笑着说"扶一把，站起来"。我说："扶一把，站起来，是咱县的精准扶贫策略呀！"老人说："你说对了。"我扶他走出汤池，一起坐在石凳上。老人边拿毛巾擦着身子，边打开了话匣子。

他的一家亲戚。十五六岁的孙女得了一种怪病。小便失禁，无法出门，无奈每天坐在床上，家里穷得啥也没有。有一天，省里、县里的扶贫干部到他家走访，看到这种情景，心里很不是滋味。从此，帮助女娃治病，成了扶贫干部的一桩心愿。洛阳、郑州、上海，不知跑了多少家医院；内科、妇科、外科，不知问了多少医生。还好，上海交通大学附属医院接诊，做了大手术；洛阳武警医院（现洛阳金盾医院）后期治疗，帮助康复……小姑娘成了正常人。正常人可以正常生活了，但因为处于恶劣的深山顶上，要脱贫还是有困难。于是，乡里又帮助他们搬迁到条件好的镇上。姑娘结婚那天，特意邀请扶贫干部到场，并且当场唱了一首歌，她哭了，扶贫干部哭了，在场的亲戚都哭了。

我的眼睛也湿润了，忙着问，唱的啥歌呀？老汉摇摇头，旁边的人插话说，《感恩的心》。

阳光照在大地上——河水明亮，静静流淌；树叶油光，随风摇晃。我走在窄窄的吊桥上，那熟悉的旋律在脑海中浮现，口中哼出了那撞击心灵的歌词："感恩的心，感谢有你。伴我一生，让我有勇气做我自己。感恩的心，感谢命运，花开花落，我一样会珍惜……"

二

"回忆童年时代，距家门口半里来远的小河边上，有一小块沙石地，叫'石垄'。那儿尽是比牛还大的花岗岩石头，有的在地面上，有的大半埋在地下。总之，这是很难耕种的荒地。石与石之间，偶然有小片沙土地。废物利用吧，那地上除了要求低的谷子以外，其他作物是难长的。"

作为文化人，进卢氏，必然要去拜谒曹靖华先生。《小米的回忆》是初识先生的媒介。车在大山峡谷中穿行，脑海里搜寻着有关曹老先生描写老家的记忆。上文中那块"石垄"还在吗？是否还长着庄稼？如此贫瘠的土地，如此偏僻的地域，在那个时代，能走出世界级的学者，让我何等崇敬啊！

曹靖华先生故居，坐落在五里川镇河南村。清代的民居，低矮而朴素。附近河里取来的石头做基，土坯墙，灰瓦顶。耕读之家，重在供养晚辈读书，没有把心思用在华堂高厦之上。"文如秋水波涛静，品似春山蕴藉深"，大门上的对联是对曹靖华先生的评价：秋水胸襟，一尘不染；春山葳蕤，蕴藉深厚。

谈到曹靖华先生的人品，他的堂侄，一位八十多岁的老人自豪中带着尊敬："中华人民共和国成立后，国家想让他回河南做领导。叔叔说，国家太需要人才了，还是让他到大学教书吧。不做官，只想为国家多培养人才。"曹靖华先生是豫西名人，记得卢氏的同学给我说，曹先生生前曾立下宏愿，凡是卢氏人，只要考上清华大学，他就资助全部费用。

坐在曹先生门前的石头上，好久好久不愿离去。眼前的青山似大象一般，默默负重；不远的河水，低调地南流，不舍昼夜。"以不朽之文，传不朽之人"，毛泽东主席的话语概括了曹靖华及其父亲曹植甫之间"以文化人"的高质量传承。地处深山区的卢氏，更加需要有正能量的先进文化，也更加渴望有更多的人汲取其营养，成就更多"不朽"之人。

苍山遮住了告别的夕阳，乡村的炊烟稀疏地飘摇在房顶。我们虽然离开了河南村，但谈论曹靖华、谈论卢氏的话题没有停息。随行的县文联的同志讲了一个县里重视人才培养的故事。

有一个女孩，高考被西北的一所大学录取。但家里太穷，交不起学费，她只好放弃了大学深造的机会。知识改变命运，在贫困面前显得乏力。我听到这里时，望着窗外的连绵群山，泪水流满了脸颊。大山无情，遮挡了人们致富的眼界；溪流弯弯，阻挡了人们致富的心劲儿。

故事还在继续。

大约半年后，乡党委书记来到他们村排查贫困户情况。当听说女孩的事时，书记语气坚定地说："一定要让孩子上大学！"书记走进县高招办，踏进省教育厅，迈进教育部，奔波到大西北那所大学。鞋底留下了记忆，喉咙倒尽了渴望，眼泪滴湿了首长办公桌上的书页……真情，撬开了规定的缝隙；渴求，感化了领导心里的原则。小姑娘终于，终于在第二年阳光明媚的 9 月，踏进了大学的门槛。

我追问说："这个姑娘后来上学顺利吗？"我想知道会不会因穷而辍学。"这个姑娘很争气，学习很用功。扶贫的好政策也保障了她上学的费用。"随行的同志说，"现在这个姑娘在河南农业大学读研究生，立志要回报家乡，愿意为乡亲致富添把力量。"

深山天黑早。山道上的车灯都睁开了明亮的眼睛，道边的树木忽明忽暗，像是借着灯光回家的行人。汽车里，音乐响起，吴杨雨演唱的《如果今生没有和你相识》，在耳畔回荡："如果今生没有和你相识，我还会不会是现在的样子……"

三

向阳的山坳里，有一片世外桃源。石径曲折，望不见尽头；篱笆扶疏，牵牛花扬着笑脸；吊楼参差，安然地卧在阳光之下；草坪曼妙，"山居记忆"呼唤着生活重荷者的回归……这个"神仙地"，名曰千层坊。

晚宴食材都来自大山的馈赠。艾叶团子，清香中含着淡淡的苦味，提醒生活本来就是甜苦辩证；凉拌水芹，清脆中带着小溪的韧性，昭示人们刚柔相济的人生哲理。最可口的是水煮羊肉蘸蒜泥。不需其他佐料，山泉水沸腾，大块的羊肉下锅。不多一会儿，鲜嫩的大盘羊肉端上餐桌，人还没有动筷子，肉香已经占满了空气，噜噜、噜噜地直往人的胃腔里钻……

人以食为天。在人类的食物进化过程中，卢氏，是绕不过的一个地方。洛水，中华文明的摇篮。卢氏境内的洛水两岸，已经相对平缓，先人们已经过上了群居生活，出现了较大的氏族部落。突然有一天，雷电造成的山火，烧死了没有逃脱的野兽。幸好被先人捡到。熟食之香从此改变了人们的饮食习惯。于是，智人们开始用树枝编耙，底部糊上泥巴，放在柴火之上……从此，这个氏族得到其他氏族的尊重，"尊卢氏"成为历史佳话。

"智人化石"在卢氏的发现，证明了卢氏这块土地，是古人类发祥地之一。我们几位文化人，一边吃着原生态的晚餐，一边聊着卢氏这块神奇的土地。老徐说，那个时候，哪有那么多的调料，甚至连食盐也没有，吃得多健康呀！老孟说，都说人生是个环形道，人类发展也应该是个环形道。人们在饮食上经过了重口味、大鱼大肉之后，又开始回归古人这种简单、原始而又健康的饮食方法了。

天刚蒙蒙亮，鸟声把我们从睡梦中唤醒。我们要去爬山、赏景、享受天然氧吧。陪伴我们的是千层坊老板李女士。没有经过刻意整修的羊肠小路，如麻绳弯弯曲曲，从吊脚楼伸展至一公里外的山顶，勾引着来客探索山野神秘的欲望。河边的山柳，村姑似的羞涩，枝条夹着胳臂，没有舒展的大方；路旁的白杨，挺拔得如小伙子，可劲儿往上长。河床上，各种形状的石头随意地躺着，凝固了与流水、鱼虾剪不断理还乱的情爱；河水，多闻"哗哗"流淌之声，少见轻轻流动的倩影，仅是对伴侣的"来电"，却无暇相见。偶尔一个水潭，火柴棒长的野鱼神清气爽地游动，如邮差般给各自忙碌的情人们传递着平安。"你看那里。"李女士用手指着一个地方。大家聚拢跟前，是一棵老柿树及周围的几块石头。树身上有个水桶粗的圆洞，旁边的石头上有乡村春米用的石臼。李女士看出了大家的好奇，告诉大家这是当地人土法榨油的作坊。树洞为支点，木杠子上装石锤，芝麻、花生等油料作物放在石臼里，在"嗨哟、嗨哟"的号子声中，清清、香香的液体顺沟流出，流进乡民们喷香的生活里……

山水，与文人的关系，始终是矛盾的。文人喜欢清静的山野。原生态的一草一石，能激起心中的美学意象，赋予山野神韵，让山野诗情画意，进而有了人文的意义。一旦这些文字散落社会，这里的清静将不复存在，会变得世俗拥挤，文人也成了拥挤中的游人……

李女士看出了我的心思，说出了她的景区规划思路：保持原貌，少造新景。看得见青山，望得见绿水，住得上土屋。说着，她指着一片民居说，这片民居将原样保留，让城市人真真切切地能回味乡愁。

她不是当地人，大约不惑的年龄。脸颊上透着阳光经常亲吻留下的红晕，没有城市同龄女性皮肤的细腻，但透着健康和活力。当问起为何来此投资这个话题时，她认真地说："是这里的环境吸引了我，是卢氏人的真诚感动了我。这里就是我的诗和远方吧。"然后是爽朗的笑声。那笑声在散着阳光的树梢飘过，在悠远的山谷间回荡……

四

卢氏，号称河南省的"三最"之县。面积最大、平均海拔最高、人口密度最小。几天时间，大多行走在沿河的谷底。瓦窑沟乡，龙泉河，清水撞击石头发出悦耳的音乐。两边的龙首山和凤凰台绿树葱葱，张扬着暮春的活力。

"哎呀，快看！杜鹃花那么红。"不知谁惊讶地喊叫起来。我抬头向窗外望去，抢先入眼的是大片大片的绿色。聚焦视线，才发现绿色之中若隐若现的红。"为了发展旅游，应该把遮挡杜鹃的绿树伐掉，让满山杜鹃的红火走到前台来。"同行的文友提出了自己的建议。当地的朋友只是礼貌地颔首，脸上露着淡淡的微笑。我当时想，估计山上的杜鹃还不成气候，星星点点，哪值得非此即彼呢。

上山的路，没有石阶，没有水泥硬化，有的是村民上山采药、收山果踩出的岁月小径。大概是怕城里人来赏花滑倒，仅仅用铁锨铲出了一个个放得下脚的土坎。绿树高大，树冠如伞。"伞"下的世界改写了在山下的判断：粗大的杜鹃树一簇簇，一片片，机智地寻找着阳光，努力把自己的风采释放出来。这种"风采"，不是一沟一岭，而是漫山遍野。红花簇簇，三步一景，五步一画，高兴得同行的美女摆出各种姿势，尽情地展示着自己的美丽。在卢氏工作的老乡不停地按动手机上的快门，把红红的杜鹃与漂亮的美女定格成一幅幅鲜活的图画。我提出要为老乡美女拍照，她坚决不从，并说："我在这里工作了几十年，你们来得少，还是让我把你们的美留下来吧。"我受到感染，说："这树下杜鹃，犹如卢氏人民，择善而从，谦逊做人。"

中午吃饭的时候，和龙首山庄的卢老板聊起杜鹃。他说，附近的山上，杜鹃分布面积超过 100 万平方米，少说也有 1000 万株。海拔低的地方，杜鹃花就是咱们常见到的红色；海拔超过 1900 米，花为粉色；海拔超过 2000 米，花色就变成紫红、紫白了。花瓣也有变化，单层变成了双层，甚至多层；花朵也由小花变成了犹如牡丹般的大朵。

卢老板有着山里人的朴实，话语不多，对文化事业却有着杜鹃花般的炽热。他挤干自己的积蓄，建起了红色教育展览馆。展览馆里——文字介绍，鲜活着一个个革命故事；图片资料，印证着革命者的音容笑貌；真实遗物，彰显着革命者一心向党、忘我工作的高尚品行……他动情地说："在革命的初期，卢氏人默默地、倾其所有地为中华人民共和国的诞生做着自己的贡献。"翻翻革命史，就会对卢氏这片土地肃然起敬：1932 年，红军战略转移走进卢氏；抗战时期，数十家学校、机关搬迁卢氏；解放战争时期，"中原突围"西进部队落脚卢氏……军民鱼水情，乡民默默担当无怨言。

五

汽车在山间穿行，窗外的山峦上墨绿尽染，不起眼的杜鹃红如少女裙摆上痴情的眼。"树下杜鹃"这个现象，不停在我脑海浮现，思考着其蕴含的文化意义。"木下之木"，是《易经》中的"巽卦"。"巽""逊"同音。杜鹃不争，灿烂依然；做人谦逊，事业必成。

窗外的路，随着山势不时地拐弯；山知了的歌声，时强时弱。神奇的大自然，让卢氏山峰连绵，涧溪纵横。"一沟十八岔，岔岔有人家，多则三五户，少则一两家"的生存环境，对生活、工作在此地的人们来说——是磨难，是艰辛，致使贫困发生率曾高达 15.3%；也是挑战，是意志、品行的考验，人心齐，泰山移，贫困县的帽子已经抛进了沟壑，随溪流而去……

树下的杜鹃，随遇而安，只关注当下。脚下有多少泥土，心中就沉淀多少真情。刚在内，柔在外。车辆随道路起伏晃动，我渐渐地有了睡意。恍惚间，树下露着微笑的，不是杜鹃花，是数万名为中华人民共和国诞生无私支前的卢氏老乡，是不计成本只为消除因病致贫服务的那个群体，是无数次奔波只为帮助因贫辍学者复学的乡镇干部；树下摇曳的手臂，不是杜鹃树的枝条，是那位营造诗和远方的千层坊女子，是用心创建红色教育博物馆的那位汉子……

甘棠树下思召伯

"水光翻照树，堤兰倒插波。"当年李世民春猎于宜阳平川的洛水之畔，面对荡漾之洛水，诗情从心中油然而生。洛水，出洛宁峡谷，入宜阳平川，如温顺的姑娘，徐徐向皇都洛阳前行。水过韩城驿，前行几公里，水势向北岸靠近。北岸背靠香鹿山，一条小溪从山上徐徐下流，过甘棠桥，傍甘棠村，汇入洛水……这条小溪，名曰甘棠河。洛水容纳了甘棠河之后，又折头向南，向东南方向流淌。在洛水北岸不足 2000 米、甘棠河畔，有一个广场，石碑、碑楼、甘棠树、召伯塑像……此处是一个村庄，古名九曲城，又名甘棠寨。周代的召伯亲政爱民，在此处留下了美好的故事。这个故事的精髓，如高质量的老酒，随年代的变迁，一代一代地醇香着后人……

甘棠寨，因甘棠树而得名。甘棠树，因甘棠河溪水的滋润而茂盛。早春三月，白色的小花开满枝头；金秋八月，棕色的果实累累成串，望之悦目，食之舒心。老辈人相传，早年间，此处甘棠树蔚然成林，春华秋实，人见人爱，于是，"棠荫秋清"成为昔日宜阳八景之一。文学家说，一切景语皆情语。棠荫秋清，正是由于西周著名的政治家召伯的莅临且留下故事而增添了新的含义，才让后人更多地关注此地此景。

话说当年，夏日炎炎。西周大政治家文王庶子召伯，为了宣传文王的惠民政策，坐一辆牛车，出洛阳城沿洛河北岸向西南走去。到甘棠寨下，但见一棵甘棠树树冠如伞，乡民们在此乘凉。于是停车驻足，与老百姓攀谈起来。白天"布文王之政"，夜晚露宿甘棠树下。有人向他讼诉，召公当即进行判断处理。老百姓看到他爱民如子，深深表示敬意。后来，人们看到这棵棠梨树就好像看到召伯，于是就编歌谣赞颂、怀念召伯："可爱的甘棠树，不要砍伐它！召公在这里露宿过。可爱的甘棠树，不要伤害它！召公在这里休息过。可爱的甘棠树，不要攀折它！召公在这里暂住过。"到了春秋时期，圣人孔子也被周公召伯的事迹所感动。追慕之下，他把这首歌谣收录到了《诗经》中。当然，上述的歌谣是作为现代人的理解，打开《诗经·召南·甘棠》篇，你的思绪会穿越到古代："蔽芾甘棠，勿翦勿伐，召伯所茇。蔽芾甘棠，勿翦勿败，召伯所憩。蔽芾甘棠，勿翦勿拜，召伯所说。"诗文所讲述的故事在《史记·燕召公世家》中也有记载："召公之治西方，甚得兆民和。召公巡行乡邑，有棠树，决狱政事其下，自侯伯至庶人，各得其所，无失职者。召公卒，而民人思召公之政，怀棠树，不敢伐，哥咏之，作《甘棠》之诗。"

自古至今，老百姓对有德行的领导者都是十分爱戴的。但老百姓受到好领导德行的感染，至多是自己不犯法，甚或帮助身边的人，其影响力、感染力都是非常有限的。官员，一方诸侯，如果能效仿上层领导之德行，做到为官一任造福一方，那将是上层领导所望，是黎民百姓所盼。召伯的德行，自"甘棠听政"之后的几千年间，无数官员到此拜谒，有的还留下了诗篇。朝代久远的官员故事不再引述，就撷取清代的两个故事。

清朝赵铭彝，嘉庆十二年（1807）任宜阳知县，深秋某日，去韩城西边的秦王寨公干，途经甘棠寨，目睹"听政处"，心生感慨："弯环十里过甘棠，水碧沙清路正长。为问当年听政处，萧萧红叶满山庄。"在感叹"听政处"秋天之荒凉之后，再抬眼望周围物什，更加伤感：夕阳照耀下的听政碑苔藓丛生，当年召伯亲民的甘棠树已经不知去向，留下的仅仅是乱石一片；老百姓的生活处于困顿之中，如饥饿的鸿雁，发出嗷嗷的叫声；老百姓居住的房屋残垣断壁，当年周宣王为百姓造房，虽然辛苦，但百姓得以安居，我也想如杜甫希望的那样，造广厦万间，但无奈财力有限，也只能做些修修补补的工作。如此心迹的流露，惠存于县令的《杪秋于役亲王寨过召伯听政处留题四绝》之中，限于篇幅，不再引述。为官一任，造福四方，能力有大小，国库有实虚，但心系百姓的肝胆可鉴。

话说康熙五十七年（1718）春月，河南知府张汉乘舟沿洛水而上，到宜阳、洛宁县体察民情。虽寒风料峭，但阳光明媚，河水已开始解冻，水流哗哗；小鸟，时而绕船歌唱，时而登枝舞蹈。张汉坐于船舷之上，招呼秘书呈上宜阳地理志，询问着当地有名的文物古迹。当他看到河南岸的锦屏山时，顺口吟出："当眼河山千里道，成皋东下上弘农。灵山无数重云起，正恐飞来是此峰。"张汉把锦屏山想象成了杭州灵隐寺旁边的飞来峰。随从齐声喝彩，书记官马上记录在册。纤绳悠悠，河水荡漾，说笑间，秘书指着山峰下的一片建筑说："大人，那里就是召伯祠。"张汉命人停船靠岸，要去拜谒召伯祠。刚一下船，时任宜阳知县的郭朝鼎一班人已经恭候多时。行完上下级之礼，沿小道而行，不多时，来到祠前。一方石碑矗立眼前，张汉凑前观看，但见碑文介绍，原来这里是专为纪念召伯而建的专门祠庙，后来到了顺治三年（1646），曾任耀州知州的宜阳人刘洁捐银扩建，为在宜阳政绩卓著的七位知县立碑祠内，百姓亦称呼之为七贤祠。张汉进入院内，信众熙熙攘攘，柏树的新芽已露枝头。四处张望，唯不见代表召伯的标志物——甘棠树。也许是张汉一直心存对召伯的敬意，也许是受到七贤碑的感染，遂决定自己出资，让手下下山买来甘棠树，亲手植于召伯祠内。并赋诗感慨："……似锦重开千叠嶂，如船城傍一泓流。只因世远无棠在，长系人思托树留。……"

张汉此次宜阳之行，应该是提前把公务安排停当，有备而来的。游完召公祠，登船继续逆水而上。在甘棠码头下船，来到甘棠寨中。他是要亲身感受召伯遗爱的。走进寨内，村中乡贤亲迎。张汉走在闾巷之间，眼睛四处张望着街景民情。寨中房屋虽然不新，但居住尚可。老人指着一处荒野说："据说当年召伯就是在此搭棚和老百姓沟通的。"张汉环视一周，甘棠树已不存在，往年没膝的枯草随风摇曳，刚发出的新绿才露芽头。纪念召伯的遗存荡然无存。张汉心中五味杂陈，此时乡贤又顾左右而言他地把当地官员之间嫉妒、懒政的情况向张汉叙述一番。张汉没有回答乡贤的问题，但内心思考颇多，激情澎湃，顺口吟出《甘棠寨》一首："过访甘棠未伐枝，当年太史独存诗。一邱剩迹有名树，千古去思无字碑。但使经时怀置芨，何须末世例成祠。闻风此地忌兴起，更少循良定可知。"接着，又把在召公祠没有种完的甘棠树种植在召伯听政的遗存之处。很有趣的是，张汉的诗友诸锦，生平不详，得知张汉在甘棠寨的一系列作为之后，欣然和诗一首："张郡守宜阳甘棠寨补植十三本，以昭古迹，并以芨棠题集而邀同志为之诗。甘棠新补十三枝，今日畴赓召伯诗。君子须眉皆甚口，丈人清畏不镌碑。悬同合浦车争挽，岂必桐乡像设祠。他日辒轩问原隰，广基台榭几人知。"

县令郭朝鼎体会到河南尹张汉尊贤、爱民的情怀，就想借助其声望和地位给当地的文化事业做些实事。于是，就特此待张汉到洛阳，登府拜见。并提出在召伯听政的甘棠树下立碑的想法，核心意思是请张汉亲书碑文。张汉公务缠身，虽然答应下来了，但一直没有落实。几年之后，雍正二年（1724）腊月，一年的工作基本告一段落，净手、焚香，提笔挥毫，"河南尹张汉书召伯听政处清雍正二年腊月宜阳令郭朝鼎立"三行苍劲有力的大字跃然纸上。并写《召伯甘棠记》以记其过程："世称甘棠者遍天下，所在皆借此名耳。其实，甘棠在吾治河南府之宜阳。相传召伯巡行南国，布文王之政，或舍甘棠之下。人思其德，爱其树而不忍伤。故其诗曰：'蔽芾甘棠，勿翦勿伐，召伯所茇。'至于今，棠之树已不存矣。宜令郭君朝鼎迹其故处，将立石以志不忘，问记于余。余喟然兴叹，遗书郭令谓之曰：'孔子有言，于甘棠见宗庙之敬也甚矣。予往读诗而尝甚敬甘棠也。夫古有召伯，后人思其德，爱其树而不忍伤。吾与若同官于斯土也，顾不可思其树、效其人以德其民，而不忍伤乎？君子之行仁也，触物而动，不必执物而存，我苟行仁，即地无甘棠，仁固存也。不然，甘棠亦人世间所在多有之物，而召伯世不可概见。虽有甘棠，能保民之果勿剪伐乎哉！'"郭朝鼎拿到张汉的墨宝，命人买来石碑，找来工匠，把张汉题字镌刻在石碑之上，此碑高大气魄，高 2.2 米，宽 0.72 米，碑帽上二龙戏珠的图案栩栩如生⋯⋯

岁月无情，正如大诗人苏轼的感悟一样："人生到处知何似，应似飞鸿踏雪泥。泥上偶然留指爪，鸿飞那复计东西。"人，留下的痕迹，无论是丰功伟绩还是点滴小事，随着时间的推移，都如飞鸿在雪泥中留下的爪印，不可能成为永恒。"爪印"不能成为永恒，但文字可以记录永恒！召伯听政的遗迹、甘棠树、茅草棚，不能遗存几千年；甘棠寨、召伯祠也无法千年不倒。但有心、有情还有才的文人政客，用手中的笔记录了眼前甘棠的风情、建筑。他们如此尽心又动情地对待召伯，我们也有理由相信他们在执政惠民上的善行。

古时，洛阳与西安，是互为依存的城市。于是帝王选都——向西，选择西安；向东，选择洛阳。两座城市来往不断，之间的官道自然显得重要。洛阳向西，有两条道路：一条是北线，称为"北崤道"，是从谷水出发，经新安，过渑池，穿崤山，直达陕州；一条是南线，称为"南崤道"，沿着洛河北岸走向西南，经甘棠寨，经韩城，过三乡，然后拐向西北，过雁翎关，抵达陕州。这两条大道，在陕州交会后，沿黄河西上，经桃林塞和华山北麓，最后通往长安。

两条道路相比，南崤道地势相对平缓，沿路风景秀美，洛水如带，远山苍翠。因而途经宜阳的南崤道，要比北崤道上的人员流量大。

唐大和三年（829）春，白居易自长安赴洛阳，途经宜阳时，写下一首诗："从陕至东京，山低路渐平。风光四百里，车马十三程。"这首诗如实写出了南崤道的地理优势，不仅"山低路渐平"，路比较好走，而且四百里路途中，处处风光绮丽。所以历朝历代，对这条线路都很眷顾，沿途设置了多处驿站、行宫、馆舍、兵站。

甘棠寨，也是驿站之一。当然，召伯当年到达甘棠寨，甘棠寨是否是一个驿站，无法考证。但是，可以肯定的是，后人在甘棠寨设立驿站，与召伯当年在此听政有一定的渊源。

外地的一位朋友得知我在写此文的时候，连续用三个"那地方是假的"的短语给我泼凉水。他的理由是，西周在陕西渭水河畔的镐京。后来召伯与周公又是"分陕而治"。所以召公不可能到宜阳那个地方"听什么证"。

关于召伯与甘棠树的记载，全国的确有好多地方。据查，全国以召伯甘棠命名的地方有多处，其中长江以南有广州番禺的甘棠村、湖南江永的甘棠村、福建漳浦的甘棠村和重庆忠县的甘棠村等。而长江以北的甘棠有三处，一处在陕西岐山的刘家塬，一处在河南陕州的老城（今三门峡的陕州公园内），而另一处就是洛阳市宜阳的甘棠寨（现名为甘棠村）。再进一步查阅资料，地处陕西、河南这三处均是召伯亲自到过的地方。

要确定当年召伯的确到过宜阳甘棠寨，还需要还原一下当时的历史。商朝末期，商纣王荒淫无道，诸侯国朝贡负担沉重。周文王惠民天下，但又被囚羑里城。此时，文王的儿子周公、召公就离开镐京，到中原地区打探消息、设计营救对策。他们思考，即使拼上老命把父亲救出来，只要商纣王还担当霸主，父亲还有可能"二进宫"。既然如此，还不如从长计议，力争一步到位，直接推翻商纣王的江山，建立自己的政权、确立自己的地位。冰冻三尺非一日之寒，推翻商纣王，不可能一朝见效，需要唤起民众支持。试想，在那个时代，信息传播是何等艰难！于是，几个弟兄驾车简从，从洛阳出发，你西我东，口口相传。周文王德政惠民思想如水中的涟漪，慢慢地、慢慢地向四周传播……

召公，沿洛水北岸西行，于是就走到了甘棠寨，正巧，又遇上了老百姓之间发生的诉讼纠纷：召伯刚在甘棠树下坐定，便见到一女子一边哭泣一边奔跑，女子后面几个男子气势汹汹地追赶。召伯一见，忙问左右乡亲，乡亲们告诉他这是一富户的恶奴在为主子抢亲。召伯听后不禁大怒，他从地上捡起一根树枝，在地上画了一个圈，命令士兵把几个恶奴囚禁在里面。他又传来那个富家子弟，杖击四十，并责令他弃恶从善。处理了这件事儿后，召伯认为民间的婚姻嫁娶得有个制度，不能乱来。于是他订出了纳采、问名、纳吉、纳证、请期、迎亲"六礼"，并公布施行，此后民间婚俗的"父母之命，媒妁之言"也就从此开始。

肯定宜阳此处的召伯听政遗址为真，也不诋毁认陕西岐山、三门峡的"甘棠美谈"为假。仅仅是年代久远，又缺少可信资料，无法判断哪一处为先，哪一处在后。至于江南的那几处，如何解释，暂时卖个关子，先看一个成语故事：相传召伯下乡视察时，就在田间地头、甘棠树下处理民间事务，地方官吏要群众腾出房屋让他休息、烧茶备饭招待他，他马上制止，说："不劳一身而劳百姓，非吾先君文王之志。"西周时期崇尚"乐殊贵贱、礼别尊卑"，而召伯南巡，从不占用民房，只是在甘棠树下停顿、支棚安歇，断讼决狱自伯侯至庶人一视同仁。这种关心民间疾苦，为民众排忧而不扰民的好官，自然获得百姓的拥戴与称颂，于是，留下了"甘棠遗爱"的千古美谈。朋友，感悟到了吧，江南那些地方，应该是召伯的后代迁徙之后为纪念自己的祖先而给村子所起的名字，属于后人的"甘棠遗爱"吧。

《易经》贲卦的象辞曰："刚柔交错，天文也；文明以止，人文也。观乎天文以察时变，观乎人文以化成天下。"这里提出"人文"的概念，人文是指社会人伦。治国家者必须观察天道自然的运行规律，以明耕作渔猎之时序；又必须把握现实社会中的人伦秩序，以明君臣、父子、夫妇、兄弟、朋友等关系，使人们的行为合乎文明礼仪，并由此而推及天下，以成"大化"。召伯以实际行动推动人类文明进步的"大化"，形成的"大爱"，后人又在召伯的影响下，把这种"化"和"爱"继续发扬光大，也可称之为"遗爱"吧。

翻阅清康熙《河南府志》，有意关注了在宜阳做知县的人物，他们的"遗爱"让人动容。

明朝郑桂发，字秋岩，固始人。洪武元年（1368）出宜阳知县。持身清慎，莅事严明，承乱离之后，城郭丘墟，民业失常，学校公署尽皆倾圮，公祝事以来，百废俱举，野无旷士，田有新渠，礼让典行，奸佞平息，民至今尤称之。

刘敏宽，山西安邑人，由进士万历十一年（1583）任宜阳知县。嘉靖时，洛水泛滥，毁田过多。当时商议均田以救没有土地的百姓，有司趁机敛财，劫民以威。故此，弃业逃跑的百姓十之七八。于是，刘县令上任后召集百姓商议，或者减免徭赋，或者上书合并村庄。百姓还是难以接受，刘公就又带领大家垦荒造田。并且声明垦荒之地不缴税赋。后来，逃走的人看到在家安居的老乡生活有了起色，也都渐渐返乡。以至于老百姓又安居乐业。后来，刘知县升北京主事，行之日，父老儿童拥道挽留，后又建生祠一座。

官员如此，老百姓也深受召伯精神的影响，在自己的生活中彰显着美德。在《河南府志》看到一则有关卢氏的评述："处万山之中，习俗尚淳朴崇恭俭服，召伯之化有素也。"

再把目光聚焦在宜阳的甘棠树下。生活在甘棠树下的甘棠人，也谱写了一曲善行之歌。

在宜阳县寻村镇甘棠村，有个很特殊的家庭：一对年逾八旬的老夫妇，不但不靠子女养活，还孝顺地供养着自己百岁的老母亲。一家三位老人，过着虽不富裕但却很平静充实的日子。

问起老人孝敬百岁母亲的事儿，他说："这主要是靠我老伴儿。她已经过80岁，身体也不好，但每天都给母亲端汤倒水、倒尿盆儿，冬天怕我妈冷，她就和我妈睡在一起，对我母亲像对自己亲妈一样。"

说话间，老伴儿走到了跟前，笑着说："我现在都是被别人侍候的年龄了，还在侍候着比我老的老人，但这是我应该做的，我心里高兴。"

"如果你们俩将来干不动了，老人有谁来管？"老人笑笑说："真到那一天，孩子们该管就要管。我们生活在甘棠村，有召伯的影响，老人都会享福的。"

当代的甘棠，赋予了美好的寓意和期待。已经被命名为"河南省廉政爱国教育基地"，来参观学习的干部络绎不绝；培育莘莘学子的宜阳一中，也建于甘棠村东1000米。陪同我们参观的宜阳当代著名文化人乔文博先生，面对召伯听政遗址，欣然赋诗："召伯遗爱留甘棠，福泽一方赖循良。漫道棠荫无觅处，楼群深处书声朗。"

（发表于2018年8月24日《洛阳日报》）

幻游时空

第三辑

玉笛春风

· · ·

毋忘国耻

　　《世说新语·方正》中有这样一个故事：魏、吴旧臣诸葛靓后来到了晋朝都城洛阳。因为和晋室有仇，常常背对着洛水而坐，而不愿意进入皇城做官。晋武帝司马炎和他有老交情，武帝想见他却又没有理由，就请诸葛太妃帮忙把诸葛靓请到她的宫里去。行礼完毕，喝酒喝到畅快时，武帝问："你还记得我们小时候共骑竹马的友谊吗？"诸葛靓说："我不能像豫让那样吞炭漆身，已经够无能了。今天又见到了圣上……"话没有说完已经涕泪并下。

　　读了这个故事，也许你会有疑问，诸葛靓和晋室有多大的仇恨？为什么诸葛太妃能请到诸葛靓？原因是这样的：诸葛靓的父亲诸葛诞是魏国的大臣，性格方正且有才能和声望。诸葛诞因不满司马昭掌握朝政而获罪。不仅自己被杀，而且三族几乎尽诛。当时诸葛靓因在东吴做人质而躲过一劫。晋室杀父灭族之仇，诸葛靓没齿不忘。诸葛太妃一方面是诸葛靓的姐姐，姐弟情谊自不待言，姐姐邀请弟弟到家做客，自然容易些；另一方面，诸葛太妃又是晋武帝的婶母，皇帝到婶母家探视亦非难事。就这样，两位"发小"相遇了。

　　诸葛靓的仇恨也不是晋武帝亲手制造的，又是光屁股玩大的两个人，按说两人可以杯酒释前嫌。但是，诸葛靓心中的仇，没有因为老朋友送官位而释然，也没有因为特意设宴而原谅。并且讲出了典故"吞炭漆身"来表明心迹。据《史记·刺客列传》记载，战国时晋国的智伯被赵襄子所杀后，他的家臣豫让用漆涂身以改变形貌，吞炭弄坏嗓子以改变声音，让人无法认识，以便为智伯报仇。那么，诸葛靓是否是个心胸狭窄的小人？下面这段对话给出了答案。诸葛靓字仲思，有一次，在朝堂上孙晧问："卿字仲思，为何所思？"诸葛靓答："在家思孝，事君思忠，朋友思信。如斯而已！"可见，诸葛靓在家是孝子，在朝堂是忠臣，在朋友圈里是诚信之人。

诸葛靓，好样的！做人有底线，做事有原则。

英国著名政治改革家斯迈尔斯说过："一个没有原则和没有意志的人就像一艘没有舵和罗盘的船一般。他会随着风的变化而随时改变自己的方向。"无论是国家，还是国人，生活中都有一些必须坚持的原则。这些原则的"舵"和"罗盘"，我们不能丢！

咱家的贤人何时出现

微信朋友圈里有一篇文章，说父母是原件，孩子是复印件！并且列举了诸多例子，如果您的孩子喜欢谴责别人，那是因为平时您对他批评过多；如果您的孩子很自卑，那是因为您对孩子总是失望，不能耐心鼓励……的确，我们的言行举止确确实实在影响着孩子。

怎么使我们的"复印件"成才呢?《世说新语·德行》有个故事：太丘（现在的永城属地）县长陈寔去拜访朗陵侯相荀淑，因为家贫俭朴，没有仆役，就让长子元方驾车，少子季方拿着手杖跟随在后。孙子长文年龄还小，就坐在车中。到了荀家，荀淑让三子叔慈接引客人，让六子慈明奉酒，其余六个儿子递菜送饭。孙子文若年纪也小，就坐在祖父膝上。当时太史在国都洛阳上奏朝廷说："有贤德人往东去了。"

作为县长，所谓俭贫，无从比较。所谓简朴，才是真实。去朋友家赴宴，不摆阔，儿子驾车、做随从。孩子们没有怨言，而是乐意为之。其实，这都是陈寔言传身教的结果。据说，某年闹灾荒，陈寔家里来了贼，贼还在梁上躲着就被他发现了。可他不吱声，只是把儿子们叫到跟前，开始进行家教：人一定要时刻勉励监督自己啊，千万不能做坏事，就算是小坏事也不行，因为一旦成为习惯，就再也难以改正了，梁上的君子就是活生生的例子啊！他话刚说完，儿子们还没领悟，梁上的小偷直接滚下来跪着忏悔了。你说如此生动的家教，连贼都感化了，能教育不好儿子们？陈寔的长子元方，四子陈谌，都大名于世，门生子弟数不胜数，据说刘备年轻时也在元方门下听过讲课呢。后人把他们父亲三人一同誉为"三君"。

作为相候的荀淑，也不显摆，招待客人也很低调，接引客人、奉酒上菜，都有孩子们帮忙。虽然史书上没有记载他教子的例子，但是他一共八个儿子，世人称之为"八龙"，可见他家教的成效。那时候的人都说，地上的贤人对应着天上的星宿，这两家贤人聚会在一起，天上闪亮的星星差不多都聚在一起了，一下子天空都亮了许多。那身居首都洛阳、经常观察天象的太史官，直接被耀眼的星群震撼了，赶紧向皇帝汇报：贤人去了东边……

理想很丰满，现实很骨感。报载，湖南新化一家网吧发生一起惨案。一名 14 岁少年的父亲来网吧，劝儿子把学费交到学校报到上学。"这孩子不回去，随即发生冲突，孩子拿出随身携带的匕首刺向父亲，父亲当场死亡！"

哎呀呀，朋友，咱家的贤人何时才能出现啊?!

有些事儿根本不是事

　　司马昱，也就是东晋的简文帝。他在任抚军大将军时，不修边幅，随遇而安。所坐的沙发床，灰尘大厚，他不让用人拂拭；老鼠在上面来回窜动，留下爬过的痕迹，他反而拍手叫好。有一天，他和几位部下在一起议事，突然一只老鼠爬出来了。大白天，人在议事，老鼠凑什么热闹！那时候，大臣议事手中都带有记录命令或旨意的手板。有位参军看到沙发上的老鼠，眼疾手快，抬起自己的手板向老鼠劈去。手起板落，老鼠一命呜呼。简文帝看到此景，嘴没有说什么，但脸上露出很不高兴的神色。一位下属看到简文帝的表情，就来弹劾这位打老鼠的参军。简文帝说：老鼠被打死尚且不能令人忘怀，现在又因为老鼠而伤害到人，岂不更不应该了吗！

　　这是《世说新语·德行》中的一个有趣故事。老鼠的死去已经让简文帝不能忘怀了，怎么能再因此而惩罚人呢！当我正在思考其中的"味道"的时候，又读到了这样一个新闻事件。

　　某建筑工地，有段时间经常被盗，尤其是脚手架钢扣一晚上就丢几百个。看管人员加大防范。有一天晚上，小雨霏霏，四个人翻越矮墙，把钢扣不停地往蛇皮袋里装。钢扣的碰撞声惊醒了看管人……三人跑了，一位70多岁的老太太被抓住了。半夜三更看管人员没有报警，就把老太太用绳子捆绑在旁边的电线杆上。细雨飘飘，长夜漫漫，老人坐不下，动不得。黎明时分，民警到来，老人才得以松绑。所幸老人身体没有大碍，民警批评绑人者："钢扣丢失已经让你们受损失了，现在又因为丢失钢扣而伤害 70 岁的老人，岂不更不应该吗！"

雨夜，70 多岁，偷沉重的物品。不知道老人为何会有此行为。其实，老人不管因何原因犯了错误，也不该受到这般摧残。因为我们家都有老人，我们都是老人抚养成人的。

智慧的人一直教育众生要"入乎其内，出乎其外"。希望把自己的心掰成许多块，分给自己眼中的每一个人，因为人世间有些是与非是相对的。我们假如超越了这样的是非，就会有另一种境界。

《晏子春秋》里有个"烛邹亡鸟"的故事，说齐景公喜欢打鸟，就派烛邹管理养鸟的事。没料到，烛邹不小心让鸟飞跑了。于是，齐景公大怒，要让人处死烛邹。晏子就说话了："烛邹有三条罪状，请允许我逐条指出再杀掉他。"齐景公以为晏子要为他杀人找个冠冕堂皇的理由，当然是很爽快地答应了。晏子接着说："烛邹替我们国君主管养鸟却让鸟跑了，这是第一条罪状；使得我们国君因为鸟的缘故杀人，这是第二条罪状；让诸侯听到了这件事，认为我们国君重视鸟却轻视人才，这是第三条罪状。"朋友，你猜，烛邹的命运如何？其实，你懂的！

时间陪你成功

"门前老树长新芽，院里枯木又开花……"这首歌在春晚和元宵晚会重复登场，共鸣了亿万观众的心弦，被网友评为"春晚最感动人心的节目"。

这首由陈曦作词，董冬冬配曲的《时间都去哪儿了》，你可知道，从创作到走红，经历了足足5年的时间。谈到创作动机，陈曦的妻子董冬冬说，2009年，陈曦想写一首歌，主题是亲情，要体现孩子如何对待父母，但灵感好久没有出现。

陈曦的妈妈过生日那天，看到妈妈的眼睛花了，手脚也不灵便了。陈曦的心突然颤抖起来，原本以为亲人老去还是很遥远的事情，谁知道"时间流逝"的概念已经很近了。就这样，这首歌诞生了。5年磨一剑，时间陪他走向了成功。

由这首歌曲的走红，我想到了著名的典故"洛阳纸贵"。左思出身低微，母亲早丧，家族非望族大户，其父官职也不大，本人又貌丑、口讷、不好交游。如此资本，在政治混乱的西晋时期，想要有所作为，何其难也！但他没有自暴自弃，一心想写《三都赋》。进驻洛阳城后——为了熟悉四川成都一带的事情，他就拜访著作郎张载；为了获得更广博的知识，他请求担任掌管图书的秘书郎之职。在专心创作的10年时间里，他心无旁骛，废寝忘食。庭前门旁放着笔和纸；篱边厕所，放着纸和笔。为的是一旦灵感突现，便于立即记录下来。

世间总有好事者，总是以看别人笑话为乐事。《晋书·左思传》载，大文人陆机入洛，欲作《三都赋》，当听说左思正在作时，抚掌而笑，还寄信给弟弟："听说一个粗俗、鄙贱的村夫，欲作《三都赋》。哈哈，等他写成，可以拿来当酒瓮的盖子用。"左思没有在讥讽面前退缩，没有被名家的调侃吓倒。尽管左思认为此赋并不亚于班固的《两都赋》和张衡的《西京赋》《东京赋》，但它的问世丝毫没有引起人们的重视。地球在一天天地旋转，《三都赋》还在沉默……后来，名家慧眼识珠，此赋才渐渐得到认可。于是，豪贵之家竞相传写，洛阳为之纸贵。

最近微信圈里疯传一个段子，提醒人们要学会"傻三分"。并且说，要想把事业干成功，必须有耐力。数学家一生就研究10个数，世界著名球星一生就研究一个球。如此有耐力的人，才能创造辉煌，没耐力的人则将一事无成。朋友，在忍耐中，时间会陪你成功！

口无遮拦，灾祸连连

近年来，行政人员在公共场合发飙、出口伤人的事常见报端。这些人很不讲口德。虽然无口德算不上违法乱纪，但恶言相向，其后遗症还是不小的，甚至还要搭上自家性命。

东汉时有个孔融，就是"让大梨"给哥哥吃的那个。《世说新语·言语》记载，他十岁时来到当时首都洛阳，想拜见名士李膺，但苦于没有人引见。于是，他来到李膺府前，对看门的说："我是你们主人的亲戚，快去给通禀一下吧!"看门的便去通禀。孔融登堂入室，李膺望着他，有些愣神儿："孩子，你有没有搞错，我好像不认识你啊，你跟我有什么亲?"孔融说："当年我的先祖孔子曾拜您的先祖老子为师，所以我们是世交哦!"李膺很欣赏孔融的聪明，就热情地款待了孔融。正在这时候，一个名叫陈韪的官员来了。有宾客悄悄地把孔融刚才说的话转述给陈韪，陈大人听后矜持地摇摇头："小时候聪明，长大了未必就出色啊。"孔融马上转头应答："你老人家，小时一定很聪明吧?"以子之矛，攻子之盾。陈韪尴尬了一脑门汗，李膺和周围的宾客放声大笑起来。

古人云，开口讥诮人，"不惟丧德，亦足丧身"。孔融如此口德，会有什么后果呢?

孔融因为有才，所以被爱才的曹操请到京师任职。但恃才傲物，又看不惯曹操"挟天子而令诸侯"的行为，于是常常讽刺挖苦曹操。曹操以饮酒延误军事为由颁布了禁酒令，他讽刺道："桀纣因为女色而亡国，曹大人为何不连婚姻也禁了？"曹操之子曹丕纳袁绍儿媳妇甄氏为妃，他立即写信，拿"武王伐纣，以妲己赐周公"来揶揄曹操。曹操不解其意，当面问他，他故弄玄虚，眨眨眼睛，又像煞有介事，然后扑哧一笑："我是以今天的情形推想出来的，也许历史还真是如此。"弄得曹操面红耳赤，拂袖而去。

嘴上缺了把门的，什么话都敢撂。在谈到子女与父母的恩情时，孔融说，父亲对儿子来说，有什么恩情可言？当初不过是为了那一点点儿情欲，种下了一颗种子而已。母亲和儿子的关系，不过如瓶中寄物一样，母亲只要把"瓶内"的"物"倒出来，母子的关系便算完了。在以孝治天下的时代，这样的谬言，遭到的声讨必然是来自整个"地球"人的。

眼中没有人，见什么人都敢"损"。孔融曾与当时的御史大夫郗虑一同觐见汉献帝。献帝问孔融："郗虑有什么长处？"孔融当面不客气地答道："郗虑只能谈虚论道，没有办事实力，不能给予实权。"

祸从口出，不讲口德，孔融大难临头了。曹操指示，郗虑执行，孔融遂一命呜呼。

孔融的先人孔子说："国家有道，要正言正行；国家无道，还要正直，但说话要随和谨慎。"孔子真是圣人呀！

尽孝应趁早

近日回农村老家，听到这样一件事。一位老人有四个儿子，且事业发展得都不错。但都不愿用心赡养老人，这家推脱，那家应付，最终老人连饿带冻而死。老人死后，几个孩子对老人的丧事大操大办，特请来脱衣舞娘在棺材前表演劲歌热舞。一个儿子还嚎得惊天动地："阿爸！你欢喜哪位美女，可从棺材内伸手摸一下！"别人评论他的做法不妥，他还振振有词地说："这也是尽孝呀！"村人直接责骂："人活着不让吃不让喝，死了玩这排场，不算人！"

这种现象，就引出尽孝在何时的话题。古人在老人健在时尽孝的故事不少：曾子事亲，一夜要起来五次，看父母衣服厚薄，枕头高低；子路事亲，常食粗劣的饭菜，而为父母跑到百里外寻找细粮；汉时，黄香举孝廉为官，贫无奴仆，自奉双亲，夏天用扇子扇枕，冬天用身体暖席，然后请双亲入睡；名士蔡邕，性笃孝，母病三年，"自非寒暑节变，未尝解襟带"，等等。这类关于孝子的故事，值得后人学习。

古代有个孝子皋鱼"立哭而死"的故事：孔子外出，听到十分悲哀的哭声。抬眼望去，只见一个人穿着孝衣在道旁痛哭。孔子问他何以这般哀伤。他说："因为我犯了三次大的过失。少年游学，双亲死我都不在身边；青年高傲，因而仕途上没有成就；平时只顾读书，至今很少朋友。现在，我想奉养双亲，而双亲已离我远去，我又岂能独活。"遂在痛哭中死去。人陷入逆境的时候，每每会想起老家，想起养育自己的老人。老人还健在，此时可以回去享受爱抚，尽尽孝心；假如老人已去，自己只有遗憾地"道旁痛哭"了。

人总是要死的，老人驾鹤之后，怎么送终也是一个问题。

《世说新语·任诞》记载，阮籍为母亲服丧期间，在晋文王司马昭的宴席间饮酒吃肉。司隶校尉何曾也在座，对文王说："您正要用孝道来治理天下，但是阮籍重丧在身，公然在您的宴席间饮酒吃肉，应当把他放逐到边地，以端正风俗教化。"文王说："阮籍已经哀伤疲惫到这个程度了，你不能和我共同为他分忧，这是为什么呢？再说身体不适而饮酒吃肉增添体力，也是合乎丧礼的事。"其实，《礼记·檀弓》也说，双亲逝去，这是最悲伤不过的事了，但是我们应该节制悲哀，正视现实。追悼他们，不过是怀念养育的恩德，寄托活人的哀思罢了。

庄子说："以敬孝易，以爱孝难。"我们还是要把对老人的敬和爱，表现在他们健在的时候，莫忘了，子欲养而亲不待……

家风的力量

最近，我在课堂上给学生交流了"家风与齐家"专题，同学们感触颇多："关键时候，还是好家风显力量。""家风应该是几代人传承熏陶的，很多东西语言表达不了。""是一次对传统文化的宣传，也是给我们提供了一面镜子，太有必要了。"这些评价说出了大学生群体对良好家风的认可和向往。

古代的有识之士，都有良好家风熏染。东汉晚期有个人物，姓陈，名蕃，字仲举，虽然史书中没有记载有关他的家风资料，但记载，他是被举孝廉走入官道的。"孝行"为先，自然与家风有关。同时有一个故事。陈蕃十五六岁时，他老爸的朋友路过他的书房，看到屋子里很乱，就责怪他："孩子，为什么不打扫干净屋子迎接客人？"正在读书的陈蕃顺口说出："大丈夫要扫清天下，干吗要打扫房间里的卫生？"朋友反问："房间都扫不了，又怎么扫清天下？"陈蕃忽有所悟，遂拿起笤帚打扫起书房来。"扫天下而不顾及扫房间"，显示的是为人注重大节；"先扫房间而后扫天下"，显示的是为人的"千里之行始于足下"。按说，没有严格的对与错。但陈蕃听到客人讲的有些道理之后，马上付诸行动，善纳良言的涵养不言而喻。正由于此，陈蕃官至太傅，赢得了"言为士则，行为世范"的美誉。

正是有了良好的家教素养，为人做事才能彰显自己的德行。

汉顺帝时，陈蕃官至尚书，但因耿直触及权贵，被贬作豫章

（今南昌市）太守。当时，豫章有一个著名的隐士叫徐孺子，陈蕃早知其名，所以到豫章后衙门未入，即直奔徐家。手下阻拦："大家希望您先去官署哦！"陈蕃回答："当年周武王在车上看到商朝贤臣商容寓所的门，便站起来致敬，以致车的坐垫都没时间暖热。我去拜访高人，有什么不行的呢？"

下棋找高手，施政寻名士。这样的高人，陈蕃对他情同手足。他在做豫章太守的那段日子里，专门在自己的寝室里为徐孺子准备了一张床，如果聊得太晚，便把徐孺子留下过夜。他的这种行为，得到后人的赞扬，王勃的名篇《滕王阁序》中便有了"人杰地灵，徐孺下陈蕃之榻"之名句，并且千古传颂。

《世说新语》中有这样一个故事：在当时，陈蕃和李膺齐名，为东汉晚期的双子星座。二人不相上下，各有所长，一时间不能定先后。最后东汉文学家蔡邕这样评论："陈蕃强于犯上，李膺严于摄下。犯上难，摄下易。"

俗话说："从小看大，三岁知老。"少年时能纳言，权重时能犯上，被贬时能访杰出之人。好家风直接影响着成长的方向。

酒是用来暖感情的

春节聚会，必然离不开酒。酒文化，渗透在我们每一个人的生活里。无酒不成席，是中国人的传统文化，有酒显得主人厚道；喝不喝先倒上，是中国人的礼貌习俗，显得主人待客有诚意；不喝不喝又喝了，是中国人的面子文化，不喝显得不礼貌；喝着喝着又多了，是中国人的豪爽文化，主人热情相劝，客人不能一味拒之。说真的，这样的喝酒，嘻嘻哈哈，情谊浓浓，适当喝点也没有什么大不了的，并且的确能达到融洽彼此感情的目的。毕竟，中国是重感情、重礼仪的国度呀！

不过，凡事总有个度，喝酒亦然。如果不节制，甚或带上其他目的喝酒，最终的场面也许就难以控制了。据报载，一家公司组织员工店庆。男子李某在宴席上给领导敬酒，本着"领导随意我喝完"的尊重，喝下了一杯又一杯；给同事们碰酒，本着"感情深一口闷"的哥们义气，喝下了一杯又一杯；接受领导的回敬，本着"会喝一斤喝一桶，回头提拔当副总"的期盼，喝下了一杯又一杯……结果，宴会散场，李某回家途中死亡。这样的悲剧在现实生活中常有耳闻。

酒场上，不带有功利性，一般喝得比较轻松。如果有了功利成分，有了等级观念，问题就变得复杂了，感情的分量轻了，或许还掺杂一些其他的内容。

三国魏晋时期，喝酒风气很盛。《三国演义》里的张飞就是十足的酒鬼。每次召集军官喝酒，都要大家一口闷。谁不喝，军棍伺候。下属曹豹不会喝酒，张飞大怒，要打他一百军棍。众人求情，张飞才抽他五十鞭子了事。相对于张飞，刘表算是比较温柔的，曹丕在《典论》里记载，刘表大宴宾客时，身边放一根长木棍，木棍的顶端安放一枚长针。如果哪位宾客喝多了，爬到桌底下睡觉，他就拿针扎人家屁股，扎醒后命其继续喝。

　　历史上最变态的劝酒要属西晋的石崇。据《世说新语·汰侈》记载，石崇每次请客宴会，常常让美女劝酒。如果哪位客人不干杯，就叫家奴杀掉劝酒的美人。丞相王导和大将军王敦曾经一同到石崇家赴宴。王导一向不能喝酒，此时总是勉强喝，直到大醉。每当轮到王敦，他坚持不喝，美女拉出去，斩了；再劝，王敦依旧不喝，美女拉出去，斩了。如此这般，石崇连续杀了三个美人，而王敦神色不变，还是不肯喝酒。王导责备他，王敦说："他自己杀他家里的人，干你什么事！"

　　在人命关天面前，大将军王敦似乎和石崇一样变态。但仔细思考，在一般的酒场上，少顾及面子，就可以不喝得酩酊大醉了。我喜欢这样的酒文化段子："只要感情到了位，不喝也会很陶醉；酒逢知己千杯少，能喝多少是多少；天上无雨地下旱，以茶代酒更划算；少喝烈酒多吃菜，这样感情深似海。"

善良是一种选择

　　事情虽然过去几年了，但这个事具有典型的代表意义。当时，网民授予洛阳人刘永银"搀扶老人奖"，而被扶起人却进行讹诈，最终求救 110 才得以洗冤。其中，刘永银的几段心里话，让人心生敬佩："这老人跟我奶奶年纪差不多大。谁家都有老人，要是轮到自己头上，出了意外没人帮，会更心寒。""没干啥，别人也会干。""这是小事，以后遇到这样的事，我还会扶一把。"

　　由此现象产生了一个热词："扶不扶"。把这种现象推而广之，别人身处危难，自己闲暇有余，帮还是不帮？别人身处危难，若帮则自己也岌岌可危，帮还是不帮？《世说新语·德行》中记载了一个"急不相弃"的故事。

　　曹魏时期两位重臣华歆和王朗一块儿乘船避难，有一个人想要搭船一起跑。华歆有点为难，王朗却很慷慨："船上还宽得很嘛。"于是，让那人上船了。没有经过多久，追兵赶来。王朗为了加快速度，就打算把那人赶下船去。这时，华歆开口了："刚才我犹豫不就怕出这种事吗？现在既然让人家上来了，怎么可以因为自己有危险就把人丢下？"最后，那人继续和他们同船而行。

　　王朗的行为，可以理解，对于有难人，能帮一把是一把，但不能伤我的利益；华歆的作为值得弘扬，遇到求助者，一诺千金，哪怕因此给自己带来麻烦。假如没有王朗的首先帮助，那个人恐怕也早就成了刀下之鬼；有了华歆的坚持，才使那个人彻底脱离了危险。所以，他们都有善良之心，都能在危急时刻做出选择，只是华歆的德行更符合中国传统文化中"帮人帮到底"的完美哲学。

于是——被誉为"中国好长辈"的席怀恩赞扬刘永银"洛阳好小伙，心灵不设防，阳光心底照，健康幸福长"；曹植赞扬华歆"处平则以和养德，遭变则以断蹈义"。他们的赞誉，是在赞誉刘永银、华歆做出的正确选择，是在呼唤社会的善良之德。

我为人人，人人为我。在社会这个共同体中，任何人都是共同体中的一分子，谁也无法"关起门过日子"。重要的是，当社会需要你伸出援助之手时，尤其是弱势群体需要得到你的雪中送炭式的帮助时，你是否会毫不犹豫地做出善良的选择。

哲人说，有一天你会明白，善良比聪明更难。聪明是一种天赋，而善良是一种选择。如果人人都能选择善良，社会必将有更多的温暖和正能量……

愿你有个好心态

　　周末，春光明媚。绿叶红花，滋润着人们的眼睛；碧水蓝天，喜悦着人们的心情。徜徉十里洛浦，惬意而轻松。有一个网络艺术团，正在如痴如醉地表演舞蹈《哈达》，周围观众簇拥。草坪做舞台，垂柳为背景，云彩是幕布，太阳成灯光。歌者入情，舞者专注，男士陶醉地献花，献上的是绢质向阳花；女士动情地献哈达，献上的是脖子上的丝巾……

　　节目一个连着一个，独唱、合唱、舞蹈、歌伴舞，形式多样。唱错了，莞尔一笑，重来；跳乱了，调整步伐，跟上。你演唱，我凑到跟前，合影；你跳舞，我站旁边伴唱……没有约束，没有刻意，唱的就是开心，跳的就是尽情。表演者，快乐写满脸庞；观看者，激动地鼓掌拍照。其乐融融，连树上的花儿也受感染似的随风起舞。

　　逝者如斯夫，洛水流淌了几千年。1800 年前的西晋时期，人们也会三五成群，汇集洛浦，寻找自己的乐趣。

　　《世说新语》在《言语》类中，有这样的故事：几位名士洛水之游，赏桃花，戏碧水，然后席地而坐，水酒一杯，菜肴几盘，开始神侃仙聊。哲学家裴颜辨析事物名和理，思路如洛水出峡谷，流畅自然；文学家张华论《史记》《汉书》，语言似绽放牡丹，富丽可感；书法家王衍和王戎说延陵、子房，观点像天空的彩云一样高深而美妙。因故没有参加活动的原尚书令、清谈高手乐广询问王衍："去洛水之畔聊天，开心吗？"王戎兴奋地回答："快乐得都没有感觉到太阳已经躲到西山瞌睡了。"

他们谈到的延陵、子房是谁呢？延陵，这里以地代人，指的是春秋时吴王寿梦的少子季札，称为延陵季子。传说他为避让王位，离开皇宫，到乡下过上了农耕生活。子房，指的是秦末汉初时期杰出的军事家、政治家张良。大汉江山初定，及时功成身退，避免了韩信、彭越等身首异处的下场。

在西晋那样的混乱社会里，他们没有纠结于时势而骂娘，而是谈论那些超凡脱俗的先辈，从他们的处世哲学中寻找启迪，感受快乐。足见古人的心态之好。

人生不如意，十者常八九。今日洛浦公园里脸带微笑忘情的歌舞者，昔日洛水之滨欢乐而谈的名士，内心肯定不会天天"非常可乐"，关键是他们懂得放下该放下的东西，懂得换一种方式去看待问题。俄国作家契诃夫曾说："要是火柴在你口袋里燃烧起来了，那你应该高兴，而且感谢上苍，多亏你的口袋不是火药库；要是你的手指扎了一根刺，那你应该高兴，多亏这根刺不是扎在眼睛里。"这样做了，我们才能从困难中奋起，才能从逆境中解脱，才能进入洒脱舒畅的境界。

道不同，亦非常可乐

现代社会，开车出门选对道，那是很惬意的事情。愿望归愿望，现实不可预设。某日，开车走古城路过西苑桥。桥南，红灯。车停如蚁。两条直行道，一道上卧柴油四轮运输车，一道上停靓丽小轿车。我选择小轿车后刹车。心想，运输车启动慢，要想自己行得快，不能选错道。人很怪，本来开车办事，路程就已经缩短了，但一上路还是着急，恨不得一路绿灯，前无他车，一脚油门就到达。绿灯后，小轿车迅速前行，运输车蜗牛般启动。不足一分钟，"蜗牛"就被甩在了后面。庆幸选对了道路。车过桥，要右拐走滨河北路。右拐，可以借辅道，也可以直行再拐。一闪念，直行，没有走辅道。又是红灯，前面车辆挡道无法右拐。而辅道顺畅。我正着急时，"蜗牛""突突突"辅道而过，畅行无阻。眼看着，拐上滨河北路，而我的车还在等待……唉，人生的路不也是如此吗?! 才情不同，性格迥异，也有选择道路的问题。

《世说新语·德行》记载：管宁和华歆是好朋友，游学期间两人在园子里锄地，竟然锄出一块金子。管宁看到金子，神色动作没有丝毫改变，仿佛看到一块瓦片石头。而华歆看到这片金子，就弯腰把它捡起来，看了一眼后，也随手扔掉。后来又发生了一件事情。他俩在屋里安心读书，听见外面街道上热热闹闹，原来是一位做官的乘坐车辆路过此地。管宁依然似没听见任何声音一样，读书如故。华歆却放下书本，出去观看。结果当他回来还没来得及和管宁说话，但见管宁一刀下去把席子割成两半，酷酷地说道："子非吾友也！"你不能做我的朋友了。

华歆是否真的那么爱财，那么浮躁？史书记载不是那样的。华歆官至魏国太尉，是三国名臣。受曹操征召离开东吴时，数千人为他送行，赠以百金，他事后一一奉还；在位期间，他的俸禄大多都送给亲戚故人，以致魏文帝曹丕都看不过去，专门下诏特赐御衣，让他为妻子儿女制作衣服。故此，《三国志》作者陈寿给的评价是"清纯德素"。

这样叙述，不是说管宁看错了人，而是"道不同不相为谋"而已。管宁从小就有主见，表现得既孝顺又高洁。长大后，到处有人征召他做官，他来者便拒。三国霸主公孙康没能招揽到他，当上皇帝的曹丕征召他，他依然不为所动。活到80多岁，愣是没有当过官，这份坚持着实让人敬佩。

管宁割席，一刀子割出了两个不同的人生之路，但都惬意；一个信号灯，落开了两辆车的距离，但他们都终达目的。路漫漫，不能计较一时的停滞或通畅，不能抱怨他人所选道路的优劣。没有哪条道都是鲜花，活出自己的精彩就是非常可乐。

浪漫的爱情有情调

"不是你亲手点燃的，那就不能叫作火焰；不是你亲手摸过的，那就不能叫作宝石……我们只是打了个照面，这颗心就稀巴烂……今生今世要死，就一定要死在你手里。"这是一首歌，是一位来自四川大凉山的彝族小伙子莫西子诗创作的歌，是在《中国好歌曲》上感动好多人的歌。

在节目现场，他后来的导师杨坤曾问他："究竟是什么样的姑娘和爱情能让你写出这样一首歌？"莫西子诗讲了一个故事。七八年前，他在北京做导游时认识了一个日本姑娘。在一个月光明朗的夜里，他采了一把野草当作玫瑰，约那个女孩出来聊天，结果她出来了，并且称赞他的野草比玫瑰更贵重。从此他俩成了知音。女孩回到日本后，两人一直用电话聊天。有一天，当子诗在电话上给女孩唱了一首歌后，女孩哭了。然后，她来到中国四川大凉山，和他在一起至今……这首歌，就是为她写的！

一个生活在发达国家大都市、受过良好教育的漂亮女孩子，怎么会被中国深山里的小伙子迷住了呢？就因为这个男孩子让她信赖，让她感到值得托付终身！

爱情需要浪漫，浪漫表现在真诚中。这样的爱情才牢固。西晋名士，"竹林七贤"之一王戎的妻子也是如此真诚率真的人。她和丈夫王戎在一起，经常以"爱卿"称呼。有一天，王戎对妻子说："妇人用卿来称呼丈夫，在礼仪上是不恭敬的，以后不要再这样了。"妻子说:"我由于亲近你,敬爱你,所以才称你为卿。我不称你卿,那么谁才可以称你为卿呢?"王戎想想,也在理。于是只好听任她这样称呼。这就是成语"卿卿我我"的出处,发生在洛阳城中,记载于《世说新语·惑溺》里。

古人讲究礼数、称谓。即使亲密如夫妻也要称呼对方正式庄重的称谓。王戎夫人称其为"卿",亲昵但有些不庄重,明显不合于礼。王戎好脾气地找夫人商量改称呼,谁料竟被妻子的一大串话顶了回来。这次夫妻间的小较量,王戎碰了一鼻子灰。但他输了面子赢了里子。相亲相爱、不分彼此,才是他们夫妻俩最浪漫的情调。正是夫妻有如此的琴瑟和鸣,才使王戎家财富足。他们家有田庄,有仆役,有良田,还有利用水力进行春米的现代化工具。此种富足,在当时的洛阳无人可比。

当我正陶醉于王戎的浪漫爱情之时,一条信息跳到眼前:2008 年全国离婚人数 226.9 万对,2018 年离婚人数 446.1 万对。其中,感情危机、家庭暴力为原因的占了相当的数量。

民间戏言,夫妻关系是狗皮袜子无反正。其实,家不是讲理的地方,是用情的港湾。需要如莫西子诗那样"就一定要死在你手里"般的浪漫,也需要如王戎那样"睁一只眼闭一只眼"式的情调……

生活中多点儿幽默吧

　　《世说新语·言语》中记载了这样一个故事：三国时期魏国著名的政治家、军事家邓艾，说话很结巴，常常自称时重复说"艾艾"。有一次，他和晋文王司马昭在一起，又"艾艾"上了。晋文王笑着说："爱卿啊爱卿，你说艾艾，到底有几个艾?"邓艾不笑，而是顺口回答说："凤兮凤兮，不过是一只凤啊。"说罢，晋文王和大臣们都哈哈大笑起来。"凤兮凤兮"，语出《论语·微子》："凤兮凤兮，何德之衰！往者不可谏，来者犹可追。"邓艾引用这句话，意在说明："古人连说的'凤兮凤兮'是指一只凤，那我这'艾'自然也是一个艾了。"幽默风趣，化尴尬为笑声。

　　现代生活，人们不为温饱发愁了，但说话的艺术还没有完全越过"温饱"线。出口伤人、语气生硬的现象常常出现。其病根就在于没有用心去享受生活的幽默，没有用心去体会对方的接受感觉。"请不要踩踏草坪!"可能让游客心生逆反而视而不见，"小草温柔，踏之何忍?"可能让游客在扑哧一笑中绕道而行；"你急着去死啊!"可能让超车者回敬更恶毒而以牙还牙，"爱车刮蹭了不是更耽误行程吗?"可能让超车者汗颜而自惭形秽……世事无常，生活中发生的事情可以不合人意，但处理事情的人还是应多点儿幽默。

　　生活中永远不缺乏幽默，而是缺乏运用幽默的人。现实中有些人说出的话或恶意或调侃总会让你难堪，有些事或无意或有意总让人尴尬。面对这些话语和事情，你不回答不行，暴跳如雷"硬上墙"地应对或中了圈套或破坏友情，都是下策。最好的良药就是给对方送上幽默。如邓艾在幽默中自我解嘲，其实，幽默中还既为自己解嘲，又给对方绵里藏针般的回击。

传说，乾隆十六年（1751）刘墉参加殿试。殿试当日，只见一个身材矮小，胸凸背驼，蒙着一只眼睛的考生，一瘸一拐地来到了皇帝面前。乾隆不由得一惊，左看右看，越看越不顺眼，嘴上不说，心里却在寻思："如若用这等面目之人为官岂不是让天下人耻笑我朝中无人？"于是，乾隆道："刘墉，朕命你以自己为题咏诗一首，必须五言八句，你做得好，定当重用。否则，哪里凉快去哪里吧！"

刘墉明知是皇帝在刁难自己、取笑自己，但没有气恼，也没有服输，而是沉思片刻，即兴吟道："胸凸满经纶，背驼顶乾坤。独眼辨忠奸，单腿跳龙门。丹心扶社稷，涂脑谢皇恩。以貌取人者，岂是贤德人。"

乾隆哭笑不得，半开玩笑地说道："好你个刘罗锅！算你中了！"

且行且珍惜

在古代的结婚仪式中，有一个环节，在饮交杯酒前婚姻双方各剪下一绺头发，绾在一起表示同心，你中有我，我中有你，提醒双方珍惜彼此。当代社会，婚礼没有了这个仪式，所以结婚、离婚在一些人的行为中也就如穿脱衣服般随意。

某明星在面对丈夫出轨时说出的那句"且行且珍惜"正道出了婚姻的真相：作为一个人，在经营婚姻的历程中，一边漫步人生之旅，一边还要体会婚姻中感动他的一点一滴，然后学会感恩，学会珍惜。

曹魏时期的玄学大家荀粲，就是一位用行动珍惜婚姻的大丈夫。《世说新语·惑溺》记载，荀粲娶了曹操从弟曹洪的女儿为妻。婚后与夫人情爱深厚。人吃五谷杂粮，生病是自然的事情。夫人在寒冬腊月得了热症，狂躁不安。冬日的洛阳城，凛冽的寒风我们都体验过，风如利刀，滴水成冰。荀粲为了缓解妻子的痛苦，就刻意站在寒风中，脱掉外衣，让寒风吹冷自己的身体。等自己的体温下降之后，再跑进屋里，用冰冷的身体紧贴妻子……如此这般，坚持，再坚持，脸皲了，手裂了，冻块儿遍布全身，但他没有停止……在妻子病逝后，荀粲悲痛过度，一年多也去世了，时年二十九岁。荀粲以自己的一生向人们展示了"执子之手，与子偕老"的爱情理想，可谓钟情之典范。

何劭《荀粲传》里说，荀粲非常简傲高贵，不能与常人交往，所交皆一时俊杰。在他去世的当天晚上，去送别的仅有十余人，但都是当时名士。这些人看到荀粲，伤感之情，无法自已，哭声震天。这种真情送朋友的行为，连路人也感动得潸然泪下。可见，荀粲德行表现在多个方面，在对妻子的体贴中不是作秀。

外边的世界很精彩，家里的现实也许有无奈。我们作为家中一分子，当遇到这种无奈的时候，需要有担当，需要有胸怀，需要有忍让，需要有妥协。各种新闻中，因家庭矛盾自杀的报道经常出现，吃药、跳楼、跳河不一而足。报社的朋友很无奈地告诉我，这类事情媒体真不乐意刊登，但本身又有新闻性，真希望这类新闻不再发生。朋友，静心想想，有啥大不了的！夫妻拌嘴了，听听戏曲《李双双》中唱词："天上下雨地下流，小两口打架不记仇，白天吃的一锅饭，晚上睡的是一枕头……"也许会释然许多。

积善之人，必有惊喜

德行是做人之本。在《世说新语》中专门设立了《德行》一类。盛夏傍晚，洛阳街头到处弥漫着烤肉的芳香。其实，古人也吃烤肉，《世说新语》中就有一则关于"顾荣施炙"的故事。

顾荣，有才气，与陆机、陆云并称"三俊"。顾荣在洛阳时，曾经应邀赴宴。在宴席上，他发觉端送烤肉的下人，眼盯烤肉好长时间目光都不愿离开。下人想吃烤肉的神色，让顾荣停下了送烤肉进嘴中的手，顺手将烤肉送给了那个下人。结果，这种善行得到同席人的讥笑。而顾荣却说道："哪有自己整天端送烤肉，却不知道烤肉味道的道理呢？"

后来遇到永嘉之乱，顾荣渡江避乱。每当有危急的时候，总有一个人主动护卫左右。顾荣很纳闷，那人说他就是曾经接受过烤肉的那个下人。

表面上看，顾荣给的是一份不起眼的烤肉，而里面却包含着他对端送烤肉者的一份理解、一份尊重。这种理解、尊重来自内心存系着的一份善德。老百姓心中都存着一个朴素的哲学观：善有善报。不过，顾荣的善德，被帮助的人回报得有些直接。事实上，现实生活中，好多善德之人，并没有想到何时能得到回报，或者就没有想到过会有回报。

有一次，到乡下游览，看到一位老人把吃剩的饭粒用筷子拨在墙壁上。我们同行的人不知其故。老人说，这样做，小鸟容易找到，也能放心地吃下去。小鸟也是有生命的。老人的话让我们吃了一惊。是呀，饭粒用水冲入下水道，小鸟找不到；饭粒倒在地上，人的脚步也许顺便就带走了。这种善德把世间万物都放在了平等的人心天秤上，不蔑视弱小，小善亦为。

洛阳是座有爱心的城市，民间活跃着诸多志愿者组织。我爱人参加的河洛志愿者协会助学组，带给我许多感动。他们利用节假日，采用 AA 制的方式，解决交通费、餐费问题。深入到郊县的贫困地区，探访、寻找贫困家庭，以便给这些家庭的学龄孩子进行捐助，帮助其完成学业。翻山越岭、下沟爬坡，渴了喝口凉水，饿了啃口干粮。他们有严格的纪律，不在被访问者家里吃饭，也不接受馈赠。每次下乡调查结束，返回市内都是华灯初上。你猜想他们该回家了吧？没有，拖着疲惫的身体，忍着辘辘饥肠，他们还要聚集一块儿，讨论筛选出符合资助的学生……

我们都生活在现实社会中，也许我们的举手之劳，就能解他人的燃眉之急。伸手相助与否，就在于内心善德厚薄。积善之家，必有余庆；积善之人，必有惊喜。我很佩服先辈总结出的哲理。吉庆家家有，而"余庆""惊喜"则刻意求之而未必得，而是在不经意之间，让积善之人不期而遇了。

《易经》在阐述这种"喜""庆"到来的过程时，提醒人们"善"绝非是一朝一夕之为，而是由恒心和修为一日又一日，一年又一年累加起来的。

低调做人，人生安稳

　　葫芦的青藤惬意地躺在架子上，精神饱满；石榴的花朵娇羞地挂满枝头，火红火红；香菜的嫩叶舒展地簇拥在盆子里，油绿油绿；多彩的金鱼自由地游动嬉戏，无拘无束……这是我看到的一座楼顶按照国家规划布置的景观。

　　这位朋友，喜欢亲近大自然，所以选择了顶楼，植草、种花，还开辟了小菜园。读书，闹中取静；养花，净化环境。累了，荡秋千，看星星，世外桃源的感觉就在身边。他的花园，没有改变房屋结构，没有大兴土木私搭乱建，并且和管理部门签订了合法合同。朋友为人低调，说到楼顶花园，他马上提到前段被曝光的"北京最牛违建"人济山庄楼顶别墅。他说，那位主人就超出了楼顶休闲的范畴，其行为实在过分。

　　说到别墅庄园，说到过分，很自然想到了西晋时期的洛阳有名庄园——金谷园。据史书记载，园随地势高低筑台凿池。园内清溪萦回，水声潺潺。楼榭亭阁，高下错落，金谷水萦绕穿流其间，鸟鸣幽村，鱼跃荷塘。整座花园犹如天宫琼宇。金谷园的主人石崇怎么样呢？房玄龄等所著《晋书》说石崇很聪明，但是行为不太检点。房玄龄比较含蓄，《世说新语》中《汰侈第三十》共有十二篇，而与石崇相关的就占了七篇。其内容大都是写石崇的奢侈和张狂。

　　其中"王石斗富"的故事让石崇的性格跃然纸上。

王恺是晋武帝的舅舅，经常和石崇斗富。王恺用饴糖和干饭刷锅，石崇用蜡烛烧饭；王恺做了四十里长的紫丝布步障，里子用的是碧绫，石崇就做了五十里的锦缎步障；王恺用赤石脂涂墙，石崇用花椒涂墙。这种斗富不断升级，连晋武帝也常常帮助王恺。有一次，晋武帝送给王恺一棵二尺多高的珊瑚树，枝条扶疏，世间少有。王恺以为这次可以让石崇"丢份儿"了，于是拿给石崇看。石崇眼皮都没有抬，仅瞥了一眼，就举起手中的铁如意向珊瑚树砸去，珊瑚树应声而碎。王恺瞪大了眼睛，以为石崇妒忌自己的珍宝，所以声色俱厉地指责石崇。石崇说："这不值得遗憾，我今天就赔给你。"大手一挥，自家的珊瑚树都一一被手下人拿了出来：有的三尺高，有的四尺高，枝条都极其漂亮，世上罕见，光彩夺目。王恺点起指头一数，哎哟！有六七棵之多！王恺顿时显得惘然若失。

　　古希腊悲剧作家欧里庇德斯说："上帝欲使之灭亡，必先使之疯狂。"石崇后来的灭族之祸，大概就是生活中的疯狂埋下了种子。

让"雨声"抚慰心灵

秋雨绵绵十几天，有人在微信圈里晒心情："问洛阳晴为何物，直叫人晒不干衣裤。天天被雨hold（把握）住，直叫人发霉无数。天堂雨伞遮不住，空调底下吹内裤。白素贞住手吧，许仙真不在洛阳住！"人的心情真怪，整个夏天不落雨，人急得天天盼甘霖；雨水多了，人郁闷得时时盼阳光。其实，天是否下雨，是自然现象，即使当代发达的科学，也无能为力控制雨水何时多何时少。但现实的问题是，天气影响着人的心情。

据报载，在一家国际金融机构工作的高级白领李小姐，原本性格平和，但因为天天光顾的秋雨，她变得很容易为一些小事情绪激动。在一次上司布置工作时，李小姐突然情绪失控，愤怒地指着上司说："你再这么逼我，我就从这28层跳下去！"惊得上司连忙让她休假几天，以便其调整情绪。生活压力大，环境因素影响心情也属正常，但走极端就不该了。

中午下班，秋雨还在飘飞。我开车行驶在开元大道上。洛阳音乐台两位主持人在聊窗外的秋雨：连续十几天的秋雨，让人烦来让人忧。最后套用网络用语"我醉了"来形容人们对连绵不断的秋雨的心情。"醉"的含义丰富，受秋雨连绵的氛围影响而心情陶醉，也是一种心境。河洛文苑里一群文友，以秋雨滴答为乐，以泥泞湿滑为舞台，游览在函谷关、千唐志斋。探寻先人遗迹，感受古典文化，让心情在雨水中沉淀、教化。几位渔翁，穿着蓑衣垂钓在洛水之畔，听雨落水上，赏小鱼咬钩，不知是雨声还是水声；书虫们，趁雨天静心阅读，乐于和智者交心；酒友们，趁雨天品酒聊天，醉心于朋友之情……雨水多了，自然灾害也会随之而来。但一位受灾的老农说："庄稼已经歉收了，心里再生气有啥用啊！"其实，外界的因素影响心情与否，主要决定于人内心的感觉。

我非常欣赏《世说新语·任诞》中"雪夜访戴"的故事。

王子猷（王羲之之子）当时居住在浙江绍兴。一次夜下大雪，他被雪花与大地的亲吻声唤醒。他没有因雪而烦恼，而是穿衣下床。打开窗户，欣赏夜中雪景。然后踱着方步，手握酒杯，边饮酒，边吟诗。如此这般，还不尽兴。忽然间，他想到了曹娥江上游，相距几十里的好朋友戴逵。随即呼唤下人，备齐有关物什，出门、登船、摇橹，寻老朋友去了。桨声锵锵，雪花瑟瑟，酒香缭绕，寒气做伴。夜色由暗变亮，晨曦中来到戴府门前。此时，他没有推门进去，而是转身返回。仆人疑惑，王子猷说，乘兴前往，兴尽而返，为何一定要见面呢！

天要下雨娘要嫁人，你有啥办法啊！话糙理不糙。自然界的雨我们无法控制，生活中的"雨"我们也无法左右，但我们应该努力去调控自己的心情。静下来感受心跳，感受心跳与雨声的交流；花点儿时间聆听"雨声"，让"雨声"抚慰我们的心灵。

心中那一片净土

"传说中有一片净土，在太阳的那边住，一颗心不再飘浮，只想回到梦中的小屋……"《净土》的美好旋律常常在我耳畔荡漾。每当这个旋律飘浮我心头的时候，心情就慢慢地趋于平静，无论当时遇到了怎么样的激动。

我们都是凡人——吃五谷杂粮会生病，生病了就怨天尤人；面对各种诱惑会激动，激动了就忘乎所以；遇到生活不公会生气，生气了就恶恶相报……但当安静之后，多数情况下都是心生愧意，悔不当初。

还好！庆幸我们人类都会思考。在思考中努力去开垦我们心中的一片净土，用修养去浇灌这片净土，然后让这片净土上生产出来的"果实"，去滋养自己，去滋养周围的人，那将是一种坦然的惊喜。

古代有个人叫孙叔敖，小时候的某一天，他回家大哭不止。母亲问其故，他说："据说见到双头蛇的人一定会死，我今天就见到了，恐怕快死了！"母亲问蛇在哪里。他回答："我怕后面的人再看见，就把它杀死埋了。"于是母亲欣慰地劝他说："好人有好报，你不用再伤心了。"后来，孙叔敖不仅没有因遇见双头蛇而夭折，而且官位做到了楚国"一人之下万人之上"的令尹。明知自己将死，还能为别人考虑，是心中那片净土长出的"果实"在发挥着效力。

东晋时期名士庾亮，生活中也遇到了一件事。他的下人不小心给他买了匹的卢马。于是有人给他说，这种马额前有白斑，不吉祥，会伤主。并且举例说，最早骑上的卢马的是张武，刚上战场就被赵云杀了。后来几经转手，庞统骑上了，结果庞统被人乱箭射死。于是建议他把这匹马赶紧转让了吧。哪知道庾亮很不以为然："卖了总有买主，那买主不还是会被害吗？怎能把自己的不利转嫁到他人头上？"并且拿孙叔敖的故事来说服朋友。

这个故事出现在《世说新语·德行》之中。他们明白，在自己"坏别人"时，别人还是"别人"，自己却变"坏"了。给别人挖的陷阱，常是自己岁月的坟墓。当代人，也有许多这样明理且用自己的行动开垦心灵净土的人。

伊滨区诸葛镇 72 岁老人王月申，白天搬石头，晚上找零活儿，风雨无阻打工 20 年，为的是还清儿子欠乡亲们的几万元钱。他心中的净土里有这样的信念："不能这样不明不白地活着""有生之年一定要直起腰杆子做人"。

钱锺书夫人杨绛，98 岁以后还在牵挂自己作品中主人公的命运，动笔写起了后续篇。身旁的人不解。她说："假如我去世以后，有人擅写续集，我就麻烦了。现在趁我还健在，把故事结束了吧。"这样做，为的是给主人公一份纯洁的友情，也给读者一个圆满的结局。45000 字的续作，从 98 岁，写到 103 岁。人越老，心越静，心中全部成了净土。

聪明和智慧是两回事。聪明是一种生存的能力，而智慧则是一种生存的境界。现实生活中，不吃亏的是聪明人，能吃亏的是智者。能吃亏，但不一定就吃亏。吃亏不吃亏，能吃多少亏，取决于心中那片净土或者大，或者小……

看帅哥要看啥？

魏晋名士潘岳，是个大帅哥。他年少的时候，经常腋下夹着弹弓，迈着潇洒的步子，在都城洛阳大街上溜达。有幸见到他的妇女，眼睛放光，脚步加快，面带微笑地冲上前去。手拉手把他围起来，转圈、跳舞、嬉笑、卖弄……这场景简直和今天的明星演唱会差不多。左思长得特别丑，也想过一把明星瘾，也如此这般，夹弹弓，迈方步，上街溜达。哪知道，等待他的，不是一双双热情的手和火辣辣的眼睛，而是一声声的唾骂，一番番手脚并用的驱赶。

爱美之心人皆有之。就是我们生活的时代，明星中的帅男靓女，仍然受到人们的追捧，这也在情理之中。不过，在当前以经济为中心的社会环境中，明星们仅仅受到"热情的手和火辣辣的眼睛"的礼遇已经无法满足了，要获取眼球经济效益。故此，明星代言广告也就成了顺理成章的事情了。我想起了一位作家的话："美的事物在人们心中所唤起的感觉，类似我们在亲爱的人面前时，洋溢于心中的那种愉快。"这是个双赢的买卖！

俄罗斯作家契诃夫说过："人的一切都应该是美的，外貌、衣裳、灵魂、思想。"外貌的帅，可以成为财富；既帅，又有灵魂、思想之美，则是更大的财富。在魏晋时期，潘岳受到青睐，无可厚非；左思没有外貌之美，仅有灵魂、思想之美，在那个非常时代被唾骂、驱赶，也尚可理解。现代一些失德艺人，外貌很帅，也不能说没有才，但少了灵魂、思想之"帅"，被粉丝唾骂，被委托代言的企业驱赶，这是时代的进步。

如果漂亮的脸蛋是份推荐书的话，那么圣洁的心灵就是份信用卡。我知道你喜欢"信用卡"！

做人的高度

　　近日，和朋友在一起聊天。刚坐下一会儿，一位朋友就要起身告辞，说是要给家里提水。问其故，他马上诉起了苦。所住的楼房，整幢楼已经停水八天了。"自来水公司不作为？""不是，是下水道老堵塞，一楼的住户家一个月被淹两次，结果人家把总阀门关闭了。""没有人协调？或者说一楼没有和楼上住户说起这事，让大家都注意？""人家说了。有的住户很理解，很配合，而有个别的住户不以为然。"可能是说干了嗓子，拿起茶杯"咕咚咕咚"几大口，然后接着说，"有一住户，当人家给他说这事时，先是不开门，后来门开了，丢下一句'是你家堵了，又不是我家堵了'就又'咔嚓'把门关上了。一楼住户一气之下就把总阀门关闭了。"各家只好又怨气又无奈，到处找水做饭……

　　生活就是万花筒。简单地想，好多事情都是公说公有理婆说婆有理，只是站的角度不同罢了。但细心想想，社会之中，应该有一个公理，也就是大家都认可的社会规范。人是否达到这个社会规范，就在于这个人"见识"的或高或低。

　　某天翻看报纸，看到一幅少儿绘画获奖作品，题目是《陪妈妈上街》。画里面没有高楼大厦，没有车水马龙，也没有琳琅满目的商品，有的只是数不清的大人们的腿。欣赏、品味、想象、思考，越端详越体味到这幅画的童真和真实。幼儿园的孩子只有几岁，身高几乎还不到大人的腰部，他们上街看到的只能是大人的腿。

是啊，孩子们上街看到的是大人们的腿，而不是高楼大厦和车水马龙，这是他们的身高决定的，身高决定见识；或者随手往下水道扔垃圾，或者一气之下关掉阀门，他们想到的只是自家的整洁、安静和方便，这是他们的心灵境界决定的，心灵境界决定见识。

有一家大型公司，总裁是一位女性。让同行们感到惊奇的是，这位干练的女总裁对下属总是温文尔雅、和颜悦色，并不像想象中的总裁那样威风八面。可就是这样一位不显山不露水的总裁，她带领的公司经营业绩总是比别人好。在一次记者的采访中，女总裁透露了她的经营秘诀：不要指望别人的见识都和你一样。

岁月可以磨掉许多东西，但道理却古今相通。翻阅《世说新语》，看到这样一个故事——有一天，教养良好、才华斐然的僧人竺法深在晋简文帝司马昱那里聊天，正好被当时的清谈主力干将丹阳尹刘惔看到了。刘惔就夹枪带棒地讽刺道："你这和尚怎么不在寺庙里待着，没事就往有权有势的人家里跑啊?"竺法深面不改色，从容回答："阁下您认为这是有权有势的人家，在我眼里，这和贫寒人家没有什么区别。"竺法深没有和刘惔一般见识，所以化干戈为玉帛。

身高决定的见识，会随着成长而提高；心灵境界决定的见识，也会随着人生修炼而广远。修炼人生，增长见识，让我们人生成功的高度，高些，再高些……

找修养高人做朋友

周末，难得清静，坐在温暖的书斋里，阅读《世说新语》。

话说魏晋名士阮籍，听说苏门山中有一位"真人"。某一天，就抱着不屑的心态前去拜访了。但见此人在山崖上抱膝而坐，一派天然模样。阮籍见此情景，就很傲气地和那人对坐，可惜这丝毫没有引起对方的注意。他便开始高谈阔论，一来显示自己学问的渊博，二来想引导对方开口以探虚实。阮籍上三皇、下五帝地旁征博引，直说得口干舌燥，但那人始终没有开口。阮籍还是不死心，对着那人仰天长啸起来——人所共知，阮籍长啸的功夫那是炉火纯青，数百步之外都能听见，这是他的看家本领。这时，那人笑了笑，说出了第一句话："你可以再啸一声。"阮籍长啸，声传山林，意兴高昂。阮籍以为自己胜利了，转身，飘然而去。阮籍刚走到半山腰，身后传来一声悠扬的啸声，如同几部乐队同时演奏一般，声音浑厚深沉，在树林山谷间久久飘荡。阮籍回头一看，那美妙的啸声正是山顶那人发出的。还沉浸在胜利者喜悦中的心情，马上凝固到了冰点。

当我正在回味故事的味道的时候，电话响了，几个朋友约着晚上小聚。

约定的时间到了，有人还堵在路上。说到堵车，先来的朋友就聊开了路上开车见闻。老王说："前面是直行加右拐车道，我准备右拐，看到前面一辆车直行。我就又打右转灯，又按双闪，就是提醒前面的车主不要占右转道。他还是停在右转道上。""右转加直行道，我开车直行一定不会第一个占上那车道，除非前面已经有车停下，就是体会到了你这种感觉。"老张插话说。老黄喝了一口茶说："既然标识是可以直行，占了也没有错呀！我就喜欢开车不停地变道，哪条道上车少就往哪条道上走。""你发现了没有？你不停变道，是不是和同行的不变道的车到达目的地的时间差不多？"老张直接发问。老黄摸摸头，扑哧一笑说："也是，快不了几分钟。"说话间，老孙推门进来了，喘着粗气说："一辆新路虎，没有上牌子，见缝插针、横冲直撞，红灯也闯，结果就撞车了……"

阮籍和"真人"叫板，知道自叹弗如之后，写出《大人先生传》勉励自己；路上开车不守规矩，表现的是一时之勇。我认为，芸芸众生，其做人境界有差异不可怕，怕的是我行我素，夜郎自大。

股神巴菲特每天的生活怎么度过的呢？据说，他一半时间在阅读，一半时间在和比他还要厉害的人通电话。事实告诉我们，如果你去模仿一群人，最终你会变成他们的平均水平。

下棋找高手，提高境界找有修养的人做朋友。如巴菲特，获取高人境界的"平均水平"；如阮籍，在认识高人之后沉下心来追赶……

熬煎，人生的学费

老乡阎连科前几年获得卡夫卡文学大奖。至今还记得，他穿着中式服装站在了领奖台上，发表了坦诚而又实在的演讲。细读他的获奖感言，"熬煎"是其重要关键词。他对该词的理解是，在黑暗中承受苦难的折磨。

熬煎，是他人生成长的学费。他在"缴学费"的过程中，思考了人生，积淀了智慧，历练了修养，砥砺了毅力。在这种熬煎面前，他"用承受苦难的力量，来对抗人的苦难"；有了这种熬煎，才会对面前出现的机会无比珍惜。这种珍惜——就如老牛终于有了拉车的机会，累而充实着；就如饿汉终于有了填饱肚子的饭食，哪怕掉在地上的一颗米粒，也会毫不犹豫地快速捡起放在嘴里。正因为如此，卡夫卡奖协会颁发给阎连科奖项时的授奖词给出了这样的评价：最重要的是他拥有面对现实的勇气。

生活不易，作为常人，重要的是需要有一个正确对待熬煎的勇气。历史上的魏晋之乱，后人常常引用两句经典性的话语来描写。一是曹操的"白骨露于野，千里无鸡鸣"，二是刘琨的"世积乱离，风衰俗怨"。我以为，真正得魏晋之乱之"深义"的，应该是刘义庆的《世说新语》。翻开这部笔记小说，我们看到，枯枝摇落，游子漂泊，人生过客不懈而无望地寻觅……在寻觅中追求生存价值的永恒。据《晋书》载，陆机住在故里华亭（今属上海）这个地方，两耳不闻窗外乱世，伴清泉茂林，闻鹤唳风啸，闭门读书，作文赋诗……所以，他的《文赋》名垂青史，他的书法作品《平复帖》后人趋之临摹。初唐时修《晋书》，唐太宗亲自为《陆机传》作后论，甚至称他为"百代文宗，一人而已"。

当下的你，或者我，也有熬煎的体验，正确的态度应如老乡阎连科，应如古人陆机。他们的路在文学上，我们的路就在自己脚下……

黑暗，不是生活常态

　　春天，去朋友家玩，看到葫芦苗，我就挖了两棵。找花盆，培土，小禾苗精神地在我家楼下安了家。阳光普照，水分充足，豆浆余渣发酵后是上等肥料。葫芦秧子开花、挂蕾，小葫芦一天一个样，渐渐成型。不知哪一天开始，叶子开始发黄，秧子也由润泽变得枯萎。10月中旬，当秧子彻底干枯的时候，我兴奋地摘下葫芦，端详又端详，抚摸又抚摸，还很有兴致地在微信朋友圈里晒了晒。

　　我想把亲手种植的葫芦当作珍藏品，于是细心地刮皮，剪把儿，用细砂纸打磨，然后放在窗台上晾晒。几天之后，我惊呆了！原来饱满、光滑的葫芦，变得如老人的脸庞一般，皱褶连连。探寻原因，行家说，因为葫芦固形期天涝雨多，使葫芦秧子的根部腐烂了。秧子死了，葫芦自然没有坚固的"身体"了。

　　看着皱巴巴的葫芦，家人说，扔了吧，不好看。我说，葫芦者，"福禄"也。人的福禄其实也如这葫芦一样，幸福中也有"沟坎"。这葫芦，有的地方光鲜，有的地方是"沟"，多符合人们生活的现实啊！留着它也好给我们的生活感受提个醒。

　　由这个皱褶连连的葫芦，我想起老乡阎连科在领取卡夫卡大奖的演讲中，有关"黑暗"的叙述。其中一句话始终在脑海里挥之不去：黑暗"不仅是一种颜色，而且就是生活的本身"。阅读这篇演讲稿，既为老乡获奖而骄傲，也为他的"黑暗说"纠结。

那种纠结如鱼刺在喉，难以释然。当我把这种纠结与文化界的朋友们交流时，他们感同身受。

诚然，作为作家，用审慎的眼光对现实生活进行批评式的解读，我们可以理解。但我们作为经历过社会变革的过来人，也有必要用批判之批判的思辨来对待这种"黑暗"。事物都有两面性，正如我窗台上的葫芦，有饱满的地方，也有皱褶的地方。你仅仅看到皱褶，就想把它扔掉；反之，就会珍惜地留下，视它为爱物。

当代生活是这样，古代社会也是如此。记录魏晋时期动荡、荒诞、黑暗的《世说新语》凡36大篇，首篇即是《德行》篇，褒扬为官者的礼贤下士、孝敬父母、善识人才、器量深广……可以说，表现社会正能量的"德"和"才"是作品的主旋律，当时社会的"黑暗"并没有成为书写的主体。

多次被提名为诺贝尔文学奖的候选人的法国作家米兰·昆德拉说："幸福何堪？苦难何重？……我们……茫然地生活，苦乐自知。就像每一个繁花似锦的地方，总会有一些伤感的蝴蝶从那里飞过。"

"繁花似锦"是我们生活的主体，"伤感的蝴蝶"在我们的生活中仅仅是瞬间"飞过"。显然，黑暗，不是生活常态。

妻贤夫祸少

　　一位女性朋友给我讲了她的婚姻经历——

　　结婚已经十年，但在关心和满足丈夫方面一直存在很大问题。在家庭中，如果她不高兴，全家谁也别想高兴，直到她的婚姻出现了问题。此时，她才明白为什么妈妈花那么多时间关心和满足爸爸。她接着说："我经常拿丈夫和爸爸比，认为他应该和爸爸一样知识渊博。因而经常抱怨他。爸爸看到这种情况之后，又讲了男人的自尊是怎么回事。我听从爸爸的建议，总是鼓励丈夫，为他加油打气。事情真的发生了巨大变化……"

　　在现实生活中，每个家庭的构成与形式相同，但是生活的质量却千差万别。就像文学家托尔斯泰所说："所有幸福的家庭都十分相似；而每个不幸的家庭各有各自的不幸。"家庭的不幸除男人的确有不可饶恕的错误之外，做妻子的缺贤少惠也是重要诱因。现代女性，成长在非常"自我"的文化背景中，大多人只会想到婚姻和丈夫能给她们带来什么，而不是考虑她们能给丈夫做些什么。于是在行动上就表现为自己的任何需求和情感都是合情合理、至关重要的，而男人的任何需求都是微不足道、自私自利的。

　　哲人说，一个男人的生活质量，可以从他妻子身上寻找答案。妻子性格温柔和善良，知书达理，这个男人就会宽宏大度，在众人面前说话有底气，任何事能拿得起放得下；妻子心胸狭窄，办事小气抠门，这个男人也一定是斤斤计较，遇事绕着走，显得没有决策能力，活得会很窝囊。

故此，一个温柔、贤惠的妻子不但是上孝父母、下育子女，更是协夫助夫的行家里手：夫有错纠之，夫有失察之，夫有陷救之，夫有难担之。《世说新语·贤媛》里的阮氏，就是这样的贤妻。

曹魏时期，许允担任吏部郎，大多任用他的同乡。魏明帝知道后，就派虎贲去逮捕他。阮氏（就是那位丑妻）光着脚跟出来劝诫他说："对英明的君主只可以用道理去取胜，很难用感情去求告。"押到后，魏明帝审查追究他。许允回答说："孔子说'提拔你所了解的人'，臣的同乡，就是臣所了解的人。陛下可以审查、核实他们是称职还是不称职。如果不称职，臣愿受应得之罪。"调查以后得知，许允所用之人，各个职位都尽职尽责、胜任工作，于是就释放了他。

起初，许允被逮捕时，全家都号啕大哭，他妻子阮氏却神态自若，说："不要担心，不久就会回来。"并且煮好小米粥等着他。一会儿，许允就回来了。

家，是安全、温馨的港湾，常言道：女人是家庭的核心，男人无妻家无主。家有贤妻，是男人三生之幸！

母贤子福多

刘义庆在编纂《世说新语》时颇费心机，按照人物性格、作为分了三十六类，诸如《德行》《言语》《方正》《雅量》，等等。属于褒扬的占十三类，《贤媛》就是其中之一。"贤媛"，指有德行、有才智、有美貌的女子，尤以前两种为主。其目的是要依士族阶层的伦理道德褒扬那些贤妻良母型的妇女。许允之妻阮氏，貌虽丑，但有德行和才智，在家庭和谐、家族兴旺方面功劳卓越。在《贤媛》类中有一个她教子的故事。

许允死后，他的门生跑进来告诉阮氏。阮氏正在织布机上织布，听到消息，神色不变，说："早就知道会这样的呀！"门生想把许允的儿子藏起来，许允妻子说："不关孩子们的事。"后来全家迁到许允的墓地里住，司马师派大将军府文字秘书钟会去看他们，并吩咐说，如果许允儿子的才能、社会评价比得上他父亲，就立即抓起来。许允的儿子知道这些情况，去和母亲商量，母亲说："你们虽然都不错，可是才能一般，可以怎么想就怎么和他谈，这样就没有什么可担心的。也不必哀伤过度，钟会不哭了，你们就不哭。又可以偶尔问及朝廷的一些事。"她儿子照母亲的吩咐去做。钟会回去后，把情况回报司马师，许允的二子终于免祸。

许允是在被司马师流放的途中去世的，因为他不满司马家族的篡权，而建议曹芳夺司马昭之兵讨伐司马师，因事情败露而遭祸。所以阮氏听到丈夫死讯后说"早就知道会这样的呀！"《礼记·中庸》曰："凡事豫则立，不豫则废。"二子得以保全，正是因为阮氏有了预判，并且知道此事会殃及儿子。知子莫如母，她深知儿子的聪慧不及他们的父亲，不会引起司马家族的重视，故此提供锦囊妙计一二三。儿子遵母亲所嘱，自然幸免于难。

这个故事，透出了阮氏教子的一些信息：不撒谎，怎么想就怎么说；跳出"小我"，不必过度哀伤；有"大境界"，偶尔问及朝廷的事情。故事的信息量总是有限的，从故事本身发散思维，可以感知阮氏教育子女是全方位的。在"成人"和"成才"教育中，把"成人"放到了首位；在"眼前"与"未来"的教育中，把"未来"放到了前面。做母亲的，如此的贤惠之德自然会让子女蒙福。很有幸，假期到青海湖旅游，遇到一位母亲，她带着十岁的女儿绕湖骑行。青海的气候，在内地生活无法想象：有阳光时，晒得皮肤脱皮；黑云遮阳时，穿羽绒服也不感觉热。可以说，绕青海湖骑行，忽而烈阳，忽而厉风，忽而暴雨，忽而降温如寒冬。小姑娘在五天时间内，手握车把，脚踏脚蹬，身处四季变化之中，收获的是满背包的人生感悟。在当前家庭教育多急功近利的环境下，这位母亲值得点赞。

美国前总统林肯说过："我之所有，我之所能，都归功于我天使般的母亲。"这个经典名言道出一位母亲在家庭教育中的地位。

嫁 女 之 思

　　女儿结婚了。洛水荡漾，花团锦簇，绿树掩映。婚礼在草坪上举行。当我把女儿之手递给女婿的时候，情不自禁从心底流出了一番话："女儿的一生有两位最重要的男人。一位是我，她的父亲；一位是你，她的丈夫。作为父亲，风风雨雨，已经把她抚养成人，我的使命基本完成。从此之后，你将和她共同创造幸福生活。……"

　　俗语说，女儿是父亲前世的情人。的确，作为父亲，感觉把女儿嫁给谁都是吃亏。于是乎，静观世相，父亲因相不中女儿谈的男朋友，把女儿锁在家里的有之，把女儿毒打致残的有之，和女儿断绝父女关系的有之，自己生气得喝毒药寻死的有之。可怜天下父亲心！

　　男大当婚，女大当嫁，人生自然规律。既然是规律，何必逆规律而动呢！三国曹魏末期至西晋初期的重臣贾充在女儿婚姻大事上就非常明智。《世说新语·惑溺》中讲述了这个故事。

　　韩寿相貌举止美好，贾充征他为秘书。每当贾充宴请宾客幕僚，他的小女儿贾午就从窗格子观看，见到韩寿，非常喜欢。心中经常想念，并在吟咏诗文之时流露出来。后来她的婢女来到韩寿家中，说出了贾午的心意，并说这个女子艳丽过人、端庄无比。韩寿听说后动了心，就让婢女暗中传递音信，到了约定日期就去那里过夜。韩寿行动敏捷，轻灵过人，翻墙而入，家中没人知道。从此以后，贾充察觉到小女儿欣喜畅快与平常不同。有一天贾充会见幕僚，闻到韩寿身上奇特的香气。这种香料是外国送来的贡品，一沾到人身上，几个月内香味不退。贾充寻思晋武帝只把这种香料赐给了自己和大司马陈骞，其余人家没有这种香。因而推想到自己的女儿和韩寿有故事。但他自己家门窗管理很紧，不知道韩寿是从哪里溜进来的。于是贾充借口有盗贼，派人查看、修理围墙。派去的人回来说："其他地方没什么异样，只是东北角的墙有如狐狸走过的痕迹。"贾充于是明白了缘由，顺水推舟把女儿嫁给韩寿为妻。

在那样的封闭社会中，贾充能开明至此实属不易。现代社会，不仅应让子女快乐地走向婚姻殿堂，还应该提醒孩子们用心经营好自己的婚姻。于是，在把女儿之手递给女婿的那一刻，我又祝福和提醒——

"在今天的婚礼现场，除了亲朋好友见证你们的幸福时刻之外，有两种花儿很抢眼。一种是火红而灿烂的花朵，一种是飘着淡淡香味的桂花。你们将来的生活不求如牡丹花般灿烂，但愿似桂花一样淡然而悠长。昨天晚上我们在女儿出嫁前的最后一餐晚宴上，我语重心长地提醒女儿，一位姑娘最好的嫁妆就是一颗体贴善良的心。她已点头默记。你作为男儿，一个男人最好的聘礼就是一生的迁就和疼爱……"

娶妻取德不重色

近日，一则《中国女孩整容失败首尔街头示威》的新闻引起热议。反思这则新闻，心里五味杂陈：现在的快餐时代，貌美容易"一见钟情"，给美女的爱情加分，给自己的幸福指数加分；但作为一个人，漫长的人生道路，仅仅靠貌美能取胜吗？美色能永恒吗？

三国时期曹魏名士许允，娶了阮氏为妻。花烛之夜，发现阮家女貌丑容陋，匆忙跑出新房，从此不肯再进。后来，许允的朋友桓范来看他，对许允说："阮家既然嫁丑女于你，必有原因，你得考察考察她。"许允听了桓范的话，走进了新房。但他一见妻子的容貌拔腿又要往外溜，新妇一把拽住他。许允边挣扎边同新妇说："妇有'四德'（封建礼教要求妇女具备的妇德、妇言、妇容、妇功四种德行），你符合几条？"新妇说："我所缺的，仅仅是美容。而读书人有'百行'，您又符合几条呢？"许允说："我百行俱备。"新妇说："百行德为首，您好色不好德，怎能说俱备呢？"许允哑口无言。从此夫妻相敬相爱，感情和谐。

这是《世说新语·贤媛》里的故事。人无完人，妇女有四德，阮氏说自己只差"漂亮的脸蛋"。是否如此，后面的文章再叙，仅仅从她和夫君的一番对话中也可以窥其一二。

古人有"娶妻取德不重色"的古训。平心而论，爱美是人的天性，谁都希望找一个如花似玉的妙龄女郎作为终身伴侣。但是，大千世界，没有几个姑娘是"沉鱼落雁"之容。再说，岁月面前人人平等。岁月的刻刀不会怜惜美丽的容貌而手下留情，人老珠黄是无法抗拒的自然规律。只有心地善良、行为贤惠才是长久的、稳固的。

也许，有人还对我的叙述不以为然，那就请您耐心地读读下面这则真实的故事吧。

被誉为"俄罗斯文学之父"的普希金，结识了莫斯科第一美人娜塔丽娅，不久为她的美丽和娇艳所倾倒。结婚那天，普希金兴奋得欢呼："我再生了!"然而，婚后的生活却令他失望。娜塔丽娅无休止地要丈夫陪她赴宴和跳舞，普希金创作的思想火花熄灭了。普希金曾痛苦地对朋友说："我没有了必要的写作条件。我在社会上混，我的妻子出手又很阔绰——这需要钱，可是弄钱要靠著作，而著作需要安静的生活。"后来一位贵族与娜塔丽娅勾搭，普希金终以受辱的冲动与那位贵族决斗，不幸饮弹身亡。那年，他只有38岁。俄国诗歌的太阳就此沉落了!

好女人，不是姿色，而是心色；好妻子，不是相貌，而是心貌。事实证明：脸蛋美只能悦目，带来一时欢乐；而心灵美则可以赏心，带来一辈子幸福。婚姻不是热闹一时的商业选美，而是事关未来的长相厮守……

夫妻趣话

　　夫妻过日子，比树叶还稠。在那稠密的日子里，有正经事要说，当然也少不了情话、趣话、调侃话。既然是夫妻，说话自然也就没有了轻重，没有了是非原则。

　　《世说新语·贤媛》有一个夫妻调侃的故事：仲夏夜，王浑和妻子钟氏手拿芭蕉扇在院子里乘凉。儿子王济从外边回来，看见父母作揖、问安之后，干自己的事情去了。王浑望着儿子远去的背影，心如扇子扇一样惬意，就对老婆说："我们生了这么一个优秀儿子，很令我骄傲。"钟氏看着丈夫的得意劲儿，笑着说："如果我嫁给你弟弟王沦，那生的儿子可就不仅仅如此了。"王浑是官宦子弟，朝中大臣。在近2000年前的西晋，老婆说出如此重口味的话，王浑情何以堪？结果呢，史料没有记载两口子因此而大动干戈，估计王浑休妻的想法连一闪念也没有发生。

　　老子在《道德经》中说："知人者智，自知者明。"陌生男女从相识到相知再到秦晋之合，必然经历了"知人"的过程，正是有了对对方的全面了解，从心里感觉到可以成为伴侣之后，才快乐地走进了婚姻殿堂。随着社会的发展和进步，人的思想得到了极大的解放。思想解放的实质就是人性的觉醒，就是把人性真实地彰显出来。具体到夫妻之间的"人性真实"，应该是"互知"的。二人长期生活在一起，不应在乎对方说了什么，用心体会对方做了什么就可以了。有人说，婚姻中夫妻产生了审美疲劳，见面拉手没有"电"，如左手握右手。其实，左手和右手，对于一个人来说，是配合最默契的。上街买菜，左手没劲了，不用提醒，右手自然地接过来；左手受伤了，不用求援，右手自然地抚上去。吃饭时，左手端碗，右手拿筷子；穿衣系扣子，左手解决不了，右手自然过来帮忙……这是因为，两手之间的"互知"。这种互知达到了不用提醒的地步。如果夫妻之间的配合真如"左手和右手"，这个家庭无疑是和谐的，两人的心亦是"互知"的。在互知的大环境中，夫妻之间的趣话即使尺度再大一些，也不会闹出什么风波来。

之所以能有风波出现，问题可能出在"自知"上。能真正了解别人是智慧，能真正认清自我是聪明。微信中有个段子说，一男子患了中风，需要妻子照顾的时候，妻子却离他而去了。别人说他妻子薄情，他说："是我不好。她做饭忙不过来的时候，我坐在电视前无动于衷；她生病需要去医院的时候，我以工作忙为由让她一人前往；她买了件衣服，满心欢喜地问我怎么样时，我的眼睛甚至都不瞟上一瞟；她需要我陪伴的时候，我为了赢得上司的青睐，在办公室打扑克直至深夜；她想和我聊天的时候，我不是在电脑前忙碌就是困得想睡了……我们的婚姻早就因为我的这些行为而中风了。"这位男子在自己身体中风的状态下，能悟出自己的婚姻"中风"，也是聪明的"自知"者。

林语堂说，幸福，一是睡在家的床上，二是吃父母做的饭菜，三是听爱人给你说情话，四是跟孩子做游戏。愿我们都能享受这样的幸福。

夫 妻 别 扭

　　哲人说，夫妻过日子似秋天从树上飘下的树叶，密密麻麻。言外之意就是一个锅里抡马勺，在享受饭香的同时，磕磕碰碰也是难免的事情。说到磕碰，《世说新语·惑溺》有这样一个故事：孙秀投降了西晋，来到洛阳。晋武帝深加安抚并宠爱他，把姨表妹蒯氏嫁给他。孙秀夫妻间感情深厚，出双入对。有一次，蒯氏心里欣慰但嘴上忌妒孙秀的才气和相貌，竟骂孙秀是貉（háo）子（北方人轻视、辱骂南方人的口头语）。孙秀生气，觉得人格受到了侮辱，从此晚上不入内室。蒯氏深为悔恨自责，千方百计挽回无果，就请求武帝帮助。当时武帝正大赦天下，群臣都受到召见。召见完毕，武帝单独把孙秀留下，和缓地对他说："国家宽大为怀，实行大赦，蒯夫人是否也可以得到宽恕呢？"孙秀脱帽谢罪，于是夫妻和好如初。

　　人都是有小脾气的，遭到了对方冒犯，适当发作一下也可以理解，但不可无原则地上纲上线，甚至出现长时间的冷战。

　　日本情感作家渡边淳一在谈到夫妻之间的爱时，有一段叙述，不妨摘录如下——

　　人类社会几千年来迅猛发展，但是有一种东西是完全没有进步的，这就是人与人之间的爱。自然科学是一种前赴后继的东西，是在前人的基础上提出更先进的东西，有一个继承的过程。……但是在爱情的世界里，不可能做到前赴后继，它不像自然科学是可以积累的。举一个例子，比如说我活到这个年龄，我对爱应该有一种领悟。但是我死了以后，我的儿子是不可能将我的领悟作为他进一步开发自己爱情世界的基础的。他还是要从青春期开始，从骚动期开始，直到成熟。当他到了像我这样的年龄，他也会死。而他的子孙又开始走他原来的路……

正是没有父辈的经验继承，夫妻之间的摩擦随时就有可能产生。产生摩擦不可怕，重要的是双方需要冷静反思，思考对方"找事"的根源在哪里？是不打算过日子的鸡蛋里挑骨头，是随意地调侃过嘴瘾，还是某事没有得到满足的借题发挥？只要找到了根源，兵来将挡水来土掩，"战火"自然会烟消云散。

微信一则消息，男子崔某工作忙，一连加班几个晚上也没有安慰妻子，妻子因此而生气了，罚他睡沙发，为了打破跟妻子许某的冷战状态，崔某突发奇想，通过微信给妻子发了一张自己的半身"裸照"向其示爱。妻子看到丈夫矫健的体魄，会心一笑，发过去一条信息，一个球，后面两个字"过来"。崔某看到"滚过来"的召唤，迅速地从沙发上起来，趿拉着拖鞋向卧室跑去……

生活不易，夫妻经过打拼建立的家庭值得珍惜。外边的世界再精彩，也没有家的踏实感和安全感。夫妻吵闹，本是常事，俗话说"床头吵架床尾和"。孙秀能听人劝，那位妻子能幽默地发出"滚过来"，都显示了肚量和智慧。男人要担当，女人要贤惠。男人不能厌恶女人的小脾气，"情愿坐在宝马上哭，也不坐在自行车上笑"固然偏颇，但咱们爷儿们千万不能：连一辆好"自行车"也没有。你让妻子坐在一辆烂自行车上，还天天让她哭……

猜度的毛病

最近同事闷闷不乐，我问其故。他说："你看这条信息。"说着把手机的短信打开："哥，告诉你家那口子，她无情别怪我无义，这些好东西你留着自己看吧。"后面是一个网址。我问他，网页有什么内容？他说打不开。查看了发信息手机号码的归属地，是南方的某个城市。我一拍他的肩膀说："如果你爱人真有事，网页能打不开吗？电话又是千里之外的，说不定是诈骗短信的升级版。不要猜度了，高高兴兴过日子吧！"同事听我一分析，心头的阴云随风而散。

猜度，正如虫子钻进了牛角尖，感觉自己的判断是正确的，其实最终走向了死胡同。自己受到了伤害，也给对方惹上了麻烦。

《世说新语·溺惑》中有个类似的故事：西晋王朝的开国元勋贾充的后妻郭氏极端忌妒。她有一个男孩名叫黎民，出生才满一周岁时，贾充从外面回来，奶妈正抱着小孩在院子里玩。小孩看见贾充，高兴得欢蹦乱跳，贾充走过去在奶妈的手里亲了小孩一下。郭氏远远望见了，认为贾充亲了奶妈，立刻把她杀了。后来，小孩想念奶妈，不停地啼哭，不吃别人的奶，最终饿死了。郭氏后来再也没有生儿子。

史书说，是"忌妒"，其实更多的成分是"猜度"。一家之女主人，虽然不是第一夫人，也总比奶妈的地位高，主人怎么能忌妒仆人呢？是内心猜度贾充与奶妈有暧昧关系，所以才下了如此狠手。其结果是害人又害己，实在划不来。

现实生活中，由于发达的通信工具，人和人通过沟通释放繁重的工作压力成为常态。应该相信，绝大多数人在虚拟世界里只吟风颂月，不逾越婚姻的道德底线。所以，信任是夫妻之间相处的最重要的基石。夫妻可以贫穷，可以吵架，可以生气，但相互信任是两人走下去的根本。生活中常常看到：妻子每天都翻看老公的手机；妻子回家迟了点，老公无休止地追问原因。聪明的夫妻，今天的别扭，晚上就"翻篇"，决不让坏情绪影响明天的家庭和谐；愚笨的夫妻，总是把小事情无端放大，极度猜度，"绿帽子"硬往自己头上戴，最终走上了家庭破裂的境地。仔细想想，是自己的猜度之心把风雨同舟的爱人送到了另外一个人的怀抱中。很多夫妻之间的矛盾往往都是因为缺乏信任。心理专家说，当你不相信自己的另一半时，其实是自己内心缺乏对自己的信任。

婚姻不是王子和公主回家就一辈子快快乐乐地生活，而是一段很坎坷的历程。在这段历程中，路该如何走，从来没有彩排，天天都是现场直播。为了婚姻生活精彩，每一个人都需要更加谨慎自己的言行。

人生是一所学校，爱和冲突是课程，毕业证在生命结束时颁发。在共同攻读课程的过程中，彼此信任，消除猜度，无疑会获得婚姻甜美的高分。

有 效 沟 通

夏天的日子里，最适宜读书。一杯香茗，一间小屋，静心地品味着晋代官至高位的郗鉴的故事。

太尉郗鉴晚年喜欢谈论，所谈的事既不是他事先深思熟虑的，又很自负，听不进他人的意见。因为丞相王导晚年做了一些令人遗憾的事，所以他每次见到王导，定要旧事重提。王导知道他的意图，就常常用别的话来引开。后来，他要离开京城回到基层工作，就特意坐车去看望王导。他翘着胡子，脸色严肃，一落座就说："快要分手了，我一定要把我所看到的事说出来。"自满，口气重。可是话一出口，又显得语无伦次、东拉西扯。王导纠正他说话的层次，然后说："后会无定期，我也想尽量说出我的意见，就是希望您以后不要再谈论。"结果，二人不欢而散。（《世说新语·规箴》）

社会群体中的任何人，都离不开和人沟通。你的出发点再好，不讲究说话方式，不仅起不到沟通的效果，甚至还会变成陌路人。郗鉴和王导的沟通值得我们思考。

美国人本主义心理学家马斯洛提出了需求层次理论，将人类需求像阶梯一样从低到高按层次分为：生理需求、安全需求、社交需求、尊重需求和自我实现需求五类。在当前的社会环境下，前三类需求人们基本得到了满足，渴望的则是得到他人的尊重和实现自我价值。实现自我价值又必须在受到尊重之后，所以当下人们急需的就是得到尊重。

一位年轻人对我说："我要离开我所在的公司。我恨这个公司！"我知道他的毛病，懒惰且不敬业，但我却说："我举双手赞成！不过你现在离开，还不是最好的时机。"年轻人疑惑："为什么？""你现在走，公司的损失并不大。你应该趁着在公司的机会，拼命去为自己拉一些客户，成为公司独当一面的人物，然后带着这些客户突然离开，公司才会受到重大损失。"他觉得我说得非常在理，于是努力工作。事遂所愿，经过半年多的努力，他有了许多的忠实客户。由于得到了领导的赏识，再也不提离职的事情了。假如，我当时直接批评他，指出他的缺点，那估计事与愿违。

老天给我们两只耳朵一个嘴巴，本来就是让我们多听少说的。说要说得恰当，听要听得诚恳。

有一位表演大师上台前，他的徒弟告诉他鞋带松了。大师点头致谢，蹲下来仔细系好。等到徒弟转身离去后，又蹲下来将鞋带解松。有个旁观者看到了这一切，不解地问："大师，您为什么又要将鞋带解开呢？"大师回答道："因为我饰演的是一位劳累的旅行者，长途跋涉、筋疲力尽，鞋带松开了也懒得及时系上。可以通过这个细节表现他的劳累憔悴。""那你为什么不直接告诉你的徒弟呢？""他能细心地发现我的鞋带松了，并且诚心地告诉我，我应该尊重他发现问题的积极性。"

美国著名的人际关系学大师卡耐基说："一个人事业上的成功，只有15%是由于他的专业技术，另外的85%依赖的是良好的人际关系和有效的沟通。"

守 住 规 矩

东汉名士陈寔，以清高有德行闻名于世，世人把他与儿子纪、谌并称"三君"。人都有老的时候，陈寔去世了。儿子陈纪哭泣悲恸，以至于骨瘦如柴。他母亲心疼他，他在灵堂睡觉的时候，偷偷地用锦缎被子给他盖上。善于品评人物的郭林宗去吊丧，看见他盖着锦缎被子，就对他说："你是世间杰出人物，各地的人都学习你，怎么能在服丧期间盖锦缎被子？"说完拂袖而去。自此以后，百日之内没有一个宾客来吊唁。

这是《世说新语》里的故事。也许你会说，陈纪有什么错呀？郭林宗也太"那个"了吧！宾客也太"那个"了吧！其实，凡事都有一套约定俗成的规矩，如果为人做事不按规矩出牌，肯定会得到惩戒。

据报载，一位中年人骑着电动车，不顾红灯信号，继续前行。交警示意停下，他不但不停还破口大骂。交警拦下后，又撒泼打滚，谎称交警野蛮执法。批评教育之后，他说有急事要办，在路口耽误了时间，就耽误办事了。

人生活在世间，都忙在一个"事"上。上班有上班的事，下班有下班的事；为了家人有家人的事，为了朋友有朋友的事。事情不断，急事连连。事实上，越是急事、难事越能显出一个人的素养。

一位昔日的学生在德国留学，给我描述了德国高速公路上堵车的情形。德国高速路上每条车道都很宽，足够两辆有时甚至够三辆车并排。路肩也宽，走一辆车绰绰有余。往往车堵了十几二十几公里，眼看夕阳西下，车道上的车却都规规矩矩地排成单列等候，按着次序慢慢向前移动。车队两边空着宽大的车道，没人在车道里开成并排向前挤的，也没人占了路肩开到前面去加塞儿的。车堵在高速路上，人急不急，你懂的。

守规矩，是一种素养。过马路、开车都是生活中的小事。不能说大事守规矩，小事可以随性。著名作家周国平说："据我观察——做成大事的人，往往做小事也认真；而做小事不认真的人，往往也做不成大事。"

再把话题回到前面的故事。也许有人会问，陈纪守孝盖锦缎被子怎么会招致那么大的非议？圣人孔子在论述这个问题时说：父母去世的时候，心情是悲痛的，而吃美味的食物，穿华丽的衣服追求的是享受和快乐，这与悲痛的心情相矛盾。

俗话说，有规矩才能成方圆。社会的进步，呼唤守住规矩。

男 儿 本 色

　　1945 年 8 月 15 日，日本宣布无条件投降，饱受日本侵略军铁蹄蹂躏的人们才长出了一口气，中国人的脸上也才有了笑容。笑容的背后，有无数男儿在和日本鬼子拼杀中流尽了最后一滴血！为了我们今天的幸福生活，应该给男儿本色点赞！

　　爱国是永恒的话题，《世说新语》中也有一个彰显"男儿本色"的故事：外族入侵，国都无奈由洛阳南迁。爱国臣子，虽然身在南方，但收复中原的志向始终未灭。庾翼就是其中的一个。他大哥庾亮当政时，大权不在自己手里，他有力使不上。等到他的二哥庾冰做丞相时，他去和庾冰商量，两人经过了长时间的论证，甚至争辩，才决定出兵北伐。庾翼出动荆州、汉水一带的全部力量，调集了所有的车船。出征前，召集所有下属开会，摆开军队的阵势，亲自把武器发下去，说："我这一次出征，结果如何，就看我的箭了！"于是，连发三箭，三发三中。士兵们全神贯注，大为振奋，士气顿时增长了十倍。

　　现代作家夏衍先生有一篇小文章《种子的力》，借小草来赞扬人民群众中蕴藏的抗战力量："没有一个人把小草叫作大力士，但是它的力量的确谁都比不上。这种力是看不见的生命力。只要生命存在，这种力就要显现。上面的石块丝毫不能阻挡它，因为这是一种长期抗战的力：有弹性，能屈能伸的力；有韧性，不达目的不止的力。"东晋的庾翼，有这种力，所以振奋三军；抗日男儿，有这种力，所以日军投降。

社会需要"信球"人

《世说新语》有个耐人寻味的故事。吴国最后之主孙皓继位后，荒淫骄横，朝野失望。有一天，他和丞相陆凯聊天。聊到兴致高处问陆凯："你们这个家族在朝中做官的有多少人？"陆凯说："两个丞相、五个侯爵、十几个将军。"孙皓说："真兴旺啊！"陆凯说："君主贤明，臣下尽忠，这是国家兴旺的象征；父母慈爱，儿女孝顺，这是家庭兴旺的象征。现在政务荒废，百姓困苦，臣唯恐国家灭亡，还敢说什么'兴旺'啊！"

一国之主孙皓听了陆凯的回答，是大发雷霆给陆凯治罪，还是沉默地伸伸粗大的脖子咽下，文献没有记载。但用一般的逻辑进行推理，世故的人都会给陆凯送上一个洛阳方言——信球。

从洛阳走出的大作家张宇，最近送我一本刚出版的随笔兼有书法的集子，书名就叫《信球》，并且坦诚自己就是一个老"信球"。他在文中写道："就我个人的理解，这个词可以褒贬自如。有时候可以用这句话骂人犯傻，有时候也可以用这句话夸奖人执着。"话又回到陆凯身上，我认为他的"信球"不是犯傻，而是只希望国家兴旺却不顾自身安危的"执着"。

这种"信球"，不是为了个人的利益，也不是为了个人的成功，是为了一个群体甚或一个国家的荣耀或进步。我们身边这样的"信球"不算少：为了集体利益，与歹徒英勇搏斗，哪怕献出生命；为了他人安危，奋不顾身跳进刺骨冰冷的江水；为了国家的利益，多年不离开艰苦岗位……这些"信球"是推动社会进步的脊梁，因为他们懂得"皮之不存毛将焉附"的道理，因为他们懂得"我为人人，人人为我"真理。

反观社会现实：也有人，可以为自己的利益而"执着"，甚至"执着"到自毁前程；也有人，面对集体的事情，事不关己高高挂起，宁肯少一事而不去"执着"。行文至此，我想起一位名叫马丁·尼莫拉的德国新教牧师，他在美国波士顿犹太人屠杀纪念碑上铭刻了一首短诗："起初他们追杀共产主义者，我没有说话，因为我不是共产主义者；接着他们追杀犹太人，我没有说话，因为我不是犹太人；后来他们追杀工会成员，我没有说话，因为我不是工会成员；此后，他们追杀天主教徒，我没有说话，因为我是新教教徒；最后，他们奔我而来，却再也没有人站起来为我说话了。"

可见，在社会事务中，那种"犯傻""犯浑"的"信球"，社会不需要。我们人人都需要做有正义感且执着到底的"信球"。你有了这种"信球"，也许我受益；我有了这种"信球"，也许你受益……

妈妈是个宝

上周五，我的同事到我的电脑上拷贝一个文件，当看到我的母亲八十寿诞的资料时，很真诚地说："老人是个宝，健在真好！"随着她的语言，我的心中升腾一股暖流，继而遍及全身。

母亲节里，约全家人和母亲一起聚餐。在轻松的氛围中，母爱的往事如视频般在脑海闪现。

我就读初中时，母亲身患肿瘤，那时我天天以泪洗面，感觉天塌地陷。后来母亲动了手术，万幸肿瘤良性。后来我读高中，没钱在学校食堂吃饭，全靠母亲蒸的杂粮馒头充饥。三天回家取一次馒头，每到周四的早上，母亲总是凌晨两点起床，和面、揉馍、上笼，劈柴、点火，然后再准备我的早饭。母亲心细，感觉我在学校每天都是喝开水，啃冷馒头，早饭一般是手工面。当我醒来的时候，案板上刚出笼的馒头热气氤氲，做好的面条也上了桌，而母亲疲倦而又欣慰地坐在凳子上欣赏着杰作……后来，我通过高考跳出了农门，母亲来我这里居住，聊天聊到高兴处，说："要是我那场病扛不过来，你们兄弟可要受苦了。"是的，假如真有那时的不幸，我后来的生活道路不堪设想，没妈的孩子像棵草，哪有现在的自在和舒服！

母亲慢慢老去，在我们兄弟三家轮着住。不是兄弟家不尽心，但只要母亲不在我家住，我的心过几天就乱糟糟的，总要打个电话问问，或者直接跑去看看。只要到了我家，每天看着母亲的身影，吃饭的时候还可以拉拉家常，感觉心里踏实、心里温暖。工作不分心，生活有滋味，连晚上睡觉也格外香甜。虽然我的母亲不识字，甚至有时还有些糊涂，但她很勤奋，常挂嘴边的一句话是"人累不死，只会因为懒而受穷"。其实，母亲可以没有文化，只要有一种勤奋进取的精神，她的子女无形中就会受到感召，并且把这种精神默化到行动之中。母亲的这种精神财富，激励我面对生活中的挫折，激励我实现一个个梦想……

妈妈给予的爱，我们即使倾尽一生都回报不完，因为那爱太多太深。所以，在每一个可能的日子里都要尽力地爱她，在爱她的过程中享受她赐给我们的福分。这种福分更多是无形的，但有时却也是有形的。《世说新语》就记载了一个"赐福"故事。

在吴郡（今苏州一带）当主簿的陈遗对母亲非常孝顺，他对母亲说："娘，你喜欢吃什么，告诉我。"陈母笑了笑说："什么也别买，你们县衙里吃饭的人多，每顿饭锅底应该有一些锅巴，就给我带些锅巴吧。"于是，陈遗每次去食堂吃饭就带个袋子，把厨房剩余的将要倒掉的锅巴收集起来，然后晒干，送给母亲享用。

不久，有了战乱。政府征人应战。陈遗就背着那些还没有来得及送给老娘的锅巴，随军出发了。结果，官军大败溃逃，跑到了山里，很多人都饿死了，唯独陈遗因为有锅巴得以活了下来。后来，和母亲相见，母子俩抱头痛哭。当母亲得知是锅巴救了儿子的性命时，流着泪说："这是你的孝心感动天地得到的好回报啊。"

不 忘 根 本

　　"春节，征程的驿站。工作即使十万火急，都会歇鞍下马，享受驿站里的温馨……"当我在键盘上敲下这浅陋的诗句的时候，我们都在享受着春节小长假里的温馨。

　　某集团创始人在喜迎春节之际，回到了他的老家。在亲切看望广大乡亲们、给大家热情拜年的同时，个人掏腰包，给全村650余名60岁以上的老人发出了每人1万元的"春节特别红包"。面对乡邻给他竖起的大拇指，他真诚地说："我从小生活在这里，没有各位乡亲父老的关心爱护，我也走不出这个村子，也就没有今天的我……"

　　看到这则新闻，我情不自禁地想起了那首曾经唱红中国大地的歌曲："不要问我到哪里去/我的路上充满回忆/请你祝福我/我也祝福你/这是绿叶对根的情意……"这位创始人把自己今天的成功，归功于昔日生他养他的土地，然后拿出自己的劳动所得，回报对"根"的情意。这种从内心深处升腾出的最纯真的情结，让我内心生暖，让我看到了社会的希望。

　　当然，这个社会不是仅仅需要钱，情更是人人渴望的。每年春节大家都要到亲戚家拜年。有年春节，我去看望近80岁的姑姑。嘘寒问暖之后，我起身要走。姑姑生气了，说大过年的哪有不吃饭就走的。说话间，眼泪从眼眶里溢了出来。从此，我无论到哪家亲戚家拜年，都要留下吃饭，哪怕是一碗面条。

回味过去的拜年，在亲戚家喝酒聊天，甚至留宿一晚。平时的生活啊情感啊，漫无边际地回忆。那种浓浓的亲情在这种聊天中升温、变浓，通身的愉悦忘掉了一年的辛劳和生活中的不如意。看看现在的拜年，人匆匆到亲戚家，放下东西，客套几句，就要离开，好像只是为了完成春节传统和长辈交代的一项任务。你任务完成了，长辈亲戚渴望的感情倾诉没有了，无疑是一种遗憾。

把春节的话题说开去，一个人，如果把生活的意义想明白了，就会认识到，世间的情比钱更重要。大家还记得"大衣哥"朱之文吗？对，就是几年前凭着一副天生的好嗓子，登上央视春晚唱歌的那位。他成名之后，邀请商演的合同一单接着一单，但他心中有个原则，每年秋收必须回家帮助妻子收玉米，不管此次商演的收入是十万，还是几十万元。

央视《焦点访谈》播出春节特别节目《中国人的活法》。在谈到"大衣哥"行为的时候，说："看到了中国人骨子里的一种本分、朴实、善良、勤俭。这些品质与生俱来，渗透在中国人的性格里、生活里……"

"中国人"，华夏儿女，繁衍生息五千年。《世说新语》记载的晋代大臣、官至刺史的殷仲堪骨子里也有这种恪守。

殷仲堪做荆州刺史，上任时正赶上水涝歉收，每餐饭菜都很简单。饭粒掉在餐桌上，总要捡起来吃掉。这样做虽然是有心为人表率，却也是由于生性朴素。他常常对子弟们说："不要因为我出任一州长官，就认为我会把平素的志向和行为修养丢弃。如今，我处在这个位置上很不容易。清贫是读书人的本分，怎么能够登上高枝就抛弃它的根本呢！"

"登上高枝"，是人生的造化。不忘根本，则是做人的修为。

"半饱" 的智慧

父亲节，大家都谈子女对老人尽孝的事情，我给大家讲个《世说新语》中的故事。

郗鉴在两晋交替的永嘉之乱时，无奈避居乡下。穷困潦倒，甚至到了每天挨饿的程度。乡里人尊敬他的名望德行，就轮流给他做饭吃。当时，和他一同避难的还有侄子和外甥。别人请他吃饭时，郗公总是带着侄子郗迈和外甥周翼一起去。乡里人叹道："大家都饥饿困乏，因为您的贤德，所以我们要共同帮助您，如果再加上两个孩子，恐怕就不能一同养活了。"从此，郗公就一个人去吃饭。每次吃饭的时候，他自己只吃半饱，然后把饭含在两颊旁，回来后吐给俩孩子吃。就这样，两个孩子活了下来。郗公去世时，周翼任剡县令，他辞职回家，在郗公灵床前铺了草垫，为郗公守丧，一守三年。

也许会有人疑问，他为何不带儿子吃饭？查资料得知，当时他的儿子还没有出生呢。在那"有口饭吃就活下去，没口饭吃就送命"的日子里，郗鉴能自己"只吃半饱"，用口腔中两颗小得不能再小的地方含饭，以此来养活两个幼小的生命。方法不一定得当，但效果实在不错。现在的社会，吃饭已经不是问题，以至于三餐之时还不知饿的滋味。于是乎，"半饱"又成了健康的生活理念。

一位科学家拿两窝小白鼠做过一个实验，一窝给予充足的食物，另一窝只给予少量的食物，结果饿鼠的寿命是饱鼠的两倍。这说明，半饱或许才是最恰当的生命状态。郗鉴那时候是"半饱"，估计两个小孩子也不会天天"撑心胀肚"。半饱的生活，老人舒心；半饱的生活，小孩子欢心。

由古人的"半饱"产生的效果，引起了我对当下父亲角色的思考。孩子上学时，课余时间补习班一个挨一个，让孩子的大脑天天"暴满"，孩子感觉不到父爱；孩子工作后，这也干涉那也过问，孩子感觉身边有"警察"……父母这样做的心情可以理解，但效果实在无法恭维。人——肠胃天天饱满，影响健康；行动天天被安排，必然也影响效率。关注孩子的生活，父母应以"半饱"为上策，全天候的填鸭、监控只能适得其反。推而广之，"半饱"其实是一种人生态度、一种处世智慧。对孩子多些宽容，多些理解，彼此的关系会更好几分。半饱的人生，表面上看是亏损的，实则是丰盈的。

欧阳应霁在《半饱，生活高潮之所在》中说："半饱是一种完美的缺陷，一半的希望，再加上一半的耐心，才是一整片蓝天。对现实保持一种满足，对未来保有一分好奇，相信生活里头总有更好玩的事情，会在下一个阶段出现。"

东晋郗鉴的"半饱"，换来了外甥辞职回家，只为给他守孝；我们做父母的，多采用"半饱"智慧，也会在人生中收获意想不到的惊喜。

让孩子做快乐的人

对于下一代的教育，每个时代都有鲜明的特点。魏晋时期，家长就希望孩子成为"名士"。哪家一旦出了名士，便是全家族的荣耀。名士的含义丰富，但基本意思是有名望而不做官。

《世说新语》中有这样一个故事：具有显赫官职的顾和，小时候在叔叔顾荣的口中就被称为"家中麒麟"，可惜最终没有如愿。顾和就把培养名士的希望寄托在了孙子一代身上。告老还乡后，成天带着外孙张玄之和孙子顾敷读万卷书，行万里路。张玄之换牙的时候，牙齿上出现了缺口。邻居家的叔叔就逗他："狗洞为什么开得这么大？"张玄之知道是讽刺自己，就反唇相讥："是为了让您这样的人出入啊。"顾和看在眼里，就觉得这孩子缺乏风度，少有涵养，所以就对顾敷更加喜欢些。这样一来，弄得玄之很不乐意。

有一天，顾和带着九岁的玄之和七岁的顾敷一起去寺里，看到佛祖释迦牟尼圆寂时的塑像旁边围着众弟子。弟子们有的在哭，有的却不哭。顾和就问其故。玄之说："平时被佛祖宠爱的这时候就哭，不被宠爱的就不哭。"顾敷则说："真正摆脱了人间一切情感，达到佛家境地的就不哭，没能达到的就哭。"

张玄之因为长期不被宠爱，从"小我"方面感受出了"哭"与"不哭"的原因；顾敷观察人生，跳出尘世之外，从"忘情"的高度体会了面对生活现象，该动感情还是不该动感情。显而易见，家长给孩子什么样的教育期待和成长引导，孩子的心智就会朝着那个方向发展。很可喜，顾和侧重的是对孩子们风度、涵养方面的引导。反观当下社会，家长更看重的是孩子的文化知识的掌握。闲暇时间，孩子成了各种辅导班的"走读生"。只要文化课考试优秀，就可以一俊遮百丑，涵养、习惯的好坏统统忽略不计。这样的教育，造就的是孩子的逆反性格和人格缺陷。

家长有意无意地有选择地给孩子呈现了这样的信息：我们常常告诉孩子考上大学是成功的，却没有告诉孩子，没有考上大学，即使摆个小摊仍然可以幸福快乐地生活；我们常常吓唬孩子，如果不好好学习，父母就要付出更多辛苦，却没有告诉孩子，这些辛苦是爸爸、妈妈能承受的；我们常常告诉孩子，不好好学习就会辜负老师和父母，却没有告诉他们努力的过程更重要，只要努力了就一定有收获，这样的人生就应该是快乐的幸福的。

《弟子·规》开篇就提醒世人教育孩子的步骤："圣人训，首孝弟，次谨信，泛爱众，而亲仁，有余力，则学文……"

愿您有"德"福

是日，阳光明媚，寒冬中透着暖意。周公庙里，红毡铺地，祭坛高筑，彩旗飘飘，游人肃穆。这是在进行新年祈福活动。

"大圣周公兮，制礼作乐；民本思想兮，明德慎罚。勤政为公，一饭三吐哺；德心无私，一沐三握发……"祈福祭文声声入耳，周公崇德事事撼心。周公，的确是位有良好德行的伟大人物。在祈福的时候，我在思考：我们面对这样一位伟人，应该祈什么样的福？发财之福，周公散财而不爱财；升官之福，周公甘愿辅佐而不觊觎王位。其实，周公能给我们的福，只有做人的良好品德。于是，我想，我们在这里祈祷的是"德"福！向有德之人祈福，就是希望自己有"德"福。有德，就会精神富有，内心强大。面对挫折，不气馁、不抱怨、不愤恨、不消沉；面对成功，不张狂、不显摆、不自大、不停步。有德就会心平气和，荣辱不惊，做该做的事；一颗平常心，不求回报，心安就好。

《世说新语》讲述了荀巨伯为友看轻性命的故事。

荀巨伯从远方来探视生病的朋友，恰逢胡贼围攻这座城池。朋友对荀巨伯说："我现在快要死了，您可以赶快离开。"荀巨伯回答道："我远道而来看望您，您让我离开，败坏道义而求生，哪里是我荀巨伯的做法！"贼兵已经闯了进来，对荀巨伯说："大军一到，全城之人都逃避一空，你是什么人，竟然独自留下来？"荀巨伯说："朋友有重病，我不忍心丢下他，宁愿用我的身躯替代朋友的性命。"贼兵相互转告说："我们这些没有道义的人，却闯入了有道义的国土！"便撤退回去。全城人的生命财产都得到了保全。

道义者，德行也。荀巨伯为朋友甘愿用自己的身躯换取朋友的生命，是用实际行动践行了"德"福。用自己的良好品德为全城的百姓赢得了"生命财产"得以"保全"的福气。

其实，祈福仅仅是一种形式，重要的是我们每一位公民都能像荀巨伯一样，在日常生活中运用自己的德行、修养为他人谋福祉。

新年刚过，网上有一则新闻，说洛阳大学生自主创业 7 个月赚了 11 万。学生创业的成功，除了自身的努力外，还需要"贵人"相助。70 岁的王淑贤老人，免费给大学生提供办公场所，充当义务保洁员，还不时送些零食给熬夜的青年人吃……老人这样做的想法很朴实："我感觉孩子们创业不容易……我也有孩子，很心疼他们。"王淑贤老人的行动就是用自己的德行使他人蒙福。

愿我们身边的每个人，都享有"德"福，成为"新常态"；愿我们每个人，都能用自己的良好品德让他人享有"德"福，成为"新常态"。别以为你做的事情小，其实别人都看在眼里，记在心里。人心都有杆秤在量着你……你给别人送"德"福，你也会蒙受别人的"德"福。

跋：奕世载德，不忝前人

——读李焕有的文化散文

胡忠阳

李焕有的文化散文，写人、状物、记事、抒怀，互根互用，指向鲜明。莫不洋溢着汲古溉今、以今彰古的热忱，显示着一位学者赓续民族优秀传统文化的历史责任感。

得益于以洛阳为核心的河洛地区的历史积淀和文化遗存，李焕有在繁忙的教学、管理和社会活动之余，不避劳烦，于伊洛河盆地和秦岭余脉间走寻访问，爬梳剔抉，把诗性激情、理性思考，熔融为一篇又一篇扎实的文字，呈奉于世，不唯以经时济世的情怀感动读者，也别开了文化散文的一种境界。

一、良风美俗的执着探寻和平实叙写

文化散文是从记游类散文中脱颖而出的一枝文苑新葩，通过寄寓在山水景物间的人文历史，透视民族文化底蕴、传统文化精神和人生真谛，以富于理性的人文思考和对生命与道德的真诚叩问为特色——这也正是李焕文化散文的底色。

读李焕有的这些文字，会产生强烈的在场感。他的文章无不得之于亲身游历和探访，使得我们有机会跟着他景随步移、目遇神游，真切感受到作品所产生的机理。他的散文中，既有独游（《宾阳洞前思善恶》）和出行的见闻（《孙都，堂堂生辉》），也有遨游的行止记述（《拜谒万安山》），更有寄情于梦而展开的对家乡的生动叙写（《故乡，睡梦香甜甜》）……屐痕处处，行思宛然。

这些充溢着鲜活人生体验的文字，不乏对山光水色、草木稼禾的动情描摹，但更着意于在古老土地上生活着的人的道德、伦理、风俗、审美等精神追求，价值取向和行为规范。作者努力从历史的渊源和流变中，揭示民族优秀传统文化在现实生活中经久不衰的秘密，并通过大量生动可触的例子，强调其无可置疑的效用性，彰显文化的生命力意义。如卢氏大山里老汉和女孩对扶贫工作组工作的切身体验、山民们对山自然之赐的敬惜，处处体现了"知恩图报"的传统美德（《树下杜鹃》）；通过对洛阳钟鼓楼前世今生的描述，赞扬知识分子自我惕厉、自强不息的精神，彰明了这种精神的历史关联与心理延续（《那悠远的钟声》）。在《甘棠树下思召伯》一文中，作者对西周大政治家召伯过往事迹和功德做了细致记述，感慨"自古至今，老百姓对有德行的领导者都是十分爱戴的……官员，一方诸侯，如果能效仿上层领导之德行，做到为官一任造福一方，那将是上层领导所望，是黎民百姓所盼。"

由于历史的悠久，中国传统文化里糟粕与精华并存。对李焕有而言，"批判的武器"显然不如"歌扬的笛箫"更能体现对民族文化的关爱和对民心的正向导引。他的专注于对传统良风美俗的探寻、发掘和赞颂，与"大力弘扬中华民族优秀传统文化"的新时代精神是高度契合的，而这种选择和持守是自为的、坚定的，贯穿在他全部的行思记写中，且蕴蓄着发展的充沛势能，反映出他对民族优秀传统文化的深挚情感。

记得陈平原先生说过："读书人应学会在社会生活中作为普通人凭良知和道德'表态'，而不是过分追求'发言'的姿态和效果。"李焕有正是如此，他的文字平实诚朴、如叙家常，这也大大拉近了文化散文与普通读者的心理距离，能够较好发挥"文以载道"的作用。

二、确认优秀传统文化在当代生活的赓续价值

当今中国，固有的道德体系、生活习俗、审美观念等等，正面临现代化、全球化浪潮的全面冲击。在这个风云激荡、变幻莫测的大时代，是什么内在因素维系着中国社会秩序、世道人心，支撑着中华民族行稳致远？这必须从中国五千年优秀传统文化中寻找根本答案。作为学者，李焕有以积极入世的态度和主动的写作行为，自觉担负起了这个责任，通过对现实的多视角观察，上下求索般的思考、掘探，对民族优秀传统文化在当代生活中的赓续价值，进行了具有说服力的确认，达到了汲古溉今并将优秀传统文化发扬光大的目的。

在《孙都，堂堂生辉》一文中，新安县孙都村王氏家族在此地繁衍千余年，代有贤能，事业隆盛，所倚重的就是在官守忠义、为人有仁德、经商重诚信……这些中国传统文化的核心价值部分。它们经过固本堂、文德堂、信义堂、至宝堂这些物化了的精神昭示和激励，代代相传，成为王氏家族为人处世的宝贵信条，执守如一。如今，王氏家族后代王子淼创办的名闻中原的"丹尼斯"，仍然恪守着祖训，一面在市场上开疆拓土，一面回家乡报效桑梓，兴修工程、兴建学校……对于乡亲们主动为他树立"善行碑"一事，王子淼说："做善事是祖宗家训，我蒙祖荫多受恩泽，子淼不敢贪祖之功。"《树下杜鹃》中的那个因贫穷失学，后因热心的乡党委书记多方奔走终于进了大学校门并立志学成回乡参与建设的姑娘，也是一样。知恩图报，相执以礼，这是一幅多么和谐动人的传统美景！

而在《石虽不能言，许我为三友》一文中，作者耳闻目睹了

黄河岸边仓头镇东岭村村民，以开山取石安身立命的艰苦卓绝奋斗历程，将低调谦和的"石德"与自强不息的"人德"有机结合，引经据典，对照剖析，令人信服地抒写出数千年来沉淀于百姓身心的强大的德行力量。面对今日东岭村，作者情不自禁发出了"行走在街道上，目之所及，满眼都是石头。石头墙，透着老乡的朴实和厚重；石头房，写着老乡的勤劳和恒心；石头地基，彰显着老乡'根基牢，万事成'的生存智慧……我生在乡村，长在乡村。儿时的生活多见石头少见人，梦想逃离，向往着城市的钢筋水泥建筑。随着阅历的增多，又渴望着回归，回归到乡村"的情真意切的感叹。

李焕有的这类文字，有如在古老河床上披沙拣金，应是他文化散文中最富价值的"硬核"。

三、在不倦的涵泳与叩访中立心立文

李焕有对传统文化的挚爱由来已久，既源于青少年时期所受的熏染，也与他长期从事文化教育职业和对传统文化不断的修习、精研分不开。在他看来，中华传统文化博大精深，唯有不断深入学习、了悟，得其奥义、真谛，先行立己之德——所谓"大上有立德，其次有立功，其次有立言"（《左传·襄公二十四年》）——心中有所怀，才能眼中有所见。

如他谈及《树下杜鹃》的意象形成："汽车在山间穿行，窗外的山峦以墨绿尽染，不起眼的杜鹃红如少女裙摆上痴情的眼。'树下杜鹃'这个现象，不停在我脑海浮现，思考着其蕴含的文化意义。'木下之木'，是《易经》中的'巽卦'。'巽''逊'同音。杜鹃不争，灿烂依然；做人谦逊，事业必成。"

再如他谈到《石虽不能言，许我为三友》的创作灵感："《易经》六十四卦中，唯有谦卦是'六爻全吉'。谦卦的形状是山在土之下，石头性本刚强，却不显现，兢兢业业，一心承担责任。"
"《易经》曰：'天行健，君子以自强不息；地势坤，君子以厚德载物。'东岭人兴修水利，遇沟架桥，逢山凿洞，表现出自强不息的刚健精神。石头包容，以需要而动，表现出大地的坤德，以载物之厚德造福人类。"

以卦象解读自然、人间之象，可谓精确别致。事理有据，读者心中自是信服。

习近平同志在他的讲话中，曾引用北宋理学大师张载的话："为天地立心，为生民立命，为往圣继绝学，为万世开太平"，旨在激励知识分子学习古代读书人的志向和传统，积极为党和人民述学立论、建言献策，担负起历史赋予的光荣使命。毫无疑问，李焕有正在以他的文化散文创作，践行着时代呼唤。

怀古道热肠，尽薪传之职。李焕有的行走在继续、思考在继续、写作在继续，在对哲人先贤履迹和精神财富的不倦涵泳与叩访中，感受着生命厚重、思想光辉，假以时日，他一定能够在创作道路上走得更远，做出更多贡献！这也是作为老同学的我，对他的真诚期待和祝愿。

（胡忠阳，深圳市文学学会理事，深圳市电影电视家协会会员，深圳市罗湖区音乐家协会驻会秘书长，《罗湖文艺》杂志执行主编。业余从事文艺创作和评论，作品入选内地和香港多种选本。参与主编《深圳新诗选·绽放的簕杜鹃》等书，著有长篇纪实文学《水向高处流——东深供水工程实录》，担任过《出租屋的故事》《生活大爆炸》等电视剧制片人并参与演出。）

后　记

　　"大上有立德，其次有立功，其次有立言"，此即为古人所谓的"三不朽"。"立德"，做君子圣人，力不能及；"立功"，缺乏实力和环境；只好在"立言"上寻求小小的满足。我们大多数人的文学梦，大概就是最浅显的"立言"吧。其实，能得到行家赞许的"立言"又是何等不易呀！

　　我生性愚笨，该读书的最好年龄又因时代的文化动荡，在饥饿、玩耍中荒废了。后来，赶上了时代的春风，以理科生的身份，找到了生活的饭碗。人生从来没有预设。参加工作的第一天，却当上了语文老师。专业化的文学浸润从语文课本开始。

　　时光，如敬业的河水，不舍昼夜地工作着。散文写作大概是在我工作30年之后，才有了感觉。那感觉，如小孩子的双脚，蹒跚地、或深或浅地印在纸面上。回眸那些"脚印"构成的图案，似狗尾巴草，如河滩的鹅卵石，谈不上美感，至多是增添了散文百花园里的风景。有时和文友调侃：阅读我的作品，要小心，小心狗尾巴草挠痒了耳膜；阅读我的作品，要小心，小心鹅卵石砸伤了脚指头。

　　《玉笛春风》书名取之李白《春夜洛城闻笛》中最有意象的两个词语，其寓意有三个方面：其一，同写洛城题材，借李白同家先辈之名，壮笔者文采之实；其二，大诗人洛城闻笛而动情，也希冀您亦如李白一般阅读作品而生"故乡情"；其三，玉笛之高洁，春风之柔暖，期许您的阅读能得到美的愉悦和如沐春风之享受。

　　心中感恩有几许，恰似街巷深深阡陌里。洛阳日报报业集团旗下的日报、晚报副刊，腾出宝贵的版面两度给我开文学专栏，才使我本以秃锈的"拙笔"有了些许亮色和力度。时任新安县仓头镇党委书记的刘同志，把书写"老家孙都"沿黄生态带之美的任务委托于我，我带领文学好友走遍仓头的山山水水，在鼓励和压力之下，写出了黄河文化的人文之美。洛阳市写作学会由张文欣会长2018年组织的"河洛水韵"文化采风项目，我担任洛河一线采风团的领队。从洛河源头陕西洛南县的洛源镇，一直走到郑州巩义河洛镇的洛、黄交汇处。一河人文，一路故事，我的人文素养和艺术感悟在行走中增长……

　　朋友的友谊交往，有时候用脚步，有时间在酒场，还有一种靠语言文字的"同榜"。友谊，无论通过哪种方式都可以永恒，但我内心认为，文字"同榜"最高雅、最有趣味、最有纪念意义。这也是我邀请同在李村镇老君洞读过高中的三位老乡作序、写跋、题写书名的缘由。百定安先生蜚声中国文学艺术界，亦诗亦文，亦书亦评；胡忠阳深耕中国文化产业，成绩卓然；宋迪先生洛阳"字"贵，墨香中原。老同学黄鸿的几幅钢笔画，作为插画，与文章相得益彰。

　　艺术总是有遗憾的，美感也总是有残缺的。我的感恩多多，都在不言之中。同时，散文集的不足肯定不少，请同人好友批评指正。

李焕有

壬寅仲夏